HAY
FUEGO
EN LOS
ASTROS

HAY FUEGO EN LOS ASTROS

una novela

ANITA SHREVE

HarperCollins *Español*

Título en inglés: *The Stars Are Fire*
© 2017 por Anita Shreve, Inc.
Publicado por Alfred A. Knopf, una división de Penguin Random House LLC, Nueva York.
Un libro Borzoi.

Editora en Jefe: *Graciela Lelli*
Traducción: *Ana Belén Fletes Valera*
Adaptación del diseño al español: *Grupo Nivel Uno, Inc.*

ISBN: 978-1-41859-865-5

Impreso en Estados Unidos de América
19 20 21 22 LSC 7 6 5 4 3 2 1

Duda que hay fuego en los astros;

duda que se mueve el sol;

duda que lo falso es cierto;

mas no dudes de mi amor.

William Shakespeare, *Hamlet*
(Traducción de Ángel-Luis Pujante, 1994
Cuarta edición corregida 1-III-1996, Espasa Calpe, S.A.)

Para mi marido, con gratitud y amor.

Hay fuego en los astros

Húmedo

Primavera que no es primavera. Grace tiende los pantalones chinos de Gene en una cuerda que cruza en diagonal el suelo de linóleo de la cocina. Se secarán con el calor de los fogones de la cocina. Deja los paños para otro día que haga mejor tiempo, tal vez el día siguiente o el otro. La última vez que hizo bueno por la tarde, más de dos semanas atrás, había ropa tendida en todos los patios: sábanas blancas, camisetas interiores y trapos ondeaban al viento. Parecía que todas las mujeres de la ciudad se hubieran rendido.

Grace mira a sus dos hijos que duermen la siesta en el carrito, el de las grandes ruedas de goma, la estructura esmaltada de color azul marino oscuro y el interior tapizado de cuero blanco. Es su posesión más preciada, regalo de su madre cuando nació Claire. Ocupa la mitad de la cocina y bloquea el paso en el pasillo cuando no lo está usando. Claire, de veinte meses, suda mucho cuando duerme y tiene empapado el cuello del pijama. Tom, de solo cinco meses, es un niño bueno. Grace esteriliza los biberones de cristal y las tetinas de goma en una olla. Con Claire, el flujo de leche había sido bastante irregular; con Tom no lo intentó siquiera.

En la cama con su marido, Gene, Grace se pone camisón de un liviano algodón en verano, de franela. Gene siempre duerme desnudo. Aunque Grace preferiría boca arriba, Gene siempre se las compone para que termine tendida boca abajo. Ella no está hecha para tener relaciones de esa forma. Cómo estarlo si ella jamás ha experimentado el *disfrute gozoso* del que le habló una vez Rosie, su vecina de al lado. Por otra parte, debe ser una buena postura para hacer bebés.

———

Aparte de esta incomodidad, que no parece importante y que en toda circunstancia es extremadamente rápido, Grace piensa que Gene es un buen marido. Es alto y tiene un pelo fino, del color de la arena mojada. Además, tiene los ojos azul profundo y una pequeña aunque gruesa cicatriz en el mentón que permanece de color blanco independientemente del color de su rostro: rojo de rabia, sonrojado, blanco en pleno enero o bronceado en agosto. Trabaja seis días a la semana como agrimensor, cinco de ellos en el proyecto de la autopista de Maine, trabajo que en ocasiones lo obliga a estar fuera de casa tres y cuatro días seguidos. Grace lo imagina con la cabeza llena de matemáticas y física, medidas y geometría, y aun así, cuando vuelve se muestra encantado de ver a sus hijos. Tiene ganas de hablar en la cena y Grace sabe que es afortunada por ello porque son muchas las amas de casa que se quejan de silencios incómodos en casa. Mientras que ella tiene a Tom en brazos, Gene habla con Claire, sentada en su trona de madera. Grace sonríe. Estos son los momentos más felices, en paz con su familia. Piensa que, en muchos aspectos, su familia es perfecta. Dos hijos preciosos, un niño y una niña; un marido que trabaja mucho fuera y no pone pegas a las tareas de casa tampoco. Friega los platos todas las noches, sin apenas quejarse por la cuerda llena de prendas que separa el fregadero del escurridor de los platos. Viven en una casa unifamiliar de madera, a dos manzanas del océano en dirección al interior. Una buena inversión, dice siempre Gene.

Antes de irse a la cama esa noche, Grace enciende el fuego de la cocina y calibra la llama hasta que no supera una pulgada de alto. Se inclina, sujetándose el pelo para no quemárselo, y se enciende el último cigarrillo del día. Los chinos de Gene deberían estar secos por la mañana y entonces lavará los del fin de semana. Se queda de pie al lado de la ventana. No ve el peral, pero sí oye el ruido del agua que cae en sus hojas, incesante, inagotable.

Por favor, que haga bueno mañana.

Enciende todos los quemadores y deja una pequeña llama de una pulgada, consciente de que no provocará un incendio con tanta humedad. Se abre paso entre las camisetas y la ropa interior, y sube las escaleras.

Tampoco me importaría ver las estrellas.

———

Grace se detiene en el descansillo, toma aliento y entra en el dormitorio. Se pone el camisón blanco de franela. El termómetro que tienen fuera de la ventana de la habitación marca cinco grados y medio.

—Más lluvia para mañana —dice Gene.

—¿Hasta cuándo?

—Puede que toda la semana.

Grace gime.

—La casa acabará anegándose y se derrumbará.

Eso jamás.

—Todo está mojado. Las páginas de los libros se doblan.

—Te prometo que se secarán. Ven a la cama, palomita.

Nunca la han llamado Gracie. Siempre ha sido Grace, a secas. Y palomita para Gene. Grace no se siente como una paloma, y está segura de que tampoco parece una, pero sabe que el apodo es cariñoso. Se pregunta si significará algo que ella no tenga ningún apodo cariñoso o divertido para su marido.

Por la mañana, Grace se despierta antes para poder partir el pomelo y preparar el café para Gene. El pomelo es una rareza que lo sorprenderá. Y hoy el desayuno consistirá en huevos y tostadas, en vez de beicon. Tres huevos, entonces. Tiene que aguantar bien hasta la hora de la comida, que lleva en una tartera. Ned Gardiner, el de la tienda, le dijo el día anterior que los panaderos van a empezar a hacer panes más pequeños y tartas de masa quebrada para la campaña de recogida de comida para Europa. Imagínate. Todo un continente muriéndose de hambre.

Gene nunca habla de su guerra personal como ingeniero a bordo de un B-17, de donde viene su cicatriz. Los otros maridos tampoco lo hacen.

Oye a Gene lavándose en el diminuto aseo encajado entre los dos dormitorios de la planta superior. Se bañan una vez a la semana en la bañera de estaño que Gene deja en el porche cubierto y lleva a la cocina cuando es necesario. Él aprovecha el agua en la que se ha bañado ella porque cuesta mucho trabajo sacar la bañera a rastras para vaciarla en la tierra. Grace tiene abundante pelo castaño que se cortó nada más tener a Tom. A Gene no le gustó mucho el corte, pero su madre pensaba que su nuevo aspecto hacía destacar sus pómulos y sus grandes ojos azules. Fue la única vez que Grace recordaba que su madre le había dicho que era hermosa, una exclamación que se le escapó como el picotazo de una abeja. Cuando la conoció, a Grace, Gene dijo que era bonita, lo que para Grace era una forma de decir que era menos que hermosa.

Ahora, a Grace no le importa lo que los otros piensen, porque la vida con el pelo corto, aunque no esté de moda, es más fácil que tener que andar con rulos. Se lo sujeta detrás de las orejas. Le sientan bien los sombreros. Cuando sale, se pone pendientes de clip.

Ligeramente por encima de la media de altura, es una mujer alta cuando lleva tacones. Perdió rápidamente el peso ganado durante el embarazo después de tener a Tom: no paraba un segundo con dos niños de menos de dos años. Imagina a su marido ahora mismo, con el torso desnudo, enjabonando la esponja y lavándose la cara primero, después el cuello y, finalmente, las axilas. Suele frotarse bien las muñecas. Oye cuando golpea suavemente la cuchilla de afeitar en el borde del lavabo. ¿Está silbando?

Grace no se maquilla nada más que los labios, de un suave tono malva. La manera de dárselo hace que sus labios parezcan más jugosos, según dice Gene. Cuando hablan, él se centra en su boca como si le costara trabajo oír.

Saca una cerilla de su cajetilla y enciende un cigarrillo. Da una honda calada. El primero de la mañana.

—¿Qué trozo hoy? —pregunta, saboreando placer de esposa al ver cómo Gene da cuenta de su pomelo.

—Estamos volviendo a medir la parte Kittery para registrar el acuerdo.

Gene le ha explicado cómo hace elevaciones y mapas tridimensionales para los ingenieros y los contratistas. Le gustan los nombres de los instrumentos y las herramientas que Gene estudia en catálogos (teodolitos y tránsitos, alidadas y colimadores), aunque no sabe exactamente en qué consisten. En una ocasión, cuando la cortejaba, la llevó a Merserve Hill, sacó su trípode e intentó enseñarla a manejar el tránsito, pero sin esperar a que mirarse por el ocular, él mismo la colocó en posición sujetándola con las manos por la cintura, y no escuchó nada de lo que le contó. Supone que eso era lo que Gene había planeado. A Grace le gustaría repetir aquella salida y prestar atención esta vez. Si deja de llover algún día. Podrían llevar a los niños y hacer un pícnic. Es muy poco probable que su marido le rodee la cintura con las manos ahora. A excepción del beso al salir y al volver del trabajo cada día, apenas se tocan fuera de la cama.

—¿El equipo no se estropea con la lluvia? —pregunta.

—Contamos con unas sombrillas especiales. Unas lonas. ¿Qué vas a hacer hoy?

—Lo mismo voy a casa de mi madre.

Gene asiente sin mirarla. Preferiría que fuera a hacerle una visita a su madre, la de él. La relación entre su madre y su mujer no es como debiera. ¿Quiere que Grace haga un pastel de manzana y se lo lleve? ¿Debería ella mencionar las nuevas restricciones de los panaderos? ¿Debería preocuparle o es algo que entra en la categoría de «cosas de mujeres», y como tal tiene derecho a dejarlo estar?

—He hecho una capota de lona —dice ella.

—¿De veras? —Gene levanta la cabeza, aparentemente impresionado. Podría reconocer que se requiere cierta capacidad de ingeniería para construir una capota de lona para un cochecito. Pero lo decepcionaría si le contara cómo lo había hecho. En vez de usar las matemáticas, lo hace a base de probar, plegar y cortar, y después cose. Bueno, sí toma medidas.

Grace ha dispuesto un asiento para que Claire pueda ir sentada en el carrito mientras Tom va acurrucado a su lado. Tom, con su suave pelo oscuro, su cuerpecito regordete en el que los pliegues se pierden, el calor que emana de su piel entre gorgoritos; Claire, con sus rizos rubios casi blancos, las frases cortas como pequeños boletines radiofónicos que atraviesan la electricidad estática, sorprendiendo a Grace. Claire siempre ha sido el centro de atención, desde que nació, primero por su asombrosa belleza y ahora por su viveza, más patente cada vez. A Grace nada le gusta más que tumbarse en la cama con Tom acurrucado junto a ella y Claire tendida de lado, con la carita rozando la piel de su madre. A veces los tres echan una pequeña siesta; otras, cantan.

Pero en cuanto salen por la puerta, Claire se pone a llorar, como solidarizándose con la lluvia. Grace sabe que llora por culpa de la capota inteligentemente diseñada por su madre, pero que casi no le deja ver nada. O puede que no. A Grace también le entran ganas de llorar.

Las botas se le llenan de agua antes de llegar a la acera de tierra. Se fija en los brotes rosados del cerezo que Rosie tiene en el jardín delantero. ¿Florecerán con lo que está lloviendo? Espera que sí. El agua le baja por los bordes del pañuelo plastificado para la cabeza y se le mete por dentro del cuello. Grace enfila el primer camino de baldosas que encuentra en su camino, que lleva a la puerta de entrada de Rosie. Su amiga estará con el albornoz de color mandarina y la cabeza llena de rulos, pero los invitará a pasar llena de entusiasmo. Grace no es capaz de afrontar un día más atrapada en su propia casa. Ya se ha leído todos los libros de su «mesa de cocina», novelas no lo bastante buenas para mostrarlas en la librería acristalada que tienen a la entrada del comedor. El argumento de los libros de «mesa de cocina» está lleno de romance e intriga.

—He traído medio pomelo —dice Grace a media voz cuando Rosie abre la puerta.

Rosie los invita a entrar gesticulando, incluso el carrito, que Grace deja en el vestíbulo. Al mirar el rostro de su amiga, el pelo, la bata y los rulos, todo más o menos a juego, Grace ve una columna de fuego naranja. Rosie es atractiva, incluso con los rulos puestos, pero descuidada. Gene se refirió una vez a su casa como «mugrienta». Grace lo contradijo, aunque ella también lo piensa en parte.

Rosie toma a Claire en brazos y seguidamente empieza a quitarle el sombrero para el agua y el chubasquero. Claire se deja caer sobre el pecho de Rosie, que al cabo de un momento la estrecha en un fuerte abrazo. Acto seguido, Claire está en el suelo buscando a Freddie, el cocker spaniel. Grace, con Tom en brazos, rebusca en su bolso hasta dar con la mitad del pomelo, cuidadosamente envuelto en papel encerado. Y se lo da a Rosie.

—¿De dónde lo has sacado? —pregunta Rosie como si tuviera delante un huevo de Fabergé.

—De la tienda de Gardiner. Recibió un envío de seis y me dejó comprar uno.

No es cierto. Gardiner se lo regaló y ella no dijo que no.

—Tú le gustas —bromea Rosie.

Grace la mira de arriba abajo y sonríe lentamente.

—¿Te lo imaginas? —se burla Rosie.

—¡No! —dice Grace, riéndose. Rosea chilla al imaginárselo.

Han llegado a la conclusión de que Ned Gardiner debe comerse la mitad de lo que produce en la habitación de atrás porque pesa algo más de ciento treinta y cinco kilos. La barriga fofa le cae por encima del cinturón y Grace a menudo se pregunta cómo se las apañarán en la cama su mujer, Sophia, en su día una belleza morena pero que ahora pesará noventa kilos, y él. Pero entonces la conciencia le remuerde por haberse reído de un hombre que le regaló un pomelo.

— Lo compartiré contigo —dice Rosie.

—Yo ya me he comido mi mitad —miente Grace—. Cómetelo tú.

La casa de Rosie parece atestada de *cosas*, aunque Grace no ve ninguna trona, ni el parque ni una bañera portátil. Rosie también tiene un bebé y otro niño más grande, una configuración familiar habitual en el barrio. Claire tiene agarrado al mayor de Rosie, Ian, por el cuello.

—Tim dice que no hace más que salir con la grúa a sacar a los coches que se quedan atascados en el barro —dice Rosie, sorbiendo los gajos del pomelo. Cierra los ojos de placer. Tim posee a medias con otro un taller de reparación de coches en la carretera I.

—Gene dice que la tierra está tan húmeda que los granjeros no pueden sembrar.

Grace expulsa el humo lejos de la cara de Tom y da una nueva calada—. Se pasará —dice poco convenvida.

—Café, ¿verdad? —pregunta Rosie después de haber exprimido el jugo del pomelo. Grace se da cuenta de que una pepita se ha quedado enganchada en un pliegue de la bata de Rosie. Eddie, el hijo más pequeño de Rosie, se ha puesto a llorar. Grace no se había fijado siquiera en la presencia del bebé en la habitación. Observa a Rosie acercarse al sofá y quitar unas mantas para tomar en brazos a un rosado bebé, del mismo tono de piel que su madre. Grace piensa, horrorizada, que podría haberse sentado sin querer encima del bebé. Cada cosa en su sitio, le había dicho en una ocasión su madre, como si le estuviera dando el secreto de la salud mental. Su madre hablaba de los niños como si fueran mercancía.

—Esta noche toca ir a hacer la compra —le dice Grace a su amiga, que se ha abierto la bata tras la cual se esconde un pecho surcado de venas azules con un pezón claro—. ¿Necesitas alguna cosa?

Todos los jueves por la noche, el día de paga, Gene recoge a Grace y a los niños, y van directamente a la tienda de Shaw. Compran filetes para esa noche, hígado de ternera, beicon, pasteles de bacalao, arroz inflado, sopa de tomate, mortadela, huevos, judías cocidas, pan integral y Krispies de arroz. Gene se saca el sobre de la paga del bolsillo y cuenta los billetes y las monedas cuidadosamente. Todo lo demás —leche, pan, hamburguesas— lo pueden comprar en la tienda de Gardiner cuando les haga falta. Grace intenta tomar proteínas todas las noches, aunque para cuando llegan al miércoles, la comida consiste en arroz con trocitos de beicon.

—¿Cómo secas los pañales? —pregunta Rosie.

—He tenido que recurrir a un servicio —confiesa Grace—, pero lo dejaré en cuanto deje de llover.

Se produce un silencio entre ambas. La paga de Tim no es tan abultada como la de Gene.

—Madre mía, Grace, ¿cómo puedes soportar la peste del cubo de los pañales?

Rosie le había contado en una ocasión, sin ningún tipo de vergüenza, que Tim y ella hacían el amor una vez al día por lo menos. Grace, que nada más oírlo se sintió más pobre que Rosie, se preguntaba si sería ese el motivo por el que su amiga siempre estaba en bata. Para estar preparada. Una noche, sentada con Gene en el porche, oyó un gemido procedente de la casa de al lado claramente sexual. Sabía que Gene también lo había oído, aunque ninguno de los dos dijo nada. Un minuto después, Gene se fue del porche.

La casa de Grace es la prueba misma de que cada cosa va en su sitio. Un parque con juguetes en un rincón de la habitación aneja al salón. La bañera portátil tiene ruedas para poder acercarla al fregadero. La cuna pequeña está en un rincón del comedor. La camita con barrotes está en la habitación de los niños de la planta superior, con la cuna de Tom. La vieja trona de madera de la madre de Grace está justo a la derecha de la silla donde se sienta Gene en el comedor. La encimera no muy grande está libre de restos de harina o utensilios de cocina. Grace lava la ropa en el fregadero del sótano y utiliza una tabla de fregar.

Puede que por esto mismo no le apetezca irse de casa de Rosie, con los cereales desperdigados por la mesa de la cocina, el montón de ropa sucia junto a la puerta del sótano que el perro olisquea en busca de ropa interior. El sofá es un revoltijo de mantas, cojines y revistas, y a veces alguna que otra sorpresa. En ocasiones, Grace se ha encontrado un cepillo del pelo o un destornillador. En la mesa de centro se nota el cerco de los vasos, que cuesta retirar porque parecen pegados. Pero cuando está en esa casa, Grace tiene la sensación intensamente agradable de que puede soltar el vientre y los hombros, algo bastante similar a cuando dejaba salir la leche durante el breve período de tiempo en que amamantó a Claire. Cree que lo habría hecho mejor de haber estado viviendo con Rosie.

En su propia casa, sobre la repisa de la chimenea, Gene ha colgado una elevación que hizo de la propiedad de ambos. La rodea un sencillo marco negro y debajo cuelga un rifle que no funciona. No sabe muy bien por qué Gene lo ha puesto ahí, aparte de que parece un adorno bastante común en Nueva Inglaterra. Alrededor de la chimenea tienen un calentador de cama de latón antiguo y un juego de herramientas de chimenea. En invierno no entra en calor de verdad hasta que encienden el fuego por la noche y los domingos. Los dos juntos eligieron el papel de la pared del salón tras estudiar una infinidad de muestras. Ella misma hizo las fundas de los muebles a juego con el verde de la tela de toile de las paredes y dio forma a las cortinas color crema de las ventanas. Aprendió a coser en el instituto, pero luego aprendió de forma autodidacta otras técnicas más avanzadas. En ocasiones, Gene tenía que ayudarla porque le costaba pensar en tres dimensiones.

Rosie es diferente de Grace desde un punto de vista tridimensional. Grace es más blanda, aunque ambas tienen una cintura estrecha a pesar de haber tenido dos hijos. Los rasgos de Grace son oscuros, mientras que los de Rosie son naranjas. No tiene cejas o pestañas visibles y su pelo, lacio y fino, necesita la ayuda de los rulos para darle volumen.. Rosie se viste personalmente y también a los niños, cuando los levanta para salir a la calle, de color azul marino o verde oscuro. Cualquier otra cosa les daría el aspecto de ir flotando.

Grace pasaría el día entero con Rosie si pudiera, pero cuando mira la hora en su reloj Timex dorado se da cuenta de que ya llega tarde a visitar a su madre.

Cuando Grace entra en casa de su madre, tiene la sensación de llegar a un lugar cálido y seguro. Esto no le ocurre en su propia casa, pese al hecho de tener un hombre que la proteja por la noche y los domingos. Su madre, Marjorie, no tiene ningún hombre que la proteja y ha aprendido a no tenerlo. En el vestíbulo y antes de sacar a los niños del carrito, el familiar aroma —de las paredes, las alfombras, los abrigos que cuelgan de las perchas— la transportan a un universo antes de que conociera a Gene, antes de que la vida se volviera incierta, incluso un poco aterradora.

—Salvar a una Europa que se muere de hambre —dice Grace sosteniendo en alto el pastel de manzana que había hecho por la mañana. Había escatimado en la altura y los adornos de los bordes de pasta brisa para que le quedara pasta suficiente para formar la red sobre la fruta. La pasta se ha dorado a la perfección, piensa. Le gusta que su madre no diga, «No tenías que haberte molestado» o «Eres un encanto». A su madre le basta con decir «Gracias».

Hay quienes confunden los modales huraños de Marjorie con falta de amabilidad, pero no es así, y sus amigas que la conocen lo saben. Tiene dos, Evelyn y Gladys, las dos mujeres que permanecieron junto a su madre mucho después de que se hubiera dado cuenta del refrigerio en el salón de la iglesia y hubieran enterrado a su padre.

El padre de Grace había muerto antes de la guerra, cuando se le enganchó el pie con una cuerda en su barco de pescar langosta y lo arrastró al agua a cuatro grados en pleno enero. La muerte habría sido instantánea, según el doctor Franklin, lo que no fue de gran alivio. El océano está tan frío que la mayoría de

los pescadores de langosta no llegan a aprender a nadar. Tuvo que pasar la guerra y Grace ya estaba casada cuando su madre puso fin a su paralizador luto. A
la edad de cuarenta y seis años dice que jamás volverá a casarse y Grace la cree.
Como también parecen creerlo los hombres de Hunts Beach, porque Grace no
ha oído de ninguno que haya intentado cortejarla. Es como si la muerte de su
marido se hubiera llevado a la tumba consigo la belleza de su madre.

Comen en la vieja mesa de la cocina, la tarta está tan buena como Grace esperaba. Mejor aún, el café que su madre cuela en un huevo roto para aprovechar los
posos. Grace da a Claire, a quien tiene en el regazo, trocitos de manzana y de
pasta, lo que parece incrementar su apetito hasta cotas desconocidas. Le da un
plato de tarta y una cuchara infantil. Su hija come con frenesí.

—Esta es una golosa —dice la madre de Grace mientras le canturrea algo
a Tom. Lleva la bata de estar en casa abrochada hasta arriba encima del vestido gris de invierno. Cuando Tom se pone a empujar la cara contra el tejido,
Marjorie añade—: ¿Por qué no pones a hervir una olla con agua? Ya sabes dónde están los biberones y las tetinas. Tengo leche fresca en el frigorífico.

Claire, saciada por fin, se sienta en el suelo medio amodorrada en mitad
de sus bloques de construcción. La madre de Grace subsiste con las donaciones
mensuales que recibe de la liga de pescadores de langosta, que da parte de sus
sueldos a las viudas del mar. Eso y la pensión de su marido como resultado de la
póliza de seguro que habían firmado gracias a un vendedor de seguros que sabía
cómo dirigirse a los pescadores le permiten salir adelante.

Tazas de florecitas colgadas de sus ganchos. Estarcido colonial cerca del techo.
Una alfombra trenzada debajo de la mesa de madera. El otro fregadero en el
que su padre se lavaba para quitarse el desagradable olor a pescado antes de
reunirse con su familia. El tope de goma para la puerta. El armario de la cocina
con los cajones que se atascan. El lugar en el que el linóleo azul y blanco siempre
ha estado agrietado. La ventana vidriada de la cocina sobre el fregadero que su
madre siempre se ha negado a adornar. El mueble donde se guardan los cereales.
La mica de la puerta del horno. Grace se pregunta si Tom y Claire la visitarán
a ella y tendrán la misma sensación de hogar. Cada casa tiene su propia seña de

identidad, desconocida para todos excepto para los hijos cuando se hacen mayores y van de visita.

A Grace le gustaría hablar sobre lo que ocurre en la cama con su marido, pero madre e hija jamás han intercambiado palabras de tema sexual, un verdadero inconveniente cuando Grace tuvo su primer período a los doce años y no entendía qué le ocurría. Al final lo adivinó ella sola por el origen del sangrado. Escondido en el armario del baño, detrás de las toallas del primer estante, encontró un paquete de compresas y lo que parecía una tira de goma circular de la que colgaban una especie de pinzas. No le quedó más remedio que ponerse la compresa lo mejor que pudo. A la mañana siguiente antes de ir a clase, su madre le puso la mano en el hombro cuando Grace desayunaba sus Krispies de arroz. Y la dejó allí un rato. Grace se quedó petrificada, pero el gesto le mostraba que su madre lo sabía. Aquello sorprendió a Grace y al mismo tiempo no le resultaba sorprendente. El día antes se había pasado hora y media en el cuarto de baño.

Durante aquella hora y media, Grace miró en el armario con la esperanza de encontrar una manera menos incómoda de sujetarse la compresa. En el estante superior encontró una bolsa de plástico rosa bastante vieja de la que salía un tubo largo, un artículo que no se le ocurría para qué podía servir aunque sí sabía que tenía que ver con el sexo porque estaba escondido en el estante superior. No lo entendió de hecho hasta que su madre insistió en que fuera a ver al doctor Franklin antes de casarse (con la esperanza tal vez de que el médico la informara de las cosas de la vida), y este le dijo que no hacía falta hacerse lavados vaginales, que ni siquiera eran especialmente beneficiosos para la flora de la vagina. Se sonrojó pero no por la información, sino al imaginar de repente a su madre utilizando aquel aparato.

Al volver de casa de su madre, Grace se pregunta por qué no es capaz de hablar con Gene de lo que le parece la forma de hacer el amor que tienen. Después de todo, el matrimonio son ellos dos solos. ¿Es por el miedo a que Gene o ella misma exploten si saca el tema? ¿No basta con conocer la propia incomodidad que le produce el sexo? ¿Si Gene muriera entraría ella en un profundo duelo como su madre?

———

Aquella noche, después de acostar a los niños, Grace coge el chubasquero de la percha y baja hasta la acera. A lo mejor tiene un minuto antes de que Gene la eche en falta. No es mucho, pero lo es todo. Ella es quien es, nada más. Libre de fijarse en cómo desciende la niebla, cómo se deslizan las gotas de lluvia de las hojas. Que la pareja mayor que vive al otro lado de la calle ya se ha ido a la cama. Que se le está rizando el pelo con la niebla. Que no le importa. Que sus hijos están dentro de casa durmiendo y no la necesitan. Que por la mañana no podrá ver lo que hay al otro lado de la ventana. Que probablemente nunca aprenda a conducir. Que solo puede ir hasta donde sus pies la lleven. Que podría empezar a dar largos paseos con los niños a pesar del mal tiempo. Que alguien se dará cuenta de estas excursiones sin motivo y empezará a hacerse preguntas. Que Gene le dirá, cuando entre en menos de un minuto, que sube a acostarse. Que debe prestar atención a la inflexión de su voz y mirarlo a la cara para saber si ella también va a subir a acostarse o si puede quedarse sentada a la mesa de la cocina y fumarse otro cigarrillo.

Cuando Grace se desnuda para acostarse, no se pone el camisón, sino que se mete desnuda en la cama y se deja los pechos al descubierto para que Gene los vea cuando suba. No sabe si lo hace porque la postura será un desafío para él o si lo quiere así en recuerdo de sus primeras veces juntos. Al llegar, Gene la mira sorprendido y se da la vuelta mientras se desnuda. Grace quiere taparse, pero no lo hace. Solo esta noche, ¿es mucho pedir?

Gene llega a la cama excitado y aparta las sábanas a toda prisa. Grace se da cuenta, demasiado tarde, de que no va a ser suave esa noche. Al fin y al cabo, lo ha desafiado. Gene la penetra sin miramientos, cuando ella aún no está preparada, y le hace daño. Golpea repetidamente en el corte que tuvieron que hacerle para dar a luz a Claire y a Tom, el lugar donde la carne es más delicada, como si fuera consciente de ello, y Grace tiene que morderse el interior de la mejilla para no soltar un grito. Intenta que se mueva, pero él le sujeta los brazos por detrás de la cabeza con uno de los suyos y la postura y la indefensión de ella lo excita. Gruñe salvajemente, le suelta los brazos, sale de ella y mira hacia otro lado, dejando que sea Grace quien busque las mantas y los cubra a los dos.

Al volver a la cama, Grace está dolorida y tiene que apretarse con la sábana el lugar en el que sospecha que ha empezado a sangrar. Ahora es bastante improbable que vaya a poder llamar a su marido por un apelativo cariñoso.

Tres semanas después de la fatídica noche que no ha vuelto a repetirse, Grace sale a dar el que se ha convertido en su paseo nocturno hasta la acera. Se fija, además de en el creciente número de charcos que cubre el camino de tierra y los lilos doblados por el peso de las flores empapadas y mustias, en un resquicio azul en el horizonte, detrás de una ospastor nube. La alegría la inunda. Al día siguiente la ropa colgará de la cuerda fuera de la casa y se secará el pelo al sol.

Seco

Un hueco entre dos hileras de casas permite que Grace tenga una exuberante vista en forma de pastel de agua chispeante, el sol alto por el este sobre el océano. Sale de la casa corriendo con su bata de flores y mira el cielo azul y el cerezo, y alza los brazos en una mezcla de agradecimiento y alivio. Vislumbra por el rabillo del ojo algo de color naranja y Rosie está a su lado, riéndose con Grace por su buena suerte.

—Gracias a Dios —dice Rosie.

—Por fin —dice Grace.

Abre todas las ventanas para dejar que entre aire fresco y se pone a bailar por las habitaciones. Vacía el armario de la ropa blanca para lavarlo todo con la esperanza de tener sábanas secas al sol para la hora de la cena. Las toallas quedarán rasposas al secarse con la brisa, como tendría que ser. Una toalla blanda solo acaricia, no te quita las pieles muertas.

Antes de las diez de la mañana, la ciudad de Hunts Beach ya se ha rendido alegremente, prueba de ellos son las sábanas blancas que ondean junto a coloridas toallas, camisas azules, vestidos rosas, delantales de cuadros vichy y colchas verdes. Es una maravilla, piensa Grace, paseando por el vecindario. Bajo sus pies, sale vapor del suelo al contacto con el aire fresco y seco. De vez en cuando, una suave brisa trae breves golpes de lluvia provocados por el agua que cae de los altos robles. El moho comienza a desaparecer como por arte de magia. Casi todas las ventanas de todas las casas están abiertas, aunque la temperatura no debe superar los cincuenta Farenheit grados. Levanta la cara hacia el sol mientras camina.

Da la vida. Grace piensa que las sábanas y las ropas ondeantes no son, después de todo, una señal de rendición, sino el símbolo de la supervivencia.

———

Gene llega pronto a casa, antes de que Grace se haya puesto a hacer la cena. Todas las cestas de paja que tiene están llenas de ropa lavada, doblada en espera de la plancha al día siguiente. Grace ve el coche, arrastrando un remolque, por la ventana lateral. Aparca al borde del césped de entrada, cerca del porche cubierto. Grace abre la puerta para ver qué lleva debajo de la lona y entonces Gene le muestra con una floritura una lavadora-escurridora, un regalo para Grace. Ella sabe sin lugar a dudas lo que representa aquel regalo, una disculpa tardía por una noche en la que no quiere ni pensar. Pero no puede evitar sentirse intrigada con el artilugio, con aquel enorme tambor agitador y los dos imponentes rodillos de madera que escurren el agua de la ropa lavada con más eficacia que las manos más experimentadas.

Bajan entre los dos la pesada máquina por la rampa del remolque y se quedan mirándola en mitad del césped. Gene explica que todas las lavadoras-escurridoras van sobre unos soportes rodantes para poder llevarlas rodando hasta el fregadero y ajustar el tubo al grifo. Cuesta trabajo mover la lavadora por el césped, pero Grace quiere sacarla de allí sin que los vecinos los vean. Una lavadora como aquella es un premio. Solo Merle, la madre de Gene, y la esposa del doctor Franklin tienen una que ella sepa. Entre los dos levantan la máquina para pasar el escalón del porche cubierto y la meten en la cocina. Claire, que está jugando en el parque dentro del salón, suelta un gritito infantil al oír la voz de su padre.

—Vamos a lavar algo para probarla —dice Gene.

Va a buscar a Claire y la deja en el suelo de la cocina. Ella también está hipnotizada con el aparato, tan blanco y más grande que una persona. Gene muestra a Grace cómo usar una serie de arandelas de goma en caso de hagan falta para apretar la junta de unión entre el tubo y el grifo. Mientras Grace observa cómo se va llenando de agua el tambor, Gene sale al coche y vuelve con una botella de Vano.

—Toma, te hará falta —le dice a Grace.

Toma a Claire en brazos para que vea cómo se forma la espuma que hasta que llega al borde del tambor. Grace sube corriendo a buscar un montón de fundas de almohada y las mete en el tambor tal como le dice Gene. Cuando la conecta, el aparato empieza a moverse hacia delante y hacia atrás.

—Asombroso —dice Grace.

Claire se pone a dar palmas.

Todos se quedan mirando durante diez minutos. Gene cierra el grifo y dirige el tubo de goma hacia el alféizar de la ventana de la cocina. Entonces levanta una palanca situada cerca de la base de la lavadora por donde empieza a salir el agua jabonosa para caer al suelo, dejando las fundas envueltas en espuma al fondo. Grace llena el tambor de agua hasta la mitad y lo agita para aclararlas. A continuación, Gene coloca las manos sobre las de ella para hacerle una demostración de la cantidad justa de tensión que debe aplicar para pasar las fundas por los rodillos del escurridor.

Con una funda completamente escurrida en la mano, Grace nota que Gene hace que gire el rostro hacia él. Entonces la besa suavemente en los labios. La llama palomita.

¿Puede una lavadora-escurridora salvar un matrimonio? Grace piensa que la respuesta es un sí probable.

A lo largo de las semanas siguientes, Grace lava alegremente la ropa de todos y la ropa blanca, tras lo cual pasa las prendas por el escurridor. Tiene algún que otro contratiempo, como cuando el tubo por el que pasa el agua jabonosa se sale dentro de la casa y salpica toda la cocina; la radio se salva por casualidad. O cuando, hipnotizada por el mecanismo agitador, se le cae la tostada del plato dentro de la lavadora. Mete la mano antes de que el mecanismo agitador pare y se lleva un buen golpetazo por boba. Desconecta el enchufe y trata de sacar la tostada con un colador. Los trozos se desintegran al tocarlos. A la mañana siguiente, se encuentra migas de pan enganchadas a la tela de su blusa favorita cuando la está planchando.

Lava tanta ropa que tiene todas las cuerdas de fuera llenas. Tiene que colgar una más en el porche cubierto que vuelve a cruzar la cocina por el centro. La ropa para planchar se ha convertido en una montaña inmensa.

Gene, abriéndose paso por la cocina para llegar al salón, le dice que el agua cuesta dinero.

Un sábado de verano, que a Grace le parece que es el principio del fin de semana aunque Gene vaya a trabajar, pone a los niños ropitas ligeras y se los lleva a la playa. La arena está fresca pero seca. Parece que todos en Hunts Beach y los alrededores han tenido la misma idea porque el rompeolas está lleno de coches de todos los colores y modelos imaginables. Grace extiende la manta sobre la arena. Protege a Tom con una especie de tienda de campaña de gasa cuando se queda dormido. Se desabrocha con reticencia la bata y se queda con un bañador de dos piezas de color blanco, el del top de cuello halter y la bragueta falda. Sabe que el bronceado le resulta favorecedor. Aunque no aparta la vista del agua, es perfectamente consciente de que la gente la mira. Deja a Claire con su bañador rojo de topitos y van a bañarse. Aunque el Atlántico está helado todavía, Grace espera hasta que no siente los tobillos. Juega con Claire donde no cubre, se salpican mutuamente. El sonido de las olas es relajante para Grace, silencia las voces individuales. A Claire le gusta la acción mecedora del océano que la empuja hacia fuera y hacia dentro. Grace se sienta en el borde del agua vigilando a la niña hasta que, finalmente, se recuesta y se deja llevar con Claire. La niña se ríe al ver a su madre en el agua con ella, y Grace se ríe también. El movimiento del mar es rítmico y sensual —tiene un vivo recuerdo de cuando era niña— y antes de darse ni cuenta las dos tienen el bañador lleno de arena. Agitan los pies para formar espuma. Grace le dice a la pequeña que hagan un castillo, pero nada más volcar la base de arena prensada, Claire la aplasta con la mano. Debe pensar que el juego consiste en eso.

Al cabo de una hora, Tom, que siempre ha sido un bebé inusualmente bueno, lloriquea. Grace lo saca de la tienda de gasa y comprueba que tiene la cara y el cuello de un color rosa brillante. Al tocarle la mejilla, le deja una clara marca blanca que desaparece poco a poco.

—Ay, Tom —dice, tomándolo en brazos.

¿Habría dejado Rosie que se le quemara su bebé? Nunca. Rosie habría bajado con una sombrilla y una gorrita para Eddie y habría tenido en brazos al bebé todo el tiempo.

Las quemaduras del sol no se pasan en un día. A la hora de la cena, se le han formado arruguitas alrededor de los ojos.

—¿Qué demonios le ha pasado a Tom? —pregunta Gene nada más entrar por la puerta.

Justo antes de añadir:

—Mi madre está en el hospital.

—¿Qué le ha pasado? —pregunta Grace.

—Cáncer de mama.

La noticia es un golpe para Grace. Sugiere buscar una niñera.

—Podemos ir a verla. Tengo rosas nuevas. Se las podemos llevar.

—Yo ya he estado —dice Gene, dejando sus herramientas del trabajo encima de la mesa de la cocina, como si los platos y los cubiertos no estuvieran—. Llevo allí toda la tarde.

Grace se deja caer en la silla pesadamente, virutas de café instantáneo caen de la cuchara.

—¿Cuándo te has enterado?

—La semana pasada, cuando llevé a los niños a que la vieran. La operan el lunes.

—¿Y no me has dicho nada?

—No quería que montaras alboroto por el asunto.

—Yo no hago eso, y lo sabes.

Gene mira la piel quemada de su hijo.

—También van a extirparle la glándula suprarrenal y los ovarios.

—Dios mío —dice Grace—. ¿La glándula suprarrenal por qué?

Está segura de que no sabría decir dónde está esa dichosa glándula.

—Para eliminar toda traza de estrógeno. Igual que los ovarios.

—¿Los dos?

—¿Ovarios?

—Pechos —dice ella.

—Por supuesto —contesta Gene, mirando a su mujer como si fuera boba.

Cuando Grace lo piensa fríamente, se da cuenta de que no quiere que Merle se muera. Si ocurriera, su marido se abandonaría al duelo y sus hijos perderían a Nana.

—Tal vez después de que la operen —dice Gene con tono apaciguador. Al fin y al cabo, Grace no es la responsable de la enfermedad de su madre—. Iremos a verla juntos. Yo vuelvo ahora, para tranquilizarla.

—¿Está asustada?

—¿Tú no lo estarías?

Gene besa a los niños y abre la puerta.

—Dale recuerdos de mi parte —dice Grace. Sus palabras la sorprenden a ella y también a Gene porque jamás ha dicho algo así para referirse a su suegra.

—Lo haré —dice Gene, pero Grace sabe que no lo hará. ¿Para qué disgustar a su madre nombrándole a alguien a quien no soporta?

Como Tom ha empezado a pelarse, Grace deja pasar a propósito la cita con el doctor Franklin.

Tras la operación, la madre de Gene tiene ganas de morirse. No se considera, fundamentalmente, una mujer.

Gene pasa cada vez más tiempo con su madre, lo que resulta ser una decisión afortunada, ya que la señora Holland muere diez días después de la operación por una embolia en dirección al corazón. Gene cree que su madre se dejó ir. Grace, que no había tenido la oportunidad de ir a verla, cree que cuando se produjo la embolia, la madre de Gene no sabía ni deseaba que ocurriera nada.

—¿Cómo está Gene? —pregunta Rosie a Grace unos días después del funeral, vigilando a los niños en el jardín trasero. Rosie ha lavado varias tandas de ropa en la máquina de Grace.

—Ahí va.

—La verdad.

—Está fatal. Me siento culpable. Me hace sentir culpable.

—¿Cómo es eso?

—Si hubiera ido a ver a su madre de vez en cuando, ella no habría enfermado de cáncer de mama.

—Es la tontería más grande que he oído en mi vida.

—Sí, bueno —dice Grace, deteniéndose a pensarlo un momento—. ¿Pero sabes una cosa? Siento que es verdad.

Siente que es verdad porque en alguna ocasión ha deseado que su suegra desapareciera. No que se muriera, que desapareciera. Siente que es verdad que fue ella la culpable de la dolorosa noche que pasó en la cama, pese a saber que no lo es. Sin embargo, sí sabe que hace mucho tiempo que Gene y ella no practican el sexo. Siente que es verdad que no quiere volver a empezar.

Una mañana, mientras da la comida a los niños, Grace oye a través de la ventana cubierta con la mosquitera cómo chocan las olas contra las rocas dos calles más allá, en la playa. No es que sea la primera vez que oye el sonido de las olas desde casa, pero se le antoja que suenan muy alto en ese despejado día de verano, y queda perpleja por lo paradójico.

Va a la playa con Claire caminando a su lado y Tom en el carro bajo la sombrillita que ha instalado en la capota del carro. No puede llegar más allá de la acera situada frente al rompeolas, que se va quebrando cada vez que una ola inmensa lo golpea. Nunca ha visto unas olas tan grandes. Se da cuenta de que los residentes de las casas situadas justo enfrente del rompeolas se han asomado a mirar. Claire se pone a dar saltos y tiembla de júbilo y miedo. Justo cuando parece que una ola va a salpicar desde lo alto y el agua pulverizada va a cruzar la calle y la va a mojar, la ola golpea el muro y retrocede con la corriente.

Una mujer que Grace no ha visto nunca se sitúa a su lado y dice:

—Como alcancen la casa, no me quedará nada.

—No la alcanzarán. No hace viento.

—Aún no ha subido la marea —dice la mujer, vestida con una bata verde.

Si Grace prestara atención al cuadro de las mareas que Gene clavó en la parte interior de la puerta del sótano, lo sabría.

—Debe haberse producido una tormenta mar adentro.

—¡Qué más da lo que sea! Sigue dando mucho miedo.

Parece como si la mujer tuviera una cabeza pequeña, pero es un efecto óptico porque en realidad la tiene llena de rulos. Pero sí debe estar mal de la vista. Pocas mujeres saldrían de casa con las gafas puestas. Las suyas son ovaladas y con una delgada montura dorada.

—¿Usted vive también en esta calle? No la he visto por aquí —le pregunta a Grace a continuación.

—Vivo dos calles más atrás.

—Oh, entonces no tiene de qué preocuparse —dice, mirando a los niños de Grace—. George y yo no pudimos tener.

—Lo lamento —dice Grace, sorprendida por la revelación—. Si deseaban tenerlos, quiero decir.

—Yo sí que los quería. George no lo sé. Hace tiempo que se fue. —Y cruzándose de brazos, pregunta con los labios apretados en una fila línea—: ¿Le gusta su marido?

—Sí.

—Aférrese a él. La vida es demasiado dura sin un hombre.

Grace se queda mirándola mientras la mujer vuelve a su casa. ¿Aislará las ventanas de la casa con tablones? ¿Se pondrá a llenar sacos de arena? ¿Debería haberle ofrecido su ayuda? Cómo tendría que odiarla por vivir en una casa segura dos calles hacia el interior, y por tener marido e hijos.

Las olas se elevan hasta alcanzar la altura de los árboles que hay detrás. El agua pulverizada moja el pavimento. ¿Qué quieren decir estos mensajes procedentes de otra parte? Es imposible en ese momento no pensar en la amenaza que supone el mar. Hay que darle crédito y parece rabioso.

Por la tarde, mientras Grace prepara la cena, Rosie la llama desde la verja que separa sus casas para hablarle del accidente. Cuando las olas se calmaron, dos hombres y un chico de unos siete u ocho años fueron a la playa a pescar. Uno de los hombres se metió en el agua a desenredar el hilo de la caña y la corriente revuelta del mar lo arrastró hacia el interior, algo que no era inusual después de una tormenta. El otro hombre corrió a buscar ayuda mientras el chico gritaba y agitaba los brazos.

—El pescador se ahogó y el servicio de rescate está esperando a que el mar devuelva el cuerpo a la playa —dice Rosie—. Nadie en el pueblo los conoce.

—¿Y qué pasó con el chico? —pregunta Grace.

—Era su padre. Horrible, ¿no te parece?

Unos minutos después, cuando Rosie se va, Grace permanece en el sitio con una patata y un pelador en las manos, las muñecas apoyadas en el borde del fregadero, y llora. No lo había hecho por Merle y lo hace por un niño huérfano de padre y un hombre totalmente desconocidos. El mar reclamó su premio después de todo.

—¿Qué pasa? —pregunta Gene al entrar en casa.

—Las cebollas.

No es capaz de contar a Gene lo del accidente por temor a derrumbarse. Gene se dará cuenta una vez más que no había llorado por su madre.

El duelo de Gene es tal y como Grace había imaginado. Casi no habla durante la cena. Hasta Claire ha dejado de darle conversación. Dirige alguna frase a Grace normalmente, como para cumplir con su obligación conyugal. Y la mayoría de las veces, es algún dato que no le sirve para nada.

—Puedes ir a una milla por minuto por la autopista.

—Qué rápido.

Gene no responde. No tiene nada más que decir.

—Dale tiempo —dice Rosie—. Cuando murió su padre, Tim tardó dos años en volver a la normalidad.

—Qué me vas a contar. A mi madre le pasó igual —dice Grace—, pero es un momento importante en la vida de Claire y Tom.

—¿Gene no interactúa nada con ellos? —pregunta Rosie.

—Nada.

Rosie clava los dedos en la arena. Está vestida por completo y lleva un sombrero de ala ancha y gafas de sol además de estar sentada bajo la sombrilla. Y con todo, no puede estar más de una hora en la playa. Ese día las olas llegan hasta la orilla, juguetonas como niños.

—¿Cómo es en la cama? —pregunta Rosie.

Grace se sonroja con la esperanza de que su piel bronceada pueda ocultar su apuro, su desesperación, su alivio.

—Igual —contesta.

—Tim estaba como loco. Era lo único que quería hacer.

—Demostrar que seguía vivo —dice Grace.

—Una parte de él estaba bien viva —dice Rose, recostándose en la arena con los brazos estirados por encima de la cabeza—. Me costó caminar durante meses —exclama, dejando bien claro que le había encantado.

A Grace le resulta incomprensible. ¿Hay que envidiar a Rosie o compadecerse de ella? Envidiarla si el asunto la hace tan feliz como parece. Es un tema al que Grace no puede añadir nada, dado que Gene lleva más de dos meses sin acercarse a ella.

Grace decide que su obligación es ayudar a aliviar el dolor por la pérdida de su marido. Se lava en el cuarto de baño y se pone su camisón de algodón. Se tumba boca abajo en la cama y se levanta el camisón hasta los muslos. Ha dejado la sábana de arriba colgando del pie de la cama, es la señal más clara que puede darle a su marido sin tener que hablar del tema.

Oye los pasos de Gene en la escalera. Entra en la habitación y se para en seco. Parece que la está mirando, pero Grace no lo oye desnudarse. No oye la hebilla del cinturón, ni que se esté quitando los zapatos, ni el roce del pantalón contra las piernas. Se muerde el labio y clava el rostro sobre la almohada. Nota que Gene se sienta en su lado de la cama, hundirse el colchón, a continuación oye el ruido del cinturón, los zapatos y los pantalones. Se tumba junto a ella y sube la sábana, cubriéndole bien los hombros pero sin llegar a tocarla. Por último, Grace nota el ligero tirón de la tela cuando se pone de lado.

Grace queda paralizada por la vergüenza y hasta que no oye los ronquidos de Gene no se atreve a ponerse de lado, dándole la espalda. Está despierta una hora. ¿El dolor por la pérdida de un ser querido anula el deseo sexual de un hombre? No anuló el de Tim. ¿Es que su marido ya no la encuentra atractiva? ¿No le ha gustado cómo se ha expuesto a él? Se pregunta qué ocurriría si se diera la vuelta y lo despertara para preguntarle por qué no le había hecho caso. ¿Fingiría no saber de qué hablaba?

Una nueva sensación se apodera de ella, la de las esperanzas que se vienen abajo y las alegrías truncadas se le agarran a la boca del estómago. Soporta la sensación, sin entender muy bien de qué se trata, todo lo que puede. Y al final, como si de una situación de vida o muerte se tratara, aparta la sábana y se levanta. Baja las escaleras y va a buscar los cigarrillos a la cocina. Enciende uno con dedos temblorosos y da una larga calada. El pánico se calma y se sienta en la mesa de la cocina. La cocina es suya. Bueno, siempre ha sido suya, pero en la oscuridad no hay tareas que hacer, lo que la convierte en un oasis. Deja que el aire que atraviesa la mosquitera le acaricie el rostro. Relaja los hombros y se recuesta en el respaldo de la silla. Oye ruido entre el denso follaje estival. De algún lugar le llegan retazos de música, una voz. La luna casi llena hace resplandecer el color blanco de la casa de detrás de la suya. Echa la ceniza en un vaso que hay en la mesa y al mezclarse con los restos del fondo sube hasta su nariz un olor muy reconocible. ¿Ginebra? Coge el vaso. Queda como media pulgada de líquido en el fondo. ¿Gene bebe antes de subir a la cama? ¿Una copa rápida para tranquilizarse? ¿Para ahogar las penas? Grace recuerda entonces encontrarse vasos sucios en el fregadero al bajar por la mañana. Y pensar que era agua. Aquellos debió de enjuagarlos bien. Pero el que tiene delante huele a ceniza y a ginebra. ¿Cuánto tiempo lleva bebiendo en secreto? Sopesa si es buena idea dejar el vaso con la ceniza sobre la mesa y que sepa que lo ha visto. Podría dejar también la colilla. Lo que hace que se pregunte si debía ver el vaso y enterarse de que estaba bebiendo.

Varios días secos y soleados seguidos es algo de lo que hablar, algo que comentar. Las novias cubiertas con velos que salen de la iglesia metodista ven en el tiempo una señal benevolente del Cielo. Grace, con sus hijos en el carro, las observa tratando de decidir qué parejas serán felices y cuáles no. La novia con la tiara de raso que lleva el velo suelto, flotando con la brisa tras de sí, y a la que es obvio que le importa más la fotografía que le están haciendo que su ya esposo, que retira la mano de la de ella, está condenada al fracaso en su opinión. La que da un respingo al recibir el beso apasionado de su nuevo marido, y que hace que se tropiece con su propio vestido, va a sufrir. Pero la joven del vestido azul claro, que sale de la iglesia hablando en susurros con su marido, que se inclina hacia ella para escucharla y le sonríe como si estuvieran compartiendo bromas íntimas, lo ha logrado. Grace se deleita con las novias. Vida nueva, posibilidades nuevas. Levanta a Claire en brazos para que pueda verlas bien.

—¡A que es preciosa! —exclama Grace.

Con el bochorno de los últimos días de agosto encima, Grace deja un plato en el fregadero y se da cuenta de que hace tres meses que no tiene el período. Se deja caer pesadamente en la mesa de la cocina, siente las manos frías. Se palpa el abdomen, pero no le dice nada. Aprieta los puños aferrándose a la tela de la falda, cierra los ojos y cuenta.

Tarda solo unos segundos en recordar la única noche en que pudo quedarse embarazada. Apoya la frente en la mesa y cuenta de nuevo.

Se sienta bien erguida. El bebé que lleva dentro es el producto de una noche horrible. Gene se dará cuenta. Él también sabe sumar.

Cuando nazca el bebé, Tom tendrá catorce meses. Tendrá tres hijos de menos de tres años. Casi como si fueran trillizos.

Se queda mirando las arrugas que se ha hecho en la falda. Es consciente del sudor que le resbala por dentro de la blusa sin mangas. Coge un paño de cocina y se lo pasa entre los pechos para secarse, y a continuación se lo pone en la nuca. Gene dirá que no pueden permitirse tres hijos. O puede que la culpabilidad le impida decir nada.

Tendrá que contárselo a Gene. No. Dejará que la mire y se lo pregunte él solo. Tendrá que decirlo en voz alta. Para entonces, habrá hecho los cálculos y sabrá la noche en que concibieron al niño. Grace se pregunta si la forma en que se coloca el esperma en la mujer afecta la personalidad del niño. No, claro que no. Ella reconoce una vieja superstición cuando escucha una.

El calor los reduce a versiones más sueltas de sí mismos. Grace no tiene energía para preparar una comida como es debido, pero tampoco le bastan unos sándwiches. Algunas tardes coge la manguera del jardín, se agacha y se moja el cuello, la espalda y el pelo. Siente escalofríos de verdadero placer. Por la noche no soporta el camisón de algodón, y el ventilador de la ventana lo único que hace es llevar el aire sofocante del exterior al interior. Le preocupan las escoceduras que le han salido a Tom por culpa del pañal. Sabe que tiene que visitar al doctor Franklin para asegurarse de que esté embarazada. Su madre lo adivina poco después de que Grace lo sepa.

—No lo quiero.

Su madre la mira con los ojos como platos.

—Prométemelo.

—Te lo prometo —responde Grace, consciente de que no tiene alternativa. Puede que si viviera en Portland o Boston sabría adónde ir, pero no sabe de nadie en Hunts Beach que sepa decirle adónde ir para deshacerse de un feto. Probablemente lo sepa el doctor Franklin, pero no puede preguntarle. Y él no lo haría de todos modos.

En la primera semana de septiembre, Grace empieza a desear que llueva. Tanto sol resplandeciente parece antinatural. Sabe que otros piensan como ella, pero no dicen nada por temor a que se desaten las interminables lluvias de primavera. Como si un pensamiento pudiera desatar nada.

Grace se hace vestidos más grandes. Su madre le compra una blusa premamá y la ayuda a soltarle la goma de las faldas. La primera noche que se lo pone, Gene le dice nada más entrar en la cocina:

—Estás embarazada.

—Te has dado cuenta.

—¿De cuánto?

—Adivina.

Se produce un largo silencio. Grace sabe que pisa terreno delicado.

—¿Estás feliz?

—¿Y tú?

Grace no espera respuesta y tampoco la necesita.

— He oído que el nivel del agua en lagos y estanques está bajo —contesta.

—¿Eso es bueno?

—Estaré fuera cortando el césped.

Grace mira a su marido por la ventana empujando el cortacésped, levantando nubes de polvo tras de sí.

Grace pide cita con el doctor Franklin, un hombre que no desperdicia el tiempo charlando, que entra en las casas y sube directamente a la habitación del paciente antes de que la familia sepa que ha llegado. Estudia el historial de Grace.

—Lo que pensaba —dice—. Es su tercer hijo en menos de dos años.

—Más o menos.

Le pide que separe las piernas con un gesto.

—¿Necesita información sobre protección? —le pregunta mientras le introduce los dedos en la vagina.

—No —contesta ella—, pero puede que mi marido sí.

Nunca antes ha utilizado este tono de sabelotodo con el doctor. El hombre es quien más sabe sobre ella. Al fin y al cabo, él la trajo al mundo.

—¿Cuántos años tiene? —le pregunta mientras manipula sus partes íntimas.

Grace hace un gesto de incomodidad.

—Veintitrés.

—Tal vez podrías pensar en ir más despacio —dice él sacando las manos.

Grace no sabe qué decir. ¿Se refiere a que haga el amor con menos frecuencia? ¿Cómo ir más despacio cuando ni siquiera lo hacen?

—Siéntese.

Grace lo hace y se cubre los pechos, una vez que el doctor los ha observado y palpado. La consulta siempre huele igual, a una combinación de productos químicos desconocidos. Cuando era niña, el olor la asustaba, y había que llevarla a rastras. Ahora se le antoja que es extrañamente reconfortante.

—No está contenta, ¿verdad? —le pregunta el médico, al tiempo que se limpia las manos. Grace se da cuenta de que ya es un hombre mayor, que tiene el pelo casi blanco y las gafas no ocultan las bolsas que se le forman debajo de los ojos.

—Es demasiado pronto.

—En algunos países no dirían lo mismo, pero agotan a sus mujeres. Y nosotros no queremos agotarla, ¿verdad?

Ella ya se siente agotada. Piensa en todos los años de pañales y biberones que se le vienen encima.

—Pero dentro de cinco años se encontrará en una posición envidiable, por tener ya a todos sus hijos y una familia unida y criada.

Está a punto de soltar una áspera contestación, pero de nada sirve tomarla con ese hombre tan amable que solo quiere ayudar.

—El embarazo y el parto le costarán ochenta dólares —le dice—. Sé que es más de lo que pagó por Tom, pero he tenido que subir los precios en cinco dólares este año.

—No pasa nada —dice ella.

Le ordena abruptamente que se vista y sale de la sala. Si tuviera algo que decirle respecto al embarazo, lo habría hecho. El bebé y ella deben estar bien.

La sala de espera está llena.

Los días bonitos se suceden. La playa está tan abarrotada que después de las diez de la mañana no cabe una sola manta más. Claire quiere meterse en la piscinita que no cubre desde que se levanta. Grace sostiene a Tom sobre el agua tibia. Hay escasez en la fábrica de hielo y a veces no tienen refrigeración en la cocina durante varios días. Rosie y ella empiezan a comprar todos los días en la tienda de Gardiner para comer productos frescos sin tener que preocuparse por el almacenamiento en frío. El maíz está bueno. Los tomates están carnosos. Los cantalupos son pequeños como pelotas de sóftbol y las sandías, enormes. Por la noche, Gene y ella comen sandías fuera y escupen las pepitas en la hierba.

Una tarde, cuando los niños duermen ya, Gene dice:

—Vamos a la cama.

Grace no sabe si lo dice porque está cansado o porque quiere hacer el amor.

Obtiene la respuesta al llegar a la cama, donde se pone frente a ella, los dos tumbados de lado. Está excitado y quiere que ella lo sienta, pero cuando Grace levanta la pierna y cambia de postura para permitir que la penetre, se le baja la excitación. Grace, preocupada porque sabe qué es lo que tiene que hacer para que aquello funcione, empieza a acariciarlo, pero debe estar haciendo algo mal porque Gene la detiene.

—Lo siento.

—No lo sientas —dice ella.

Tras separarse, Grace se pregunta, por primera vez, si su marido se sentirá tan perplejo como ella. ¿Es posible que se esté esforzando por encontrarle sentido a su matrimonio a su manera? Grace no siente que el amor la inunde, sino más bien lástima. No quiere sentir lástima de su marido.

———

La calima se extiende en el horizonte cuando Gene lleva a Grace y los niños a la casa de su madre, ahora de él. Se encuentra a seis kilómetros y medio al sur de Hunts Beach, en la cima de un promontorio con vistas a una playa de rocas y el océano. Grace ha estado en ella tan solo unas pocas veces, pero recuerda especialmente las veces que fue antes de casarse porque la señora Holland apenas podía ocultar su desconfianza ante «artimañas» de Grace según ella, las que había empleado para quedarse embarazada y embaucar a su hijo antes de que este pudiera acabar sus estudios. Grace pensó entonces, y aún lo hace, que Merle jamás habría podido creer, ni en un momento de lucidez, que su hijo no tenía la menor culpa.

El Ford sube por el camino serpenteante que lleva a la casa, un edificio de estilo victoriano muy cuidado, pintado de verde con detalles en blanco que resalta el intrincado trabajo de marquetería en puertas y ventanas, y a lo largo del amplio porche delantero. Antes de morir, el señor Holland poseía acciones y bonos, de los que Grace no sabe nada más que habían proporcionado a Merle Hollando los ingresos suficientes para llevar una vida cómoda. Gene coge en brazos a Tom y Grace toma a Claire de la mano y suben al porche. Grace se da la vuelta para contemplar la línea de costa que se extiende ante ella. Gene rebusca en el manojo de llaves y entran en la casa.

Su marido tensa el rostro al entrar en la casa a ospastors con el largo pasillo que llega hasta la parte de atrás, el salón independiente a la derecha y el mirador a la izquierda. Grace se pregunta si su marido está triste u horrorizado. Abre las puertas acristaladas que conducen al salón. Grace quiere abrir todas las ventanas. Gira la tulipa con flecos para que entre la luz y Gene frunce el ceño como riñéndola por haberlo hecho.

—La vista es magnífica —dice Grace.

—El sol calentará la casa —dice Gene, como si estuviera imitando las palabras a menudo repetidas por Merle.

—¿Crees que afectará a los muebles?

—No toques nada —dice Gene a Claire, pero Grace sabe que las palabras van dirigidas a ella.

Ella lo ignora y levanta la tulipa.

Bajo el escrutinio del sol, la casa deja ver los años. El papel pintado con un dibujo en tono granate deja a la vista el yeso blanco donde se está levantando. La marquetería es de madera de imitación a caoba. Claire se agarra a la pierna de Grace, pero esta no tiene necesidad de agarrarse a nadie.

¿Sería por la falta de luz por lo que la planta que crecía allí dentro estaba retorcida? Se mueve con paso rápido por el comedor, en cuya mesa no se ha permitido que coma nunca ningún niño, y entra en la cocina, desde cuyas ventanas se tiene una vista al jardín. La estancia, pintada de amarillo claro y blanco, es un refugio. Claire, que así lo siente, corretea por el suelo de linóleo, y Grace le da algunos utensilios de madera para que juegue.

—Esto sí me gusta —dice Grace.

Gene asiente sin mirarla, como si su madre tuviera razón. La cocina es el lugar para el servicio. Grace duda que Merle haya entrado en la cocina alguna vez, ya que tenía a Clodagh que cocinaba y limpiaba. Cuando Gene iba de visita con los niños, era Clodagh quien hacía galletas para Claire y tenía preparado un biberón a la temperatura perfecta para Tom. Clodagh, a quien Gene había entregado su última paga. ¿Qué sería de ella?

Fuera, los jardines se están secando por la falta de lluvia. Grace recuerda que eran preciosos, el resultado de los conocimientos de Merle y el trabajo de Joe, el jardinero.

Gene los convence para que salgan de la cocina y suban a la segunda planta, ocupada por completo por el dormitorio, el vestidor, el cuarto de baño y un piano en la zona del mirador de la señora Holland. Grace se maravilla ante todo aquel espacio para una sola mujer, un espacio mucho mayor, está segura, que toda su casa entera. Toca el tejido y la plata, el papel de cartas y los bolígrafos. Acaricia los colares que cuelgan de un espejo ornamental, un desafío que Gene es incapaz de asumir.

Quiere que me guste la casa, piensa.

No habla de su futuro hasta que no llegan a la tercera planta, mientras inspeccionan las habitaciones de invitados, que comparten un cuarto de baño con accesorios de madera e inodoro con cadena para tirar de la cisterna. Gene la invita a mirar por la ventana de la que había sido su habitación. La vista era espectacular.

—Se ven los barcos que van de Boston a Portland desde aquí —le dice.

Grace agarra a Claire por un pie antes de que se meta debajo de la cama.

—¿Entonces qué te parece? —pregunta Gene.

—¿La casa? Es enorme.

—La idea de mudarnos.

Grace sabía desde que subieron a la segunda planta que Gene se lo iba a preguntar y aunque lo primero que le viene a la mente es gritar que no, entiende que tiene que andarse con cuidado.

—Es espectacular, pero está aislada. No sé con quién iban a jugar los niños. No pueden salir de la propiedad a menos que crucen la carretera de la costa y al único sitio que se llega es a las rocas y al mar. ¿Cómo irán caminando hasta el colegio cuando llegue el momento?

—Hay un autobús —dice Gene—. Así es como iba yo al colegio.

—Me encanta la cocina, pero es demasiada casa para nosotros. Me pasaría trabajando día y noche.

—Ya trabajas día y noche.

—No, no es verdad.

—Bueno, esta casa facilitaría las cosas en ciertos aspectos —señala—. Más espacio para almacenar cosas.

A Grace se le antoja que es un argumento débil. ¿Qué cosas?

—¿Tu idea es que nosotros durmamos abajo y los niños aquí arriba?

—Bueno, el bebé estaría con nosotros los primeros meses.

—¿Y Tom y Claire estarían aquí arriba donde no podríamos oírlos?

Gene resopla. Grace piensa en Rosie. ¿A quién tendría de vecina allí?

—¿Y los impuestos no son altos?

—No hay que pagar hipoteca.

—No sacaríamos mucho por nuestra casa —dice ella de una casa sobre la que pesa una hipoteca grande.

—No lo necesitaríamos si viviéramos aquí.

—Nos gastaríamos todos nuestros ahorros en impuestos y mantenimiento —argumenta ella.

—Me subirán el sueldo dentro de poco.

Grace estornuda. Y vuelve a estornudar. Pide disculpas y estornuda por tercera vez.

—Hay mucho polvo —dice Gene—. Nada que no se solucione con una buena limpieza.

Grace no sabía que pudiera fingir los estornudos con tanta perfección.

———

—No puedo —dice Grace. Detesta la casa, la oscuridad victoriana, las tulipas con flecos de las lámparas, los muebles de caoba maciza. El peso de la casa la asfixia.

—Creo que me corresponde a mí decidirlo, ¿no te parece?

—No, no me parece.

—¡Por el amor de Dios, Grace, cállate!

Claire mira alternativamente a sus padres. En algún lugar, lejos de allí, alguien está aplastando un castillo de arena.

En casa de la madre de Grace, después de tomarse un té helado y echar un vistazo a la canastilla que le está tejiendo, ella, Marjorie, pregunta a su hija:

—¿Qué tal les va a Gene y a ti?

—Estamos pasando una mala época —contesta Grace.

—¿Económicamente?

—No.

—¿Es por el estrés ante la llegada del bebé?

—Podría decir que sí —confiesa Grace—, pero no sería exacto.

Su madre moja la mejilla de Tom con la pared helada de su vaso y el niño se aparta, riéndose. Pero vuelve a por más.

—¿Qué tiene de bueno tu vida? —pregunta su madre.

Sorprendida, Grace tiene que pararse a pensar.

—Tengo dos niños preciosos.

—¿Y?

—Y tengo una casa que me gusta, una amiga al lado de mi casa y una lavadora.

—¿Y?

—Tenemos salud.

—¿Y?

Grace detiene a su madre porque sabe adónde se dirige aquello.

—Y tengo un marido que trae un sueldo a casa, se porta bien con los niños y es guapo.

No dice que piensa que Gene está terriblemente afligido.

El clima seco se transforma en sequía. La palabra está en boca de todos, pronunciada al menos una vez al día. La hierba cruje bajo los pies. Los hombres que están ampliando el lateral de la carretera para hacer una vía de servicio afirman que las seis pulgadas de la capa superior de tierra es polvo. Por los caminos de

Hunts Beach, los vehículos levantan nubes de polvo sofocante tras de sí y las mujeres empiezan a meter nuevamente la colada en la casa por miedo a que las diminutas partículas de polvo se peguen a la ropa limpia. Grace no sabe muy bien cuándo los días soleados pasan de ser beneficiosos a antinaturales, pero cree que ocurre a finales de septiembre, cuando los niños vuelven al colegio y muchos de los turistas ya se han marchado. La molesta sensación de que algo malo va a suceder se convierte en débil alarma. Los crisantemos y las rosas del jardín se han secado. Grace espera que la temperatura baje por la noche, pero no es así. Por primera vez en más de un año reza para que llueva.

Chispa

A principios de octubre, los ganaderos del interior tienen que transportar en camiones el agua para el ganado porque los pozos están secos. El agua de los riachuelos está quieta, los niveles de los lagos descienden. El polvo y el humo de la madera quemada están suspendidos en el horizonte.

El estado emite una norma con la intención de advertir a los ciudadanos de la necesidad de apagar los cigarrillos y las cerillas en un recipiente con agua. Sin nada mejor que hacer, Grace tira un cigarrillo encendido al suelo solo por ver qué ocurre. La hierba empieza a arder y el fuego se extiende con más rapidez de lo que hubiera podido imaginar. Lo apaga con el agua de una jarra antes de que alcance el montón de hojas secas que Gene había recogido con el rastrillo y dejado a un lado de la casa. Sin embargo, volutas de fuego se elevan a su espalda y corren hacia la casa. Grace las pisotea y entra a toda prisa en la cocina, detiene la lavadora y saca el tubo del agua hacia el exterior para que el agua espumosa caiga sobre la hierba. Recoge parte en la jarra y empapa la zona quemada hasta que no queda ni rastro de fuego. Se sienta, sin aliento, en los escalones del porche y agacha la cabeza, avergonzada por su estúpido experimento.

Las malas artes del fuego la han dejado anonadada.

Los cazadores informan al despuntar el día que la hojarasca y las agujas de los pinos se desintegran al tacto. La gente no para de discutir sobre si es seguro disparar armas.

Las hojas coloreadas se parten en la mano sin dejar que uno aprecie sus colores. Cuando Grace era niña, buscaba las hojas de un rojo brillante y su madre las planchaba entre pliegos de papel encerado para conservarlas. Grace recuerda los bonitos paquetes de color rojo sobre la mesa de la cocina. Le entristece no poder hacerlo con Claire, a quien seguro que le encantaría tocar las hojas enceradas.

Gene dice que una de las cuadrillas que trabajan en la autopista inició un fuego para limpiar el terreno. Los bomberos lo extinguieron y al día siguiente comprobaron que dicho fuego estaba descontrolado y había surgido inesperadamente en la raíz de varios árboles. Los bomberos apagaron los nuevos focos, pero al día siguiente aparecieron más.

—¿El fuego avanza bajo tierra? —pregunta Grace.

—Sí.

Grace se imagina fuegos secretos escarbando un túnel debajo de su casa.

—¿Pero cómo? Si no hay oxígeno.

—Hay oxígeno en la turba y la vegetación muerta —explica Gene.

Añade que el fuego se mueve despacio bajo la superficie, y con lo que quema aporta más oxígeno al suelo. Pueden estar ardiendo sin que nadie los detecte durante meses y hasta años. Un fuego que penetra en el interior del suelo a finales del otoño puede surgir inesperadamente en primavera.

La idea fascina a Grace. Se pregunta si sentiría el calor bajo los pies si caminara descalza por el campo. Le cuesta no atribuir características amenazadoras a los fuegos subterráneos, las mismas que atribuyera en su momento al mar.

No es posible realizar la siembra de otoño porque la tierra seca no permite que se abran surcos. El nivel de los estanques alcanza su mínimo en treinta años. En el fondo de un estanque seco, un granjero encuentra lo que parecen los restos de un antiguo camino. El fuego, y no la sequía, es la palabra que está en boca de todos.

Cuando Grace está de cinco meses, sube al ático en busca de sus prendas de lana porque aún conserva ropa premamá de invierno, pero cuando abre la caja y palpa el grueso tejido, sabe que es demasiado pronto. Las temperaturas en las últimas dos semanas no han bajado de los ochenta grados; todas las mujeres siguen poniéndose ropa de algodón. Antiguamente, los nativos le habrían dado mucha importancia por lo inusitado de la estación, algo para lo que parece que no hay ni nombre. No sería apropiado llamarlo veranillo porque aún no se ha producido ni una helada. Los ancianos de la tribu se habrían reunido para tratar de resolver el misterio de este paso de un verano a otro. ¿Habrían ofendido a los ancestros? ¿Seguiría siendo verano durante meses? ¿Años? ¿Tendrían miedo de morir? ¿Miedo de que fuera el fin del planeta? ¿Cuál era el remedio?

El polvo entra en la casa y lo cubre todo. Cuando Grace se lava la cara por las noches, nota el efecto rasposo al frotarse con el paño.

Grace prepara una fiesta de cumpleaños para Claire en el jardín trasero y se coloca junto a la tarta y sus dos velas con una jarra de limonada por si acaso. La niña se pone de pie en la silla y sopla las velas con una floritura. Parece satisfecha consigo misma. Rosie, con el cigarrillo en la mano, aspira una calada larga y tira la colilla al suelo. Grace rodea la mesa a toda velocidad y echa limonada en la colilla, salpicando los zapatos de Rosie al hacerlo.

—¿Qué haces? —chilla Rosie, dando un salto hacia atrás.

—El otro día se me cayó una colilla en el césped y el fuego se extendió como...

—¿La pólvora? —termina Rosie, sonriendo. Saca otro cigarrillo y el mechero del bolso, pero se lo piensa mejor y los vuelve a guardar.

Grace se despierta cada mañana para ver si el mundo se ha arreglado solo. Parece que la fina capa de polvo que sentía en la cara se le ha metido en los ojos, la nariz y la cabeza, porque nota partículas en el cerebro donde no estaban antes. Si Gene se muestra taciturno, Grace está alerta, como si le hubieran roto un vaso de cristal sobre la piel. Intenta denodadamente no contestar con brusquedad a los niños, pero no puede evitar hacerlo con Gene.

—Creía que ibas a limpiar las mosquiteras —le dice en cuanto lo ve entrar por la puerta.

—Tienes que ir a buscarme un poco de hielo —le dice al día siguiente.

—¿Y cómo voy a saberlo? —responde a la pregunta de Gene de cuándo estará la cena.

Grace quiere ser mejor persona, pero no puede cuando el polvo le hace rechinar los dientes.

Una mañana, Grace lleva a los niños a la playa y se encuentra con otros vecinos del pueblo. Nadie charla, nadie saluda cariñosamente, solo existe la bruma sobre la orilla. La luz procedente del este resplandece a través de la niebla, dejando a la vista un barco langostero faenando. Esto es lo más cerca que han estado de sentir algo de humedad en Hunts Beach desde hace semanas. Parece prometedor. Grace y los niños aguardan a que la bruma se acerque más, como creyendo que si se adentran en el mar, los envolverá y dejará gotitas de agua en su piel y sus labios. El deseo de sentir la humedad se vuelve casi insoportable, y Grace se da cuenta de que varias personas, hombres y mujeres, se adentran en el océano. ¿Se atreverán ellos también a llegar hasta la niebla o esta retrocederá a medida que ellos avanzan, solo para burlarse de ellos?

Uno a uno, los vecinos regresan a sus hogares. Rosie y Grace se inclinan sobre la otra y comentan:

—Menuda decepción.

Rosie suspira.

Grace empieza a echar de menos un abrazo, un beso. Empieza a asociar los días soleados con los problemas maritales. Cree que tal vez su matrimonio esté hundido.

—¿Has considerado la posibilidad de hablar con el reverendo Phillips? —pregunta la madre de Grace.

—¿Qué? —responde Grace, atónita.

—El pastor. Sabes que fue a Harvard Divinity School.

—¿Pero y eso qué tiene que ver?

—Aconseja a las parejas —dice su madre—. A las mujeres. Y probablemente también a los hombres. Sé a ciencia cierta que Dot Truitt y su marido fueron a verlo para pedirle consejo.

—¿Y cómo les fue? —pregunta Grace.

—Siguen casados.

Lo que no significa nada para Grace.

—Yo no podría.

—Estoy segura de que habrá oído de todo. ¿Qué diferencia puede haber entre Gene y tú?

—Nosotros no hablamos y no practicamos sexo —dice Grace, furiosa.

Su madre parece sorprendida y a continuación dolida. Frunce los labios de una forma que Grace recuerda de cuando era niña y señala el vientre de su hija.

—¿Y cómo ha llegado eso hasta ahí?

—Fue la última vez —dice Grace—, y fue horrible.

—No quiero oír nada más —dice su madre, levantándose y saliendo de la habitación. Cuando vuelve, parece haber tomado una decisión—. Ve —dice—. Yo me quedaré con los niños. Ve a la iglesia a ver si encuentras al reverendo Phillips.

Grace deja a Claire y a Tom con su madre y se va, pero no a la iglesia, sino a casa de Rosie. Nada más abrirle la puerta, Grace le dice:

—No practicamos sexo.

Si Rosie se queda sorprendida al oírlo, no lo demuestra.

—¿Nada? —pregunta, señalando el vientre de Grace.

—Nada desde... — Grace se señala la barriga—. Y ya entonces era horrible.

Rosie retira un plato de postre, un pato de goma y un trapo del sofá.

—Los niños están echándose la siesta.

Grace adivina por los envoltorios que hay sobre la mesita auxiliar que Rosie estaba leyendo revistas y comiendo caramelos en su rato libre.

Rosie da a Grace un vaso de agua.

—Siempre supe que no eras del todo feliz en tu matrimonio. Era algo que emanaba de ti en oleadas algunas veces. ¿Y qué le pasa a Gene?

—No lo sé. No quiere verme la cara. No le importa si disfruto o no —se detiene—. Me refiero al sexo.

—¿Ha sido siempre así?

—La mayoría de las veces.

Grace nota que Rosie trata de disimular la sorpresa y la consternación.

—¿Has disfrutado alguna vez? —le pregunta su amiga suavemente.

—Puede que al principio —responde Grace, pero entonces se da cuenta de que Rosie se refiere al gozo del que le hablara en una ocasión—. Bueno, no. De la forma que tú piensas no.

Rosie guarda silencio.

Grace nota que se está poniendo roja.

—No quería que lo supieras. Tim y tú...

—Tim y yo —dice Rosie, suspirando—. Cada matrimonio tiene sus problemas.

—Pero a ti te gusta el sexo —dice Grace.

—Me gusta, sí.

—A mí no. Al menos tal como lo conozco. Ni siquiera sé si me gustará alguna vez. Gene es un buen hombre. O lo era. Me da vergüenza decírtelo. Empecé a hablarlo con mi madre, pero fue un error.

Cuando baja la mirada, el vaso de agua pasa a contener un dedo de brandy.

—No te vendrá mal —dice Rosie, levantando su vaso—. No has dejado de temblar desde que entraste por la puerta.

—Eres una buena amiga —dice Grace.

—Quiero serlo.

—Lo eres. —Entrechocan los vasos y Grace se echa a reír—. ¡Ay, Rosie, me has evitado tener que contárselo al pastor! Ahí es donde se cree mi madre que estoy.

—¿Ibas a pronunciar la palabra «sexo» delante de un pastor? —pregunta Rosie, sin dar crédito.

Grace lee en el periódico que se han producido incendios en Waldoboro, Topsham y Lisbon Falls. La noticia siempre llega uno o dos días tarde, y Grace reflexiona sobre el destino de las personas que las protagonizan. ¿Qué le ocurrió, por ejemplo, a la casa del hombre que la regó con la manguera cuando vio que el fuego se le acercaba? ¿La salvó? ¿O qué ocurrió con los dos caballeros que huyeron con sus declaraciones de la renta? ¿Las perderían entre la feroz ventolera causada por el fuego? ¿O con la mujer que rogaba que le permitieran llevarse el frigorífico? Al día siguiente hay historias nuevas y ningún comentario sobre las antiguas. ¿Cómo pensaba transportar aquella mujer su preciado electrodoméstico?

Muchas de las historias mencionan que no existe en Maine un sistema de alerta temprana sobre incendios. Con frecuencia, la primera señal es el olor a humo, seguido por un vehículo que entra en un pueblo a toda velocidad y un hombre en su interior que pide a los ciudadanos que evacúen la zona. Las casas arden en llamas. Los animales, atrapados en sus establos, mueren. Los que son liberados en el último momento a veces consiguen salvarse.

El brazo sudoroso se le pega al periódico cuando intenta pasar la página.

No es habitual ver a las mujeres de Hunts Beach caminando por la calle solas sin bolso o un niño o un carro de bebé. Al haber dejado a sus hijos con su madre, Grace sale de casa sin destino fijo. Con una falda suelta y una blusa de premamá, camina balanceando los brazos al compás de sus pasos. Como siempre se dirige hacia el sur en dirección al centro del pueblo, esta vez opta por ir hacia el norte. La mayoría de las personas han abandonado las casas situadas al borde del agua para volver a sus hogares, al colegio, al trabajo —los oriundos suelen vivir dos o tres calles hacia el interior, como ella—, pero de vez en cuando ve una ventana abierta, un rastrillo apoyado en un árbol, una calabaza tallada en los escalones de la entrada. En su paseo, la orilla parece más rocosa con la espuma del mar, un agradable sonido para la meditación. Está encantada de poder moverse más rápido que cuando va con los niños, estirar las piernas, despeorar el gato interior. Deja que su mente se vacíe, o lo intenta.

¿Qué se llevaría si alguien le dijera en ese preciso momento que debía evacuar su casa? A sus hijos, por supuesto, biberones para Tom, ropa limpia para Claire. Puede que una muda para ella guardada en la parte trasera del carro de los niños. ¿Una fotografía de su boda? ¿De los niños cuando eran pequeños? Sí, una o dos. Una foto de su padre. ¿La canastilla del nuevo bebé? Su bolso. ¿Una libreta de direcciones? ¿Cigarrillos? ¿Y qué ocurriría después? No puede correr más deprisa que un incendio. Tal vez podría meter a los niños y una maleta en la parte trasera de una camioneta. Pero no puede quitarse de encima la imagen de sí misma de pie, empujando el carro todo lo rápido que puede, intentando que

Claire no llore, porque estaría oliendo y percibiendo, por no decir que viendo, el peligro. Nadie tiene que explicarle a un niño qué es un incendio.

A Grace normalmente le encanta esta época del año. No es solo el cambio de las hojas o el clima fresco de esperar; es más una sensación de relajación mientras el resto del mundo está más ocupado. Al haber menos personas en el pueblo, el ajetreo en las calles es menor. La tranquilidad se deja notar. Este año, sin embargo, la sensación de paz se ha solidificado en una de tensa vigilancia. Seguro que dentro de poco lloverá, dicen. Tiene que llover algún día, lloran.

—Oiga, señorita.

El nombre hace que Grace dé un respingo y se vuelva a mirar. Un hombre la llama desde un Ford negro en el lado opuesto de la calle. Al principio piensa que es Gene gastándole una broma, pero rápidamente se da cuenta de que el conductor lleva un sombrero de paja. Gene jamás se pone sombrero de paja.

—¿Podría ayudarme, señora? No sé ir a un sitio.

—¿Adónde quiere ir? —le grita ella, haciéndose sombra con la mano para verle mejor la cara. Mediana edad. Un poco fláccido.

—Quiero ir a Cape Porpoise y tengo aquí un mapa.

Grace vacila un momento.

¿Pero por qué?

Según se acerca al coche, se da cuenta de que el hombre lleva los hombros descubiertos. Con ese calor, muchos se quitan la camisa. No debe ser muy alto, piensa, porque el cuello apenas sobrepasa la base de la ventanilla. ¿Cómo verá para conducir?

—¿En qué puedo ayudarle?

—Pues tengo aquí este mapa.

Grace se inclina para mirar mejor. El hombre está desnudo y se está tocando. La mira con una sonrisa. Le falta un diente, la carne de la barriga forma un pliegue, su pene está fláccido.

Ella retrocede lentamente, haciendo caso omiso a las groserías del tipo. Pisa el césped y seguidamente sube a la acera. Se gira en dirección contraria. Camina con la cabeza gacha, los hombros hundidos, rogando para sí que no la siga.

Ver a un hombre fláccido desnudo dentro de un pesado vehículo de metal. Haberse dejado engañar para mirar, aunque solo hubiera sido un segundo, cómo se acariciaba. Sabe que está roja y que el sudor le cae por debajo de la blusa. ¿Por qué hacen esas cosas los hombres?, se pregunta. No lo de tocarse —eso lo entiendo bastante bien—, sino hacerlo a hurtadillas, querer hacer daño a las mujeres, engañarlas. Rosie se habría reído y le habría dicho alguna vulgaridad sobre el tamaño del tipo. Ojalá tuviera ella el valor de Rosie, su capacidad de pensar con rapidez.

Al llegar a la playa, Grace se dirige hacia el agua. Se quita los zapatos y se mete. No se fue a casa porque no quería que el hombre supiera dónde vivía, en caso de que estuviera siguiéndola. Si llega a la playa, no saldrá del agua. Si sale del coche y se dirige hacia ella, gritará y echará a correr como alma que lleva el diablo. Pero, espera, no puede salir del coche. Va desnudo.

Se sienta en la arena, con las rodillas dobladas hacia la barbilla, las olas de la orilla poco profunda le mojan solo los pies. Le encantaría nadar. El frescor, la limpieza, meter la cabeza debajo del agua, salir a tomar aire. Qué bien le sentaría.

¿Por qué no?

Aparte de la falda de algodón por la rodilla, lo que lleva encima no se diferencia tanto de un bañador premamá. ¿Y si el bebé hace que se hunda? No pasará. Con la grasa de más que lleva encima no debería costarle flotar.

El ingenuo pensamiento se torna deseo. El deseo adquiere un aire de apremio. Se pone en pie y se mete en el agua hasta las rodillas. Se levanta la falda y corre, se tambalea, entonces se gira y ejecuta una brazada de espalda como le enseñaron hace tanto tiempo en un campamento de verano. La falda flota a su alrededor, y sus piernas pueden moverse libremente. Se sumerge y da una brazada debajo del agua.

Cuando sale para tomar aire, no está en el mismo punto. La corriente la ha arrastrado. Entorna los ojos y ve un Ford negro a lo lejos, en un cruce. Mucha gente conduce un Ford negro. Su marido o el ministro, por poner dos ejemplos.

No le dirá a nadie —ni a Gene, ni a Rosie, ni a su madre— una palabra del incidente con el hombre.

Flota boca arriba con los brazos a lo largo del cuerpo. Deja que las olas la acerquen a la orilla. Nota un olor que normalmente no asocia con el océano. Se pone en pie y aspira de nuevo.

Un leve olor a humo.

¿Estará alguien quemando hojas? Eso debe ser. Pero se aprecia una especie de neblina hacia el oeste. El Ford negro toma el recodo y empieza a bajar por el camino de la playa. A Grace se le pasa por la cabeza la idea de meterse debajo del agua, pero en ese momento ve a dos hombres dentro del coche. Sobre el techo han instalado un megáfono.

Fuego

Al caer la noche, un resplandor rojizo asoma por el oeste. Grace contempla el espantoso y exquisito desastre con Tom en brazos. Hasta Tom parece fascinado y al mirarlo, Grace ve reflejada la silueta que produce la inesperada luz: altos pinos, arces, una torre eléctrica, un granero. ¿A qué distancia está el fuego? ¿A qué velocidad avanza?

Imagina que los indios habrían visto en el resplandor un mensaje aciago enviado por sus ancestros y habrían huido en sus canoas por el río. Aunque Grace y sus vecinos viven cerca de la playa, pocos tienen embarcación de ningún tipo. Una lancha motora no se puede lanzar desde la playa. Una canoa es inútil, a menos que el océano esté totalmente en calma. Incluso los botes de remos se amarran en el embarcadero del pueblo a varios kilómetros de distancia. Dos familias que Grace conoce han salido de allí en coche un rato antes, cuando el Ford negro pasó por las calles instando a los habitantes por megafonía a reunir lo que considerasen importante y abandonar la ciudad. Se oyen murmullos seguidos de gritos por encima del golpeteo de las mosquiteras de las puertas al cerrarse.

Los avisos de incendios en Kennebunk impiden la salida por el sur. Dirigirse hacia el oeste es ir hacia el fuego. Dirigirse hacia el este es ir hacia el océano. Y dirigirse hacia el norte tampoco está exento de riesgo. Corre el rumor de que se están produciendo pequeños incendios a lo largo de la carretera principal en dirección a Biddeford. ¿Podrían Gene, los niños y ella llegar a Cape Porpoise, situado más arriba por el camino de la costa? ¿Sería posible encontrar allí un bote?

Muchos de los vecinos han optado por quedarse para proteger sus casas. Pocos pueden imaginar un fuego que avance hacia el océano, que se dirija deliberadamente hacia aquello que no le servirá de alimento. Según Gene, tienen por lo menos un día antes de empezar a preocuparse. Ese mismo día durante el desayuno la había tildado de alarmista.

Tres palabras.

Se queda mirando fijamente el resplandor rojo en el horizonte. ¿Quién vivirá allí? ¿Habrán devorado las llamas sus hogares? No hay periódicos y, según dice Rosie, se quedarán sin electricidad de un momento a otro. Instó a Grace a colocar velas en todas las habitaciones, acción que en opinión de Grace tiene más posibilidades de causar un incendio que la conflagración todavía distante.

—Tengo miedo —dice Rosie al entrar en la cocina de Grace a las siete de la tarde.

—No lo tengas.

Rosie se inclina por encima de la silla de la cocina para acunar a Eddie que está en la cuna de Tom mientras Claire e Ian pintan en un papel en el suelo.

—Si la casa arde, no nos quedará nada —gime Rosie.

Grace se acuerda de la mujer que vivía en la casa en primera línea, preocupada porque la marea fuera a inundar las calles. Dijo lo mismo. ¿Se sentirá más segura ahora que el resto de sus vecinos al vivir tan cerca del agua?

—¿No tienen seguro? —pregunta Grace.

Rosie niega con la cabeza.

—Ay, Rosie.

—Teníamos intención de hacerlo, de verdad que sí, pero siempre necesitábamos el dinero para otra cosa. Supongo que ahora ya es demasiado tarde.

—Tal vez.

—¿Qué vamos a hacer?

—El fuego todavía está a varios kilómetros de distancia —dice Grace.

—¿Qué te vas a llevar?

Grace ha ido apartando una serie de cosas en el suelo del salón. Ropa, comida de bebé, leche envasada, unas fotos, dos de los objetos antiguos para la agrimensura más preciados de Gene, los documentos importantes del cajón del escritorio del salón, varias botellas de agua. El problema es cómo se las arreglará para sacar las provisiones y a sus hijos a la vez. Gene se llevó el coche por la mañana y le había dicho que iba a ayudar a otros hombres a levantar un cortafuegos para impedir que las llamas llegaran a Hunts Beach. A Grace le gustaría que volviera a casa.

—Mantas, papeles, ropa, agua —responde Grace.

—No puedo centrarme. ¿Me llevo lo que tenga valor sentimental o lo que es práctico?

—Algunas cosas de lo primero, más de lo segundo.

—¿Recibiremos algún tipo de aviso?

¿El fuego rueda colina abajo tan rápido que atrapa a las personas antes de que puedan huir? Grace piensa en la antigua Pompeya. La población fue engullida por la lava. ¿El fuego va más deprisa que la lava?

—Esta mañana oí llorar a Edith en el porche de atrás —dice Rosie—. Me sentí tan mal por ella que casi fui a verla. Y Tim dice que los Barker han tenido la pelea más grande que ha oído en su vida.

—Los nervios están a flor de piel. Venga esperar a que lloviera. Y ahora el miedo.

—En el fondo sabíamos que algo malo iba a suceder.

—¿De verdad lo sabíamos? ¿Que nos iba a ocurrir algo malo a nosotros? —pregunta Grace.

—La sequía. Ese calor que no era normal.

El aviso temprano al que no habían prestado atención. ¿Deberían haber estado más preparados? ¿Preparados para la catástrofe? ¿Quién vive así?

Grace saca las provisiones al porche de atrás para tenerlos más cerca del coche cuando Gene vuelva a casa. El roce contra la mosquitera de algo parecido a un murciélago sobresalta a Grace. Pero lo que sea pasa demasiado despacio y demasiado cerca del suelo para ser un murciélago. Parece flotar sobre la hierba reseca como si no pesara. Grace abre la puerta con cuidado para echar un vistazo más de cerca y al hacerlo un insecto pasa rozándole la mejilla. Lo aparta de un manotazo y se queda mirando los trocitos que caen al suelo. No es un murciélago, no es un insecto. Son fragmentos de papel quemado que el viento desplaza.

Rosie está otra vez delante de la puerta de Grace. Esta sale y las dos se apartan un poco hasta quedar a medio camino entre las dos casas, de manera que puedan oír si alguno de sus hijos llora.

—¿Dónde está Gene? —pregunta Rosie.

—No ha vuelto. ¿Y Tim?

—Tampoco.

—Son más de las nueve —dice Grace.

—¿Crees que siguen con el cortafuegos?

—Supongo.

—Uno pensaría que volverían a casa con sus familias —dice Rosie.

No lejos de allí, Grace oye el sonido que hacen los motores cuando se revolucionan.

—Con que uno de ellos regresara, podríamos apretujarnos todos en un coche y salir de aquí.

—¡No me puedo creer que esto nos esté pasando!

—No somos solo nosotros —señala Grace—. Si es verdad lo que hemos oído, la mitad de la costa de Maine está ardiendo. También hay focos hacia el interior.

—De acuerdo, seamos sensatos —dice Rosie.

Grace sonríe.

—Puedes meter todas tus pertenencias en el carro, ¿verdad? —pregunta Rosie.

—Todo no.

—Tenemos que poder movernos.

—He oído que están robando carros de la compra de Shaw's —dice Grace.

—¿Cómo no se me ha ocurrido?

—¿Hablas en serio? ¿Robar?

—¿Crees que eso importa cuando lo que está en juego son las vidas de nuestros hijos?

Grace supone que no.

Rosie chasquea los dedos.

—¡Tenemos una canoa!

—No sé —dice Grace—. Es peligroso meter una canoa en el océano por la noche con tus hijos dentro.

—No. Meteré a los niños y las cosas dentro y la empujaré.

—¿Hacia dónde?

—Hacia la playa.

—¿Y después qué?

—El fuego no va a llegar hasta la playa —insiste Rosie.

—No sé.

—No puede.

—Las chispas podrían alcanzarnos a nosotras y a las cosas.

—Sencillo —dice Rosie—. Lo mojaremos todo.

—¿Y los niños?

—Ay, Grace, no sé. ¿Parece que el fuego está más cerca?

La silueta ha cambiado. Dos casas, el campo abierto. Sí, el fuego está más cerca, pero por el momento se guardará la información para sí.

—¿Sabes dónde están haciendo el cortafuegos? —pregunta Grace cambiando de tema.

—¿Cerca de la Ruta 1 tal vez?

Grace regresa a la playa, segura de que ha sentido que algo nuevo le roza la piel. Humedad, una brisa fresca. Inspira profundamente. El olor es inconfundible. Agarra a Rosie de la mano.

—¿Lo hueles? —pregunta Grace.

Rosie levanta la cara.

—¿Viento del este?

Grace asiente.

Permanecen un minuto en la hierba, cogidas de la mano, inspirando profundamente el refrescante aire húmedo. Parece que otros vecinos empiezan a notarlo. Los motores se detienen. Las discusiones se paran a mitad de frase.

—¿Estamos salvados? —pregunta Rosie.

—Por el momento al menos.

—Dios, qué agradable es el viento del este.

Grace entra en casa flotando como un fragmento de papel y sube las escaleras a la habitación en la que duermen sus hijos. En una lenta danza mezcla de agotamiento físico y alivio, se pone el camisón de verano y se tiende boca arriba. Debería mantenerse despierta para vigilar la casa y a sus niños por si el viento cambiara de dirección. Debería bajar y esperar en la cocina a que llegara Gene. ¿Estaría cubierto de hollín, desesperado por beber un poco de agua? ¿Pero acaso el viento del este no habrá alcanzado a los hombres a esas alturas, señal de que era hora de volver a casa a descansar un poco?

Se pone de lado y apoya la mejilla en la almohada. Echará una siesta y después se sentirá fresca y preparada para lo que venga.

Un aliento caliente en la cara de Grace. Claire está llorando, y Grace se levanta. Levanta a la niña en brazos, un muro de fuego llena el espacio de la ventana. Puede que a quinientos metros, si es que llega. ¿Dónde está Gene? ¿No ha vuelto a casa? Coge a Tom de la cuna y nota que tiene el pañal mojado. No hay tiempo de cambiarlo.

Baja apresuradamente las escaleras con los dos niños. Los sienta en el carro que está en el vestíbulo y sale al porche cubierto. Claire se pone a toser con la humareda.

—Mi vida, ¿nos ha salvado a todos tú? —canturrea Grace.

En el carro detrás de los niños guarda mantas, pañales, comida para el bebé y agua. Anuda la ropa de los niños a las partes metálicas de la parte superior. Tendrá que dejar los recuerdos.

Como no puede bajar el escalón del porche con el carro demasiado pesado ahora, da la vuelta para bajarlo marcha atrás, tirando. Claire está llorando, y Tom también, pero Grace no tiene tiempo de tranquilizarlos.

Cuando está llegando al borde del césped, estalla una bomba y Grace siente la explosión en los pies y las piernas. Los niños guardan silencio, impresionados por el sonido.

—Un tanque de combustible en una casa en Seventh Street —oye a los hombres gritar entre sí.

Las chispas y las ascuas se arremolinan en torno a Grace. Reina el caos en las calles. Oye coches en movimiento, mujeres que gritan. Las bolas de fuego parecen saltar de tejado en tejado, amplificando aterradoramente la potencia del fuego. Se incendia la copa de un árbol y el fuego desciende velozmente por el tronco y penetra en la casa que está al pie. Otro estallido. El fuego sigue transformando árboles en altas antorchas.

Los campos parecen brasas ardientes. El fuego forma una línea ininterrumpida hasta donde le alcanza la vista. Hay coches en movimiento, pero ¿adónde pueden ir?

Un ascua cae sobre la capota del carro. Grace la aparta de un manotazo y echa a correr. El calor y el sentido común la empujan hacia el rompeolas. Un ciervo cruza saltando la calle junto a ella, perseguido por el tren de mercancías que se les echa encima a todos.

Coge a los niños del carro y los pone sobre una manta en la arena. En otra manta esparce las pocas provisiones que ha reunido. Abandona allí el carro y se aleja del fuego arrastrando las dos mantas en dirección al agua. Se detiene cuando nota la arena húmeda bajo los pies.

———

El humo aumenta la confusión. Distingue momentáneamente a Rosie arrastrando una canoa.

—¡Rosie! —la llama.

—Grace, ¿dónde estás?

—En el agua. Aquí estás.

Grace ayuda a su amiga a arrastrar la canoa hasta donde están sus mantas.

—¿Dónde están Gene y Tim? —gime Rosie.

—No tengo ni idea —dice Grace, agitada.

—¿Adónde va todo el mundo? —pregunta Rosie.

—A la escuela, he oído.

—Pero eso es una lopastor. El edificio arderá si no lo ha hecho todavía.

Grace se pone de rodillas en la manta para cambiarle el pañal a Tom. El pelele está lo bastante seco como para no tener que cambiárselo. Grace nota el calor en el rostro.

—Oh, dios mío —exclama Rosie.

—¿Qué?

—La casa Hinkel ha desaparecido. Solo está una calle por detrás de nosotras.

Grace no tiene palabras. Cuando levanta la vista, el fuego que arde en el suelo parece joyas ardientes entre las piedras y los cantos rodados.

—Rosie, coge lo que puedas de la canoa y déjalo al borde del agua. Luego, empújala al agua.

—Pero...

—Es de madera. Si un ascua cayera dentro, tendríamos el fuego encima. Mójate el pelo y el de los niños.

Rosie sigue las instrucciones de Grace. Se alegra de que Rosie no haya visto su casa arder en llamas. El fuego está consumiendo ya las tejas del tejado.

—Haz lo mismo con los míos —grita Grace para ganar tiempo.

El espléndido arce que había junto a la casa de Grace se vuelve naranja en un momento, como si alguien hubiera encendido una luz. El árbol se desploma. Grace no alcanza a ver el porche cubierto de su casa, pero sabe que será lo siguiente que consuma el fuego, para continuar con la casa. Dejó en ella las fotos, los documentos, la canastilla, las herramientas antiguas.

La casa de Rosie estalla cuando el fuego encuentra el tanque de combustible del sótano. Rosie levanta la cabeza.

—Rosie, no —le ordena Grace, y debe infundirle algo a su tono porque su amiga obedece; Rosie se gira hacia el mar y entierra la cara en las manos.

Grace se imagina cómo se estará abriendo paso el fuego en su propia casa. La cocina con la lavadora-escurridora, el vestíbulo donde dejan el carro de los niños, el salón con las fundas para los muebles y las cortinas que hizo Grace (una imagen del fuego ascendiendo por las cortinas como una ardilla la deja momentáneamente paralizada), la planta superior con las camas de los niños, su propia cama de matrimonio. Adiós a todas sus pertenencias. Adiós a todo por lo que Gene y ella han trabajado.

—Escúchame, Rosie. Ve hasta el borde del agua y deja que el agua te cubra los pies. Túmbate boca abajo, haz un hoyo en la arena para respirar, y yo te llevo a Ian y a Eddie. Mantenlos cerca de ti, cada uno debajo de un brazo. Haz hoyos también para ellos. Yo voy a empapar en agua tu manta y los cubriré con ella. Les voy a cubrir la cabeza. No levanten la cabeza y no saquen las manos o el pelo de debajo de la manta.

Rose guarda silencio.

—¿Me has entendido? —grita Grace.

—Entendido —dice Rosie.

Grace sale corriendo hasta el mar y moja la manta. Hombres con chaqueta y gorra llevan en brazos a los niños hacia el agua, como si estuvieran representando un gran acto de sacrificio. Las mujeres los siguen con las provisiones. Extiende la manta sobre Rosie y sus hijos como les había dicho. Después deja a sus hijos en la arena y moja otra manta. Tirando de la manta chorreante, coge a Tom y se tumba boca arriba, y se tapa con la manta hasta la cara al tiempo que la sujeta con los pies. Llama a Claire. Una vez tiene a sus dos hijos junto a ella, se relaja un segundo y se pone boca abajo, tras lo cual hace tres hoyos para respirar. Hace que los niños se giren de manera que se queden boca abajo. Sujetándose el pelo con una mano, tira de la manta y cubre las cabezas de los tres. Se asegura de que ninguna parte del cuerpo de Claire o Tom salga de la manta.

Oye gritos, no de dolor, sino de terror, y supone que las casas en primera línea están a punto de venirse abajo. Aquellos que no han conseguido salir de la ciudad están atrapados como ratas que corren hacia el mar. Ruega que no se le suba un bicho encima, o lo que es peor, que se cuele dentro.

El calor sobre sus cabezas y espaldas es casi insoportable. La manta no mantendrá la humedad mucho tiempo.

—¡Rosie! —grita.

Grace no oye nada.

—¡Rosie!

—¡Sigo aquí!

—Retrocede hacia el agua hasta que te llegue a los muslos, casi a los pies de los niños.

—¿Por qué?

—Tú hazlo, por favor.

Grace hace lo mismo y se mete en el agua hasta casi la cintura. Desearía que se le hubiera ocurrido hacer un hoyo para su barriga. Excava nuevos hoyos para los niños y para ella.

—Hagas lo que hagas, no mires hacia arriba. Rosie, ¿me has oído?

—Sí.

—¿Has mirado?

—Sí.

Grace inspira superficialmente, temerosa de aspirar arena. Se pregunta si los niños y ella morirán así, con el fuego avanzando hacia los carrizos de la duna que se forma en el rompeolas e incendiando la manta. ¿Sería demasiado tarde cuando sintiera el dolor o aún tendría unos segundos para meter a Tom y a Claire en el agua hasta los hombros? Es posible que los niños y ella tengan que sumergirse si el fuego se acerca hasta ese punto. ¿Quema la arena?

No puede hacer nada más esperar hasta que el fuego se extinga solo. El agua del mar estará a unos dieciocho grados y ha empezado a temblar debajo de la manta. No lleva más que el camisón de algodón. Los niños tampoco llevan mucha más ropa encima. No sabría decir si tiembla de frío o de miedo. El cuerpo pierde rápidamente el calor cuando uno está tumbado en el suelo, aunque sienta que la parte de arriba de su cuerpo está a punto de chamuscarse. Prefiere aguantar el frío hasta que el fuego se extinga por completo. ¿Cuánto faltará?

A su alrededor se oye el desplome de los maderos, el crujido de la hierba. ¿Cuántas personas hay en la playa en ese momento? No se atreve a mirar. Ojalá pudiera calmarse, pero le resulta imposible temblando de esa manera. Solo tiene una cosa que hacer, salvar a sus hijos.

Y después a los hijos de Rosie y a Rosie.

Los temblores son tan intensos que parece que los niños los absorben. Es la forma que tiene la naturaleza de mantenerlos calientes por dentro.

Cuando ya no puede resistirlo más, se asoma y ve que la luna está roja. Árboles quemados caen al suelo entre lluvias de chispas. El pueblo entero, o hasta donde alcanza la vista de Grace, está en llamas. Lo único en movimiento es el fuego, voraz, furioso, implacable.

Así debe ser el infierno, piensa bajando la manta.

Grace está preocupada por su madre. Debe haberse puesto a salvo, decide. Sus dos amigas la habrían rescatado. Gladys tiene coche. Puede que la hubieran evacuado antes, y su madre, al no tener forma de comunicarse con ella, no había podido alertarla. O puede que esté en el otro extremo de la playa, a más de un kilómetro y medio de distancia, pegada al agua, como ella.

Claire se pone a llorar. Temiendo que la niña respire arena, Grace aparta el brazo que rodea a su hija y rellena el hoyo lo mejor que puede.

—Mírame —le dice a Claire—. Ponte de lado mirándome.

Grace le limpia la arena de la cara.

—Duérmete —le dice y vuelve a cubrirla con el brazo.

Cuando Claire se calma, Grace se vuelve hacia su niño. Tiene la cara cubierta de arena. Lo pone mirando hacia ella y rellena el hueco. No puede entender que esté tan tranquilo, extraño en él. Tiene los ojos abiertos, respira, pero debería estar llorando como su hermana. Y en vez de eso, tiene una expresión solemne en el rostro, como si estuviera en shock. Grace desearía que sus hijos se durmieran. Pero ¿cómo van a dormirse cuando la muerte los amenaza a menos de veinte metros de distancia? Saben que no es un juego. No cuando es de noche. No cuando están sobre la arena mojada.

Grace quiere pensar en Gene, pero está confusa porque no alcanza a ver dónde está o qué está haciendo. ¿Tendrá una pala en las manos? ¿Habrá buscado refugio en un río igual que ella en el océano? ¿O estará sentado en la cocina de algún vecino reponiendo energías con un café y un dónut?

Habría sido imposible, Grace lo entiende ahora, que hubiera podido enviarle un mensaje, por no mencionar que hubiera podido volver a casa para salvarla. ¿Cómo puede ser que todos lean tan mal al fuego, que nadie entienda que el pueblo y posiblemente sus habitantes serían polvo a la mañana siguiente, nada más que ascuas, el silbido del viento.

Grace tiembla tanto que siente que se le van a partir las extremidades. Apenas puede hacer nada con las manos cuando alarga los brazos para asegurarse de que no asoma nada por los bordes de la manta. Un mechón de pelo, un pie.

No quiere ni imaginarse el avance del fuego hacia el agua. No saldrán ardiendo. No se ahogarán.

—¡Rosie! —grita.

No hay respuesta. No se atreve a levantar la manta. El calor no ha cedido.

Espera un minuto más.

—¿Rosie?

Grace se aferra a sus hijos y las horas pasan. Intenta darles calor con su cuerpo. Tiene las extremidades rígidas y le duelen.

La sensación de luz natural. El ceso de todo sonido. Solo el ir y venir del agua, algún comentario lejano.

Intenta acercar a sus hijos a su cuerpo, pero sus músculos están agarrotados y entumecidos, no puede moverse.

—¡Aquí! —grita un hombre.

Dos hombres a los que Grace no conoce de nada se arrodillan en la arena y la miran a los ojos.

—¿Está usted herida, señora? —pregunta uno de ellos.

—Los niños —consigue decir ella—. Por favor. Denles calor.

—Lo haremos —dice uno y los dos levantan la manta.

—Por el amor de Dios —dice el otro hombre.

Grace es consciente de que se le ha levantado el camisón, pero en estos momentos no le importa. Uno de los hombres coge a Claire y el otro a Tom. Al despertar de la pesadilla, solo Claire llora, un sonido tranquilizador.

—No se preocupe, señora. Ahora mismo volvemos a por usted.

Grace sigue a sus hijos con la mirada.

Los únicos signos que ven sus ojos de lo que una vez fue un pueblo son las chimeneas de ladrillo intactas, altos druidas con una terrible historia que contar. En una chimenea se ven lo que constituían dos hogares, uno por encima del otro, sobresalientes aún los ladrillos del marco que rodeaba el de la segunda planta.

Divisa un vehículo grande del tamaño de la furgoneta del pan aparcado al otro lado de la calle. Dejan a los niños en manos de alguien que se encuentra en el interior. Grace todavía puede oír el llanto de Claire.

Uno de los dos hombres regresa a buscarla.

—La mujer del otro hombre está en el furgón con sus hijos. ¿Puede moverse?

Siente un dolor agudo, casi insoportable, en la espalda y los hombros. Niega con la cabeza.

—¿Ha pasado aquí toda la noche?

—Sí.

Solo alcanza a verle las botas y las rodillas.

—Voy a intentar darle la vuelta —explica el hombre.

Nota las manos del hombre debajo del hombro y la cadera. Intenta ayudarle, rodando sobre sí misma con un golpe seco, como si fuera un bloque de hielo. Ve que el hombre le baja el camisón, pero no tiene sensibilidad en las piernas.

—Está embarazada —dice con tono alarmado—. Tenemos que llevarla al hospital.

—¿Por qué? ¿Al hospital?

—Sufre usted hipotermia. ¿Cree que puede darme las manos?

Grace toma las manos del hombre y trata de levantarse mientras él tira de ella. Consigue que se ponga en pie, pero en cuanto la suelta, Grace vuelve a caer sobre la arena, ya que sus piernas no funcionan como deberían. El hombre la insta a levantarse nuevamente y le dice que se sujete a su cabeza. Se quita la chaqueta azul de lona y le frota las piernas con el interior de franela. Ejerce un masaje brusco sobre ellas para facilitar la circulación.

Se levanta, cubre a Grace con la chaqueta y le dice que entrelace el brazo con el suyo.

—Vamos a intentarlo de nuevo —la anima.

La mete en la furgoneta con la ayuda de varias personas. La ponen de lado con cuidado sobre unas mantas. Oye la voz de Claire, llamándola mimosamente desde algún lugar por encima de ella.

—Mamimamimami.

—Hola, tesoro. Qué buena niña eres. Ya pasó todo.

El vehículo se pone en marcha.

Lo conseguí. He salvado a mis niños, piensa.

Cenizas

Pero, no. No lo ha hecho.

Empieza a sangrar en el furgón. Exhausta, Grace permanece en un estado de semiinconsciencia hasta que se despierta con un dolor en la parte baja del abdomen. Se levanta la manta que la cubre y ve que el camisón y la fina manta están manchados de sangre.

—¡No! —grita.

No es la primera vez que siente esta clase de dolor. Sabe lo que significa. Junta con fuerza las piernas y presiona con la manta en la unión.

—Aguante —dice la mujer.

—No, no, no, no, no —gime Grace.

Cierra los ojos y ora. Solo se sabe de memoria una oración. Se concentra lo mejor que puede en las palabras hasta que nota como si algo la succionara desde dentro. Grace aprieta la mano de la mujer a cada contracción. Contiene la respiración.

Bebé, bebé mío, quédate dentro de mí, quédate dentro.

Se queda adormilada entre contracciones. No puede evitarlo, pese a saber que debe mantenerse despierta para conservar a su bebé.

El conductor acelera. Nada más detenerse, se abren las puertas del furgón y aparece un hombre con una bata blanca.

—¿De cuántos meses? —pregunta.

—Cinco.

—¿Contracciones?

—Sí.

—¿Cada cuánto?

—No lo sé.

Algo en el rostro de Grace debe resultar alarmante para el médico, que grita que le lleven una camilla. Mientras llega, le toma el pulso.

Frunce el ceño.

—¿Qué? —pregunta Grace.

—Acelerado —responde él.

Dos hombres la ayudan a salir del furgón y la tumban en la camilla. La conducen hacia las puertas dobles de un edificio de ladrillo. El conductor se inclina sobre ella para decirle:

—Nos ocuparemos bien de sus hijos. Volveremos más tarde a ver cómo se encuentra.

En el hospital, Grace se marea con las luces del techo. Oye toses profundas, chillidos de dolor, gritos aislados. Pacientes en camillas en mitad del pasillo, otros apoyados contra los azulejos blancos con el rostro contraído de dolor. Espera que alguien le haya tapado el camisón ensangrentado. Una contracción la toma por sorpresa con su intensidad, y ella empuja contra los rieles de la cama.

—No empujes —dice la enfermera detrás de ella.

Pero Grace no puede controlar su cuerpo. Una vez que entra a una habitación, la llevan de la camilla al baño, donde le quitan el camisón. La lavan, le ponen un camisón limpio y le piden que evacúe el vientre. Todo su cuerpo tiembla de dolor.

La ayudan a subirse a la camilla nuevamente y una enfermera le pide los datos personales.

—Grace Holland.

—Eugene Holland.

—Hunts Beach.

—No lo sé. Ya no existe.

—Mi madre. Marjorie Tate. Puede que su casa tampoco exista ya.

—Dos. Una niña, de dos, y un niño, de nueve meses.

La enfermera la mira.

—Va a dar a luz a este bebé hoy —le informa un médico distinto del que la atendió al llegar.

—¡Aún no es el momento! —insiste Grace.

Le colocan una máscara en la nariz y la boca. Sueño crepuscular. Escopolamina. No es la primera vez que le pasa.

Grace vuelve en sí con un dolor agudo que recuerda de hace menos de un año. Quiere incorporarse, empujar.

—Ahora puede —dice el médico.

Hace fuerza sobre las piernas y los brazos, y mientras una enfermera le empuja el torso desde atrás, empuja ciegamente, fluyendo con el dolor, empujando, empujando, empujando.

De nuevo le cubren la nariz y la boca con una máscara.

Sueña que el océano la alcanza.

Sueña que está hurgando bajo las faldas de su camisón, buscando a sus hijos.

Se despierta con la imagen de una manta manchada de sangre.

Noooooo, llora en silencio.

Hay un médico de pie en la puerta. Grace ruega mentalmente que no entre. Entrar significa que va a darle una información que ella no quiere que le dé, información que ya conoce.

—Lo siento —le dice, acercándose a la cama—. El niño nació muerto.

Se le llenan los ojos de lágrimas, aunque no es pena lo que la invade. Está aturdida.

—Era un niño —continúa el médico—. No llegó a respirar.

Grace cierra los ojos y asiente con la cabeza.

—La mujer que se está ocupando de sus hijos pasó a dejarle su dirección y a decirle que están bien.

El médico no le ofrece la posibilidad de ver la cosa que ha expulsado de su cuerpo, lo que viene a confirmar que ha entendido lo que ha ocurrido.

—Necesita descansar lejos de las madres, al menos durante una semana. Estuvo a punto de morir aquella noche en la playa.

Grace quiere decir que no, pero en su lugar le pregunta por su marido.

—No he visto a ningún paciente con ese nombre. Comprobaré el registro.

A solas, Grace se pone de espaldas a la puerta, en posición fetal, y llora por su bebé muerto, su hijo. Habría sido muy pequeñito y ella lo habría amado con todo su corazón. Con todo su corazón. Intenta hablarle, decirle que lo lamenta, pero no encuentra la manera visualizar a un ser humano con el que hablar.

¿Qué dirá Gene cuando se entere? ¿La culpará, la castigará? Grace lo preferiría a la que supone que será su reacción. Silencio. Una palabra tal vez. Puede que dos.

Imagina que Gene regresó a Hunts Beach, a las cenizas que cubren la extensión que era el pueblo. ¿Se habría salvado alguna casa? ¿Es que no hay nadie que pueda decirle dónde está su mujer? ¿Habrá encontrado a sus hijos?

Un gélido pensamiento se abre paso en su cabeza. No es la posibilidad de que esté muerto; no, es la posibilidad de que haya abandonado a su familia. Puede que haya encontrado en el incendio el pasaporte perfecto para una nueva vida. Una en la que no tendrá que hablar con su esposa, una en la que no tendrá que volver a casa.

Grace siente que le duelen los hombros, la espalda y los brazos. También siente pesadez y escozor en la pelvis. Es como si tuviera agujas en las piernas. Piensa que tal vez tenga que quedarse en posición fetal durante días. Curvarse sobre sí misma es soportable. Sentarse no.

¿Cuándo dio a luz? ¿Esa mañana? ¿La noche anterior? ¿Cuándo estuvo tendida en la playa con las piernas dentro del agua? ¿Ha perdido un día? Tal vez el bebé quería volver al mar cuando ella se hacía un hueco en la arena, colarse entre sus piernas y abandonarse al océano, consciente de que nunca nacería.

No tendrá ningún otro bebé. No volverá a hacer el amor. Su vientre no se pastorrá nunca de la herida infligida.

Cuando Grace piensa en sus hijos, nota que se calma. Una buena mujer le dijo que cuidaría de ellos. Tiene que mandar a alguien a la dirección que han dejado

para ella en el mostrador de entrada para que se asegure de que sus hijos están
bien. Puede que la mujer acerque a Claire y a Tom a la ventana para Grace pueda verlos y saludar.

Qué fácil es estar en este cubículo blanco con luz suave. ¿Se ha extinguido
el fuego ya?

Se duerme profundamente y no sueña.

La despierta una enfermera que quiere comprobar cómo va el sangrado, tomarle
la temperatura y escuchar su corazón. La enfermera le da órdenes con brusquedad, trata su cuerpo con rudeza. ¿Acaso la culpa de su situación o es un ras-
go característico del comportamiento vestigio de la guerra? El doctor Franklin
comparado con esta enfermera es un corderito.

Un corderito. Un corderito en la cubierta de un libro infantil. Desaparecido.

Todo el contenido de la casa de Grace ha desaparecido. Incluso los documentos y la ropa de sus hijos. Todo reducido a cenizas.

¿Respetará una compañía de seguros la póliza si el asegurado no tiene forma
de demostrar que lo es? No se acuerda del nombre de la compañía ni tampoco
del hombre que les vendió la póliza. Gene lo sabrá. ¿Pero dónde está Gene?

Otra enfermera más joven aparece con una bandeja de comida. Por el sándwich
de jamón y el pudin de arroz entiende que es la hora de la comida.

—¿Cuánto llevo aquí? —pregunta Grace.

—No lo sé, señora Holland. Pero puedo comprobarlo. Acabo de empezar
el turno.

—No te preocupes. ¿Cómo te llamas?

—Julie.

Julie es rubia y lleva el pelo corto debajo de una elegante gorra, un delantal
blanco encima de un ligero vestido azul.

—¿Eres voluntaria?

—Sí.

—¿Cuántos años tienes? —pregunta Grace. Toma una cucharada de pudin.
Tal vez pueda tragarlo. El sándwich no lo puede ni mirar.

—Diecisiete.

—¿Ya has terminado el instituto?

—Estoy en el último curso.

Julie se mantiene a una distancia respetuosa, las manos enlazadas por delante del cuerpo.

—Esto que haces está muy bien —dice Grace.

—Tenía que ayudar, ¿no cree? Hay mucho caos por los incendios.

—¿Tienes acceso a los registros del hospital? —pregunta Grace.

—Puedo pedírselo a alguien que sí lo tenga.

—No sé dónde está mi marido, ni mi madre ni mi mejor amiga. A mis dos hijos y a mí nos rescataron en la playa.

—Lo sé.

—¿Lo sabes?

—Todo el mundo lo sabe.

Grace se queda sorprendida.

—Necesito información sobre Eugene Holland, Marjorie Tate, Rosie MacFarland o su marido, Tim. ¿No tienes que apuntarlo?

—No, señora.

—Agradecería mucho cualquier dato. Aparte de eso, me han dejado una dirección en el mostrador de la entrada. Es donde están mis hijos. ¿Podrías traérmela?

—Sí. Lamento mucho lo de su bebé.

Grace asiente con la cabeza. Se produce un silencio incómodo.

—Ya puedes irte si quieres. No quiero que se te olviden los nombres.

—Debo quedarme hasta que se termine la comida.

Grace observa la bandeja.

—¿Vale con que me coma la mitad del sándwich?

La chica sonríe.

Una vez se come la mitad del sándwich y se llevan la bandeja, vuelve la enfermera bruta para vendarle los pechos, procedimiento que Grace no habría considerado necesario, ya que el bebé murió demasiado pronto. Pero cuando la enfermera la envuelve con las vendas con sádica eficiencia se da cuenta de lo llenos que tiene los pechos.

—No puedo respirar —dice Grace.

—Sí puede —le suelta la enfermera, como si Grace se hubiera estado quejando.

Con su tenso envoltorio blanco, Grace se hunde en la tristeza. Su cuerpo y su mente están de duelo. Por el bebé perdido, por su marido desaparecido, por su no-matrimonio. ¿Cómo va a poder criar a Claire y a Tom sin un padre? ¿Habría muerto calcinado entre horribles dolores o habría perecido a causa del humo? ¿Es posible que hubiera sobrevivido?

La dejan abandonada durante horas delante de un hombre en una cruz colgada de la pared de enfrente, una forma de sufrimiento especialmente escabrosa. ¿Por qué dejaría un miembro del personal de un centro médico a una mujer en una habitación ante tan espantoso recordatorio de muerte? La colocación del objeto es dictatorial, sugiere que el paciente debería orar para aliviar sus penas o darse cuenta de que cosas peores le habrán ocurrido a innumerables personas o reflexionar sobre la historia que le sigue a la cruz, la relacionada con la vida después de la muerte, una puerta que se cerró para Grace cuando la lógica sustituyó a las fantasías infantiles.

¿Se supone que debe arrepentirse? ¿Por su lascivia la pasada primavera? ¿Por haber desafiado a su marido?

Se pregunta si debería pedir que retirasen tan desagradable objeto.

El tercer día de descanso, la bruta de la enfermera entra en su habitación para decirle que necesitan la cama en la sala de urgencias para un matrimonio con quemaduras graves.

¿Dos personas en una cama individual?

Grace se levanta de inmediato, pero siente como si se le fuera a descolgar el vientre. Se dobla hacia delante para sujetarlo, pero es una ilusión sensorial.

—Tiene que apretar su conducto vaginal bien fuerte desde dentro —dice la enfermera, aparentemente haciéndole una demostración práctica de cómo debía apretar la vagina, aunque lo que parece es una mujer que se muere de ganas de ir al baño.

Lo único que puede hacer Grace es asentir con la cabeza.

—Y ahora dese prisa, vístase. Se va usted a casa.

—No tengo casa ni tampoco ropa.

—¿No tiene ropa de verdad? —pregunta la enfermera, sin mostrar preocupación por el hecho de que le haya dicho que no tiene casa. ¿Quién sigue teniéndola?—. Está bien. Cámbiese la compresa. Lávese. No ha tenido fiebre ni infección. Enseguida vuelvo con ropa para usted.

El hombre del furgón la está esperando cuando sale del hospital. La joven voluntaria le ha hecho el favor de llamarlo. La rodea y la toma del brazo.

—Mi más sentido pésame y también en nombre de mi mujer —le dice con las únicas palabras que ha aprendido para expresar lo inexpresable—. Me asusta un poco meterla otra vez en el furgón... —admite sin atreverse a terminar la frase, consciente de que en su interior fue donde murió el bebé.

—Lo siento —dice Grace—. Creo que no sé su nombre.

—Matthew —dice—. Mi mujer se llama Joan.

—Yo soy Grace.

—Sí.

—¿Dónde vive? —le pregunta.

—En Cape Porpoise.

—Cuando el fuego se acercaba, pensamos en buscar refugio en Cape Porpoise —dice Grace.

—Menos mal que no lo hicieron. El fuego hizo mucho daño. Nosotros nos salvamos porque mi hijo encontró la manera de introducir agua del mar en la casa mediante succión. Funcionó. El fuego pasó de largo.

Grace estudia detenidamente a Matthew. No parece tan mayor como para tener un hijo ya crecido.

—Un joven inteligente —dice.

Matthew sonríe y dice:

—Tiene once años.

—Un chico brillante —dice Grace, riéndose.

—Bueno, ya sabe cómo son. Un día son genios y al siguiente son bobos.

—Todavía no lo sé, pero espero saberlo algún día.

—Mi mujer dice que sus hijos son muy buenos. Echa de menos a los niños pequeños. Y me dijo también que le dijera antes de nada que puede quedarse con nosotros todo el tiempo que quiera.

Matthew y Grace avanzan entre los restos del infierno, todo ennegrecido, las siluetas ospastors y dentadas de los árboles, una gasolinera que estalló, incluso la carretera está carbonizada. Los chasis de los automóviles ocupan la superficie formando ángulo con la carretera, y Grace espera que les diera tiempo a los pasajeros a escapar del fuego. Dejan atrás un amasijo de metales, un objeto que podría haber sido un Ford negro, un vehículo al que Grace se niega a dar un significado.

Descienden por un serpenteante camino que atraviesa lo que una vez fue un bosque. Dejan atrás un granero quemado, una chimenea que marca el lugar en el que un día se levantó una granja. Grace se fija en que el fuego había ido saltando entre las copas de los árboles, achicharrando las ramas superiores y dejando los troncos y el suelo intactos. Grace se sorprende al ver una casa solitaria con ropa tendida, no solo por su mera presencia en mitad de tanta devastación, sino por lo inútil de esa ropa húmeda que solo conseguirá atrapar el polvo de la ceniza que flota en el ambiente. A la hora de la cena toda la ropa estará gris.

Pero tener una casa, tener agua corriente, tener sábanas...

Grace lleva puesto un uniforme de enfermera, una capa de lana para el frío y zapatos blancos de enfermera que le aprietan. No tiene un céntimo.

Se fija en las ensenadas que conducen al océano. Matthew toma una de ellas y sigue por un camino de tierra. Detiene el coche delante de la única casa que queda en pie, de madera al final de un saliente que cae al mar y a una ensenada que el agua de la marea llena dos veces al día.

Antes de bajar del vehículo, Claire sale corriendo hacia ella. Como no puede cogerla en brazos, se arrodilla y la abraza tan fuerte que Claire se retuerce para soltarse. Pero rápidamente se lanza de nuevo a ella en busca de otro abrazo. Grace oye la suave risa de Matthew. Suena el golpe de una mosquitera. Al levantar la vista ve a Joan, la mujer de Matthew, con Tom en brazos. Matthew ayuda a Grace a ponerse de pie y con Claire agarrada a su pierna toma a su niño de los brazos de la otra mujer. Quiere oler su cuerpo, asegurarse de que no ha perdido su olor a bebé. Él hace gorgoritos y una sonrisa se le dibuja en la cara. Cuando empieza a sacudir las piernas de alegría, Grace se lo entrega a la mujer que se ha ocupado de él.

—No sé cómo darle las gracias —dice Grace.

—Ha sido una alegría tenerlos aquí.

Con su pelo prematuramente gris y su nariz ancha, y el vestido que se le ajusta a la cintura y el busto, Joan no es una mujer hermosa, pero su sonrisa es tan amable que a Grace sí se lo parece e imagina que a Matthew también por la forma en que la mira, resplandeciente.

—Estoy haciendo la cena —dice Joan.

No menciona el bebé muerto. Mejor, piensa Grace. Aquí puedo fingir que la vida sigue hasta que mi vida siga de verdad. ¿Seré capaz de hacerlo?

Dentro de la casa hay un niño.

—Hola, soy Roger. Sé que usted es la señora Holland.

—Hola, Roger. Lamento que hayas tenido que compartir tu casa con mis hijos.

—Ah, no hay problema. Tom no hace mucho, pero estoy enseñando matemáticas a Claire.

Grace se ríe.

—No creo que sea algo muy gratificante.

—No pasa nada. Es un poquito lenta.

Roger lleva una camisa de cuadros rojos y un peto vaquero. Ve que tiene marcas de hollín en las rodillas. Ha dejado los zapatos junto a la puerta, con otros tres pares. Grace se sienta en una silla y se descalza.

—Me paso todo el día limpiando —dice Joan—, pero no soy capaz de sacar la ceniza de la casa. Hacemos todo lo que podemos, pero va a tener que caer una buena nevada para enterrar todo este polvo negro.

Grace mira hacia el salón, donde una finísima capa de polvo oscuro lo cubre todo.

—Al final lo conseguiré —dice Joan, poniéndose un delantal—. Me paso el día pasando trapos húmedos por todas partes.

Joan ha colocado un parque y una cuna en la entrada de la cocina. Tom levanta los brazos, señal de que quiere que su madre lo coja. Matthew pone una silla junto a la cuna para que Grace pueda tocar a su hijo a través de los barrotes y también por encima de ellos.

—¡Mamá, mira! —dice Claire. Grace observa asombrada mientras su hija dobla las servilletas y las coloca junto a cada plato en la mesa de la cocina. Sus hijos parecen mayores que hace cuatro días.

Hay un bonito papel en las paredes. Un hule de colores brillantes en la mesa. Cortinas de cuadros amarillos bien planchadas en las ventanas. A su alrededor todo está negro. Árboles negros, matorrales negros, ruinas negras. El aire que respiran está lleno de negrura. En las orillas de la ensenada se ven ramas y tablones quemados, restos que la marea saca a tierra de centenares de casas destruidas.

Se sientan a cenar, Claire en una trona de madera.

—La iglesia metodista de Hunts Beach no ha ardido —informa Matthew a Grace—. La están utilizando como refugio. Centro de información. No quiero decir con esto que se quede usted allí, solo lo comento por si quiere ir a echar un vistazo al tablón de anuncios. Tal vez encuentre a sus amigos.

No dice nada de su *marido*. No dice nada de su *familia*.

—Anoté su nombre y dirección hace un par de días —añade.

—Pero no tenemos teléfono ni oficina de correos —señala Joan—. Los mensajes pueden tardar en llegarnos.

Nadie ha intentado dar conmigo, piensa Grace.

—Me gustaría ir mañana. ¿Podría llevarme?

—Por supuesto —dice Matthew.

—No tengo dinero —añade Grace—. No puedo pagarle.

—Por el amor de Dios —la reprende Joan—. Ni se le ocurra pensar en eso ahora. Nos alegramos de tener un techo sobre nuestras cabezas y poder compartirlo con otros.

—Y comida en los armarios. Espero que no le importe comer judías verdes y melocotón. Y yo que creía que era una bobada que mi mujer almacenara tantas judías. Pero ahora creo que fue muy inteligente.

—Y langosta —dice Roger—. Mi padre puede sacar más nasas que cualquier otro hombre.

—Anda, anda —masculla Matthew.

—Eres pescador de langosta —dice Grace.

—Así es.

—Pero hoy no has salido al mar.

—Lo cierto es que sí. Al llegar a casa recibí una llamada del hospital. Me dijeron que se iba usted a casa, así que fui a esperarla.

Abrumada por el agradecimiento, Grace no es capaz de decir nada.

Grace se instalan con sus hijos en la habitación de invitados donde meten dos cunas. Grace supone que o Joan o Matthew habrán pedido prestada una. Joan parece haber estado reuniendo ropa para Claire y Tom, y para Grace tiene toda una colección de ropa que parece de antes de la guerra: un traje de falda y chaqueta de *tweed* azul, una blusa de nailon, una combinación y ropa interior sin estrenar. ¿Cómo ha conseguido Joan la ropa interior? Grace decide acostarse con el uniforme de enfermera. Ya se pondrá la ropa nueva cuando se levante, de punta en blanco para desayunar.

—¡Qué elegante! —exclama Joan cuando Grace y los niños entran en la cocina—. Le sienta a la perfección.

—Gracias —dice Grace.

—Mi traje de boda —explica Joan, preparando huevos revueltos con un tenedor.

Grace observa el tejido, toca la falda con las manos.

—No puede dármelo —dice Grace, abochornada—. Es un tesoro para usted.

—La verdad es que ya me quedaba pequeño cuando me casé. No me lo he podido poner ni una sola vez desde entonces. Pero ahora le he encontrado uso. No se puede ser sentimental con la ropa cuando otros la necesitan.

—Le pagaré algún día.

—No se le ocurra pensar en eso. Coma unos huevos. Tiene un día duro por delante.

Si hubiera tenido un bebé, piensa Grace, pasaría las siguientes dos semanas en una cama de la maternidad hasta que su cuerpo se pastorse. Le llevarían al bebé tres veces al día para darle de comer. Cuando dio a luz a Tom, le dieron la posibilidad de irse a casa y dejar a Tom en el hospital treinta días más, a un dólar el día. «Un descanso para usted mientras el pequeño engorda», le había dicho la enfermera.

Pero dar a luz y marcharse a casa con las manos vacías la había sumido en la tristeza. ¿Qué sentido tenía?

—Se me da bastante bien la costura —dice Grace—. Lo único que necesito es una tienda de telas que tenga restos. Puedo hacer un vestido en un abrir y cerrar de ojos si tiene máquina de coser.

—Veré si Matt puede ir a Biddeford con usted cuando vuelva del trabajo de camino a la iglesia o al volver de ella.

—Tengo que buscar la manera de conseguir dinero —dice Grace.

Joan mira la hora.

—Matt llegará pronto para llevarla a la iglesia. Debe estar usted preocupada por su marido.

—Lo estoy —dice Grace poniéndole la comida troceada a Tom. Claire insiste en utilizar un tenedor de mayores, que, con sus manos ansiosas, se convierte en una catapulta que lanza trozos de huevo despedidos hacia la pared y el suelo. Grace lo recoge lo mejor que puede.

—¿Sabes? Me encuentro bien, pero lo que se me viene encima me parece abrumador.

—Estamos aquí para ayudar, y creo que cuando llegue a la iglesia, encontrará a muchas personas más deseosas de ayudar. Todas las organizaciones se han movilizado: la Cruz Roja, el Ejército de Salvación, el Grange y todas las iglesias que no se han quemado.

Grace mira por la ventana de la cocina y ve toda esa negrura. Eso es sobrevivir a una catástrofe.

Hay un puñado de personas reunidas alrededor del tablón de anuncios. Grace, con su traje azul, se abre camino hasta la pared y, cuando puede, se gira para poder leer los anuncios.

Henri, estoy en Arnaud's. Ven en cuanto puedas.

Perdido terrier de color oscuro. Se llama Scruff. Avisen si lo ven.

Madre, estamos en la casa de los padres de Bishop en Kennebunk. Anne.

Por favor, avisen si saben algo de David Smith o David Smith Jr., padre e hijo, vistos por última vez en Hunts Beach.

Las ovejas con una marca roja en la pata trasera derecha son de la granja Piscassic, en Ruta 1, Sanford, Maine.

Grace lee detenidamente todos los mensajes. Revisa el tablón una vez más para estar segura. Nada. Debajo hay una mesa con trozos de papel en blanco y lápiz. Escribe su propio mensaje.

Busco a Eugene Holland, Marjorie Tate y Rosie MacFarland. Escriban a Grace Holland, ahora en casa de Matthew y Joan York, en Cape Porpoise.

Encuentra un huequito en una de las esquinas inferiores para dejar su mensaje.

Grace encuentra a Matthew, que tampoco ha tenido suerte, y abandonan la cacofonía del santuario. Grace oye unos pesados pasos detrás de ellos. Se da la vuelta y se encuentra con un demacrado reverendo Phillips.

—Grace —la llama, sin aliento—. Ha llegado esto para ti, directamente a la iglesia. No quise ponerlo en el tablón.

Grace espera una eternidad a que el reverendo Phillips le entregue el sobre. Si espera que lo abra delante de él, se llevará una decepción. Grace lo dobla y se lo guarda en el bolso que le ha dejado Joan.

—Este es Matthew York. Su mujer y él nos están ayudando a los niños y a mí.

—Bendito seas, hijo —dice el reverendo—. Esto es una catástrofe. No dejan de llegar personas a cada minuto.

Matthew conduce durante casi una hora hasta llegar a Pepperell Mill.

—No sé mucho de telas y eso, así que me quedaré leyendo el periódico en el coche.

—Gracias —dice Grace.

Cuando abre la puerta de la tienda, ve que las estancias se han convertido temporalmente en albergues. Recorre con la vista los rostros de las personas pero no reconoce a nadie. Estudia el tablón de anuncios sin resultado. Ve a Matthew leyendo el periódico desde una ventana. Se acerca más a la ventana para tener más luz. Abre la carta.

Querida Grace:

    A Rosie nunca se le dio bien escribir cartas, así que lo hago yo en su lugar. Pero la tengo sentada a mi lado diciéndome lo que tengo que escribir, solo tienes que imaginártela. En primer lugar, tengo que agradecerte que le salvaras la vida a ella y a nuestros hijos. Por lo que Rosie me ha dicho, de no haber sido por tus indicaciones, casi seguro que el fuego la habría atrapado. No puedo pensarlo siquiera.

    Rosie no sabe dónde estás y me pide que le escribas a la dirección que aparece en el sobre. Puede que te hayas dado cuenta de que está en Nueva Escocia. Aún no estamos allí, vamos en el coche hacia el este, en dirección al pueblo en el que viven mis padres. Nos quedaremos allí a ver si encuentro trabajo. No nos queda nada en Hunts Beach. La casa ha desaparecido y no tenemos seguro. El taller también ha ardido. Escribe y dinos dónde estás en cuanto recibas esta carta. Rosie te echa mucho de menos. Siente como si te hubiera abandonado, pero no le quedó más remedio cuando llegaron los bomberos y la subieron al camión. Le prometieron que volverían a por ti.

    Ojalá pudiera decirte algo sobre Gene. Como sabes, cinco de nosotros fuimos hasta el límite del pueblo a construir un cortafuegos para evitar que las llamas entraran en Hunts Beach. Pero cuando quisimos darnos cuenta, el fuego bajaba a toda velocidad por la colina en dirección a nosotros. Dos huyeron, otro hombre y yo caímos de bruces al suelo. Estábamos seguros de que íbamos a morir, pero la suerte quiso que el fuego se extendiera más arriba de donde estábamos, pasándonos por alto. Cuando nos levantamos,

Gene ya no estaba. Uno de los hombres juró que lo vio dirigirse al encuentro con el fuego, lo que no era tampoco una lopastor. Si puedes enterrarte en la tierra, a veces puede ser cuestión de poco tiempo que el fuego pase de largo, y entonces estás a salvo, porque todo lo que queda detrás del fuego ya ha ardido. No puedo y no quiero decirte que Gene murió en el incendio. Era el más inteligente de todos nosotros. Ruego que pudiera salir ileso.

Rosie dice que se morirá de aburrimiento en Nueva Escocia, así que tienes que ser la primera persona que venga a visitarnos cuando nos hayamos establecido allí.

Tus buenos amigos,
Rosie y Tim

Grace se desliza por la pared hasta sentarse en un banco, se lleva la carta al pecho y siente aún más dolor ante la verdadera destrucción de Hunts Beach: todo el mundo tendrá que irse a otra parte. ¿Qué hay allí de modo que valga la pena regresar? Una tierra yerma en la que no hay ninguna casa en pie. No es capaz de pensar en la reconstrucción. Sin Gene no. Con él tampoco. ¿Dónde iban a encontrar buena madera que no estuviera achicharrada? ¿De dónde iban a sacar el dinero? ¿Cómo iban a poder vivir solos en un paisaje de cenizas?

Tras explorar un poco, Grace encuentra una parte donde venden restos. La mayor parte de las piezas son demasiado grandes o tienen una forma extraña como para cortar un vestido de día. Pero debajo de un montículo de tela descubre una pieza de algodón azul marino del que podrá sacar un vestido para ella y algo para Claire y para Tom. Joan le dio un billete de un dólar cuando salió de casa por la mañana.

El precio de la pieza es de $1.04.

—Solo tengo un dólar —dice Grace.

La cajera duda un momento. ¿Merece la pena cortar un trozo de un trozo?

—Lléveselo —dice—. Está bien así.

—Gracias —dice Grace, cogiendo su paquete de tela.

—Matthew, me preguntaba si harías algo por mí —le pregunta cuando llega al coche.

—Si puedo.

—Me gustaría ir a Hunts Beach para ver si sigue allí alguien que yo conozca.

—Los bomberos han hecho una búsqueda bastante exhaustiva en todas aquellas casas que aún siguen en pie, pero no hace daño probar a ver.

—Mi padre era pescador de langostas —dice Grace.

—¿Era?

—Murió cuando yo tenía catorce años. Se cayó por la borda un mes de enero. No tiene que explicarle qué sucedió.

—Lo siento.

—Habría sido rápido —dice Grace, confiando en lo que tantas veces le habían contado aunque no por eso más reconfortante. Se ha imaginado demasiadas veces el momento nada más caer al agua que tuvo que pasar su padre antes de que se colapsara su sistema respiratorio a causa del susto y el frío.

—Sí, lo habría sido.

—A mi madre le costó años superarlo. Vive de lo que le da la liga de pescadores. A veces el dinero es suficiente, a veces no. Fui a la escuela de secretarias para ayudar en casa. Pero entonces conocí a Gene.

—Estoy seguro de que eso la hizo feliz.

—Oh, sí.

Recorren manzanas de follaje amarillo y naranja, y espacios de negrura total, como si entraran y salieran de un túnel de tren. En las zonas de verde, Grace busca calabazas o coloridos crisantemos, cualquier signo de normalidad.

Cuando Matthew toma una curva, Grace ve a varias manzanas de distancia, que su barrio ha desaparecido por completo. Recorre mentalmente los muros de su casa, cada silla, cada utensilio de cocina, la taza favorita de su madre. ¿Qué se le está olvidando?

—Esto es insoportable —dice.

—Tengo ganas de que lleguen las primeras nevadas —dice Matthew—. No creo haberlo dicho esto antes.

—Tengo que salir de aquí.

El sol poniente da al agua una tonalidad azul que a Grace siempre le ha encantado. Solía pensar que el mar era la única bendición del invierno: aunque a su alrededor el mundo fuera gris, el agua casi no perdía su color. Ese día, uno casi no puede creer el contraste existente entre el negro profundo y el azul intenso.

Se quita los zapatos y mete los pies en la arena. A unas dos o tres pulgadas de profundidad, nota la humedad. Avanza hacia el agua.

Mete un pie en el agua y lo saca rápidamente. No le dan ganas de meterse, sabe que el agua está helada en noviembre, pero está allí en una misión, aunque incluso ella sabe que es de lo más extraña. Le da las gracias al océano, esa vasta e indiferente entidad, por haberlos salvado, a Claire, a Tom y a ella.

Noticias

A solas en su habitación, Grace se sienta en la cama, se apoya sobre las almohadas y se pone a leer los diferentes periódicos que ha encontrado en la cocina de Joan. Se entera de que los incendios arrasaron Hunts Beach y que ciento cincuenta de ciento cincuenta y seis hogares en otra comunidad de la costa quedaron reducidas a cenizas. Otras cinco poblaciones además de Hunts Beach quedaron absolutamente destruidas. Se entera también de que tres mil quinientas personas que estaban atrapadas en un embarcadero en Bar Harbor fueron rescatadas por la guarda costera. No tenía ni idea de que el fuego hubiera llegado tan hacia el este. Lee que una pareja había llevado todos los muebles al granero y al final pudieron salvar la casa, pero el granero ardió por completo. Hombres en aviones intentaron crear lluvia utilizando hielo seco sin éxito, la edad de las víctimas del incendio estaba entre los dieciséis y los ochenta años, y algunos granjeros se habían negado a abandonar a sus animales. Los daños del incendio se estimaban en cincuenta millones de dólares, las constructoras estaban planeando construir mil hogares y Halloween había quedado prohibido en Maine.

Tiene todos los periódicos extendidos a su alrededor, en todos ellos se habla de la magnitud del fuego y las terribles consecuencias. No es capaz de hacerse un mapa exacto de la extensión arrasada por el incendio a partir de los artículos, pero parece que se trata de toda la costa de Maine, desde Bar Harbor hasta Kittery.

Sigue sin salir del asombro que le causa el desastre provocado por el incendio. Son numerosas las personas que se han quedado sin hogar, los heridos, los muertos. Se estremece al leer la historia de una niña de dieciséis años que falleció en un accidente de coche cuando la estaban evacuando. Grace imagina el pánico, la velocidad y el horror al darse cuenta de que al sacarla de la zona de peligro, la niña había acabado en un accidente. Grace repasa la lista de bajas y se concentra en un tal señor Doe de Sanford o Biddeford. ¿Podría ser que el forense lo hubiera dejado con persona sin identificar y que el periodista lo hubiera tomado como su apellido real?

¿Podría ser el cuerpo de Gene, que había dejado a otros cuatro hombres para dirigirse frontalmente hacia el fuego, un acto que ella consideraría suicida de no ser por la carta de Tim? Recuerda el miedo que le daba que Gene pudiera abandonarla.

Otras historias la impulsan a seguir leyendo, como la del hombre que no quería irse sin su caballo y terminó muriendo asfixiado. Las noticias sobre el coste económico causado por los incendios hacen que se sienta indefensa, especialmente cuando su pérdida es una ínfima parte del total, y los investigadores podrían tardar años en dar con ella. Pero la noticia del plan para construir mil hogares la anima. Anota el nombre de la organización.

Le llama la atención entonces una historia sobre una pareja que se vio obligada a separarse después de cincuenta y un años de matrimonio porque la mujer ya no podía cuidar al marido. Ella se quedaría en Maine, mientras que él volaría a California, donde vivía su hijo. No es una historia sobre el incendio, pero el interés humano apela a su imaginación. En la imagen que acompaña al artículo, la mujer, de aspecto formidable, le saca una cabeza al marido, que lleva gafas sin montura y es corpulento. Le gustaría saber si la mujer se siente aliviada al separarse de su marido después de medio siglo o si estará apenada aunque se muestre estoica delante de la cámara. Nunca lo sabrá.

Vuelve a doblar los periódicos tal y como estaban cuando los cogió de la cocina. Al día siguiente, Matthew y ella volverán a la iglesia a echar otro vistazo al tablón de anuncios. ¿O debería ir directamente a ver a la policía y preguntar por el señor Doe? Bastante se ha aprovechado ya de la generosidad de Matthew y no puede pedirle nada más. Pero tiene que seguir adelante, localizar a su marido, conseguir trabajo y buscar la manera de reconstruir su hogar.

La luz de los faros se refleja en la ventana y se apagan. Parece que la casa estuviera conteniendo el aliento. Grace se dirige hacia las escaleras y cuando la puerta se abre ve un abrigo verde oscuro que le resulta familiar.

—¡Madre! —grita Grace, bajando las escaleras a la carrera.

No es que su madre sea de las que abrazan en público, pero Grace nota su inmenso alivio. Claire salta del regazo de Joan gritando «¡abuelita!». Detrás de su madre está Gladys, que ha llevado a su amiga a ver a Grace a casa de los York. Detrás de Gladys está la otra amiga de su madre, Evelyn.

—La noche del incendio, Gladys y Evelyn vinieron con el coche y nos dirigimos hacia tu casa, al final de la playa —explica apresuradamente su madre—, pero la carretera estaba bloqueada y el calor que despedía el incendio era tan intenso que no pudimos continuar. Nos dijeron que la parte de la playa donde vivías había sido evacuada. Ay, Grace —añade en un hilo de voz al ver el vientre liso de Grace.

Parece que todo el mundo le está mirando el vientre.

—¿Sabes algo de Gene? —pregunta Grace, dirigiéndose todas ellas hacia la cocina.

—Aún no, pero los hombres siguen luchando contra los incendios del interior —dice Evelyn, bajando la mirada.

La explicación, que no lo es en realidad, deja la mesa sumida en el silencio. Nadie dice nada del señor Doe. Nadie dice nada de la policía. Claire, al percibir un llanto inaudible, se baja de las piernas de su abuela y busca a su madre por debajo de la mesa. Grace la coge en brazos.

—Mira qué tarta tan bonita.

—Hmmm. Qué rica.

Mientras, Matthew está tomándose una taza de café y responde a la pregunta de cortesía que le hacen. Grace no entiende bien. Puede que se sienta incómodo con tantas mujeres. Se acuerda entonces de que tiene que levantarse a las cuatro.

Agotado el tema de conversación, Grace siente la pregunta que pende sobre ellos, junto a la bandeja de la tarta y las migas.

Lo lógico es que Grace y sus hijos se fueran con la madre de Grace, puesto que son familia. Pero su madre también ha perdido su casa y está viviendo con Gladys. ¿Acogerá también a Grace y a los niños? No puede preguntárselo en ese momento, delante de Joan y Matthew, pero tras servir y tomar el segundo café, es la madre de Grace la que se dirige a Joan.

—No sé cómo darle las gracias por rescatar a mi hija y a sus pequeños. Nos enteramos en la iglesia antes de ver la dirección anotada en el tablón de anuncios. Y darles comida y un techo es más de lo que se puede pedir...

—Ha sido un placer —dice Joan, sonrojándose.

—Pero ahora ya pueden vivir con nosotras. Mi amiga, Gladys, tiene una habitación de más en la buhardilla, y podemos instalar una cama y una cuna y un parquecito.

—Voy a sentir mucho que se vayan.

—Igualmente —dice Matthew—. Pero como es natural, todos queremos que las familias estén juntas.

—Nos los llevaremos esta noche —dice la madre de Grace y así queda todo arreglado.

Tras despedirse y dar las gracias a Matthew y a Joan, Grace, su madre, las otras dos mujeres y los dos niños están a punto de salir por el camino de entrada a la casa, cuando un coche de policía con las luces de emergencia les bloquea el paso. El policía se inclina y le dice a Gladys, que va al volante:

—Busco a Grace Holland. ¿Está con usted?

—Yo soy Grace —dice desde el asiento trasero.

—¿Le importa salir del coche, por favor?

El policía se aparta unos metros del coche y Grace lo sigue.

—¿Dejó usted esta nota en la iglesia? —pregunta el policía, mostrándole el trozo de papel en el que había escrito la dirección en la que se encontraba.

—Así es.

—¿Ha regresado alguna de estas personas?

—Mi madre, Marjorie, está en el coche, y mi amiga, Rosie, se encuentra camino de Nueva Escocia. No he tenido noticias de mi marido.

—¿Hablamos de Eugene Holland?

—Sí.

Se levanta un poco la gorra por encima de la frente, como haría un granjero con su sombrero de fieltro.

—Hemos registrado toda la zona arrasada por el fuego y todos los hospitales, y no hemos encontrado a nadie con ese nombre. Lo hemos incluido oficialmente en la lista de desaparecidos.

—¿Hay muchas personas desaparecidas? —pregunta Grace.

—Al principio, teníamos veintisiete, ahora tenemos dos, contando con su marido. ¿Tiene usted alguna fotografía?

Tenía, pero ya no.

—¿Puede hacerme una descripción.

—Metro ochenta de altura, peso normal, pelo castaño claro, ojos azul oscuro, veintinueve años. Tiene una cicatriz en el mentón. Llevaba pantalones y chaqueta marrones. Salió a levantar un cortafuegos.

—Sí, lo sabemos —dice el policía, sacando una tarjeta—. Cuando vuelva, llámenos, para que podamos eliminar su nombre de la lista. Probablemente se haya dado un golpe en la cabeza o alguien lo habrá acogido —se detiene antes de añadir—: O puede que su memoria se haya visto alterada temporalmente por el impacto causado por el incendio.

El policía no dice lo que Grace sabe que piensa, que está muerto. Grace piensa otra cosa: ha huido.

—La idea es ir soltando lentamente el embrague y acelerar un poco, y después seguir acelerando hasta que el coche empiece a moverse. Lo dejas así, en primera, unos tres o cuatro segundos, y cuando oigas este sonido, el motor más revolucionado, metes segunda apretando el embrague y moviendo la palanca hacia abajo. Así hasta llegar a tercera, que sería como moverse en diagonal hacia arriba, y después cuarta, abajo otra vez. Forma una especie de H. Ya le cogerás el tranquillo.

En el desayuno, Gladys, con su abrigo morado y su sombrero a juego, se había ofrecido a enseñar a Grace a conducir. Puede que hubiera notado su inquietud, su deseo de conseguir trabajo para poder mantenerse en ausencia de Gene. Cuatro mujeres y dos niños en una casa es algo complicado a veces. Grace está bastante segura de que Gladys y Evelyn son lesbianas, aunque no se le había ocurrido pensarlo hasta ahora. Es por la forma en que se rozan el dorso de la mano cuando están en la cocina, la tensión por la noche a la hora de separarse en el pasillo. Muchas veces las dos tienen la mano sobre la bola decorativa al inicio de la barandilla, reticentes a separarse. La madre de Grace también debe saberlo, aunque jamás le ha dicho nada a su hija. ¿Tendrá la sensación de ir siempre de sujetavelas?

—Ya estamos en movimiento —continúa Gladys—, pero ahora supón que quiero girar a la derecha. Bajo la ventanilla, saco el brazo, doblo el codo y señalo con la mano hacia arriba, así. De esa forma el conductor que venga detrás de mí sabrá que voy a reducir la velocidad para girar a la derecha. Entonces, pisamos el embrague, bajamos de cuarta a tercera, mira la palanca, a segunda y posiblemente a primera, aunque no suele ocurrir. ¿Quieres probar?

La noche de Acción de Gracias, Claire intenta subirse a las rodillas de su madre. Grace la coge y nota la fiebre en las extremidades de la niña antes de tocarle la frente.

—Madre, ven a tomarle la temperatura a Claire.

Su madre, con el paño en la muñeca, pone el dorso de la mano en la frente de la niña. Grace nota la expresión de su madre en la forma en que abre los ojos desmesuradamente.

—Le está subiendo la fiebre —dice Marjorie—. Vamos a acostarla.

—En el sofá de momento —insiste Grace—. Quiero vigilarla.

Gladys aparece con un paquete de hielo picado envuelto en un paño de cocina.

—Ponle esto en la frente.

—¿Madre, tienes alguna aspirina?

—Puede. Arriba, en mi bolso.

—Está temblando.

—Tápala con las mantas para que sude la fiebre.

Grace piensa que esas indicaciones son incorrectas, que lo que habría que hacer es bajarle la fiebre, pero su madre tiene mucha más experiencia que ella con niños enfermos y hace lo que le dice. Evelyn está de acuerdo. Buscan mantas para tapar a la niña.

Grace se sienta junto a su hija sujetándole el hielo picado sobre la frente. ¿Qué infección habrá cogido Claire y dónde? Intenta recordar todos los lugares en los que ha estado recientemente. Había ido a la comisaría de policía a llevar una fotografía de Gene que su madre tenía en un álbum. A la tienda de Shaw a comprar unas latas de relleno para la calabaza y después a casa de Matt y Joan a llevarles un bizcocho.

Claire empieza a temblar y Grace intenta sujetarla de forma instintiva. Ve la cara horrorizada de su madre cuando la niña se pone rígida y a continuación fláccida a la vez que empieza a salirle un hilo de espuma de entre los labios.

—¡Dios mío, qué le pasa!

—Está teniendo un ataque —dice Gladys—. Esto es serio.

En un rápido movimiento, Grace coge a Claire en brazos y ruega que no tenga otro ataque por el camino.

—Tenemos que llevarla al médico.

Grace lee con la luz del techo la dirección del doctor Franklin y las indicaciones anotadas apresuradamente sobre cómo llegar mientras la niña dormita en posición fetal en el asiento delantero. Conduce por terreno baldío conocido y se incorpora a la Ruta 1. Tras varios minutos, ve que un coche se acerca a una intersección, baja de marcha y pisa el freno. El coche de Grace patina y se desliza lentamente. Sujeta, impotente, a Claire con una mano mientras gira el volante como puede con la mano izquierda, lo que no sirve de nada porque parece que no funciona. Hielo negro. El coche gira sin control en mitad de la autovía y el otro coche pasa muy cerca de ella y le toca el claxon, bien en señal de comprensión por el horror que tenía que haber sentido Grace por haberse librado por los pelos del choque o furioso por haber podido tener un accidente.

Endereza el coche y sigue su camino sin pasar de 25. Como está tan oscuro, tiene que detenerse a mirar las señales a la luz de los faros. Al cabo de media hora, ve el camino que busca y lo sigue durante un kilómetro y medio. Llega al final y aparca cerca de una caseta de acero prefabricada tipo Quonset. Solo hay otro coche en la zona de aparcamiento. Coge a Claire y va a la puerta de la caseta. Tras varios sonoros golpes, abre un hombre alto con una bata blanca.

—Mi hija ha tenido un ataque.

—Soy el doctor Lighthart.

Coge a Claire en los brazos y le toca la frente. Sin decir una palabra, la lleva a una sala situada detrás de un escritorio en la zona de recepción. No hay nadie. Grace tiene que correr para ponerse a su paso. El médico deja a Claire en una camilla, le quita las mantas, le levanta la camiseta del pijama, la examina y le escucha el corazón. Le mira también la espalda, le examina la lengua y le mete un termómetro en la boca.

—Intente sujetarlo.

—¿Dónde está el doctor Franklin? —pregunta Grace.

—Se jubiló después del incendio. Yo lo sustituyo.

Hay una sábana limpia en la camilla. El cuerpo de Claire está fláccido.

—Tenemos que bajarle la temperatura rápidamente —dice, sacándole el termómetro de la boca para mirar la temperatura—. ¿Le ha dado algo?

—Una aspirina.

—La cubriremos con toallas frías. Si es necesario la meteremos en la bañera con hielo. No le va a gustar ninguna de las cosas, se lo digo para que esté preparada. Será mejor que la desnude.

El médico levanta la mirada y la mira por primera vez.

—Usted —dice él, perplejo.

—¡Usted! —dice ella, atónita.

Grace mete la muñeca desnuda en el agua hasta que la temperatura está tan baja como es posible. Se acuerda de sus piernas enterradas en la arena de la marea baja, de Matthew y el doctor que pensaron que podría estar muerta. Se acuerda de que levantó la cabeza, pero no podía mover los brazos, y los dos hombres tuvieron que sacarle a los niños de su lado.

—Cuando la encontramos —dice el médico—, la marea alta de la noche anterior se había llevado la mayoría de las pertenencias de las familias que se habían buscado refugio al borde del agua, pero luego, los artículos fueron regresando a la orilla con la nueva marea. Habíamos estado buscando a personas a las que se les había ordenado que evacuaran la zona. Recuerdo que iba mirando el indicador de la gasolina de la furgoneta. El nivel indicaba que estaba por debajo de cero. Íbamos diciendo que no íbamos a poder rescatar a nadie más después de usted hasta que encontramos una gasolinera que no se había quemado. Después, mi preocupación era no llegar al hospital.

—Pero llegamos. Gracias.

Grace se pregunta si las pertenencias que el océano había devuelto con la marea estarán ya con sus dueños.

Claire parece envuelta en un sudario. Muerte. Grace siente que le fallan las piernas.

—Va a hacer falta el baño de hielo —insiste el médico—. Iré a buscar el hielo. En cuanto note que las toallas están tibias, quíteselas.

—¿Qué cree que puede ser? —pregunta Grace, angustiada.

—Escarlatina lo más probable, aunque también podría ser meningitis o polio. Habrá que darle antibióticos.

Polio.

Cuando el médico vuelve a la sala, coloca una bañera de plástico con hielo debajo del grifo y la llena hasta la mitad.

—Esto la despertará. ¿Cómo se llama?

—Claire. Claire Holland.

—¿Edad?

—Dos y un poco.

—¿Y su nombre? Creo que no me lo dijo.

—Grace.

El médico coge a la niña y la mete poco a poco en la bañera. Claire se despierta con un escalofrío. Al principio lloriquea un poco y luego se pone a gritar.

—Aguántela aquí dentro —dice—. Voy a preparar la inyección.

—¿De qué?

—Penicilina. Por si hay infección bacteriana. No lo sabremos hasta mañana, cuando se presenten los síntomas propiamente dichos.

—¿Un ataque no es un síntoma?

—Es el resultado de una fiebre muy alta. No de la enfermedad. ¿Es alérgica a la penicilina?

—No lo sé. Nunca se la han puesto.

Grace intenta con todas sus fuerzas que su resbaladiza hija no se le salga de la bañera. La lucha va en contra de lo que le dicta su instinto.

Una vez tiene lista la inyección, el médico le dice:

—Vamos a ponérsela aquí.

Grace levanta a la niña y la seca con una toalla mientras piensa en la tortura que tiene que estar siendo todo aquello para Claire. La niña está en silencio, aliviada al verse fuera de la bañera.

—Póngala de lado mirándola a usted. Siga hablándole.

Grace le sostiene la cara y le habla con dulzura, pero no le pasa por alto el reflejo de la aguja cuando se la clava. Al cabo de un segundo, Claire se pone a chillar.

—Eso es bueno —dice el médico—. Mostrarse aletargada no.

Grace envuelve a Claire en una toalla seca y la abraza. La sensación del alivio momentáneo es intensa.

Grace sigue al médico a una pequeña sala en la que hay dos cunas. Baja los barrotes protectores de un lado.

—Solo le pondré encima una sábana. Estaré ahí enfrente, en mi despacho. Si pasa algo, grite, que la oiré. Si le parece que está demasiado caliente, si ve que le sale un sarpullido, si convulsiona, si vomita o si se pone a ladrar como un perro, cualquier pequeñez que no le parezca normal, venga a buscarme.

Grace asiente. Entiende que el médico no va a decirle que todo va a ir bien porque los dos saben que podría no ser así.

Claire está tibia. ¿En qué punto exacto «tibio» pasa a ser «caliente»? Grace se muestra reticente a ponerle el termómetro porque Claire está dormida y sabe que necesita descansar. Apoya la cabeza contra los barrotes de la cuna. Es demasiado, piensa aunque casi lo dice en voz alta. El incendio, perder al bebé, Gene y ahora Claire. Si algo le sucediera, Grace sabe que quedaría tan destrozada que no podría volver a recomponerse.

La tibieza pasa a ser calor y la línea se traspasa. Grace se levanta, insegura. ¿Debería ir a buscar al doctor Lighthart o debería intentar ponerle el termómetro a su hija? Le pone el dorso de la mano en la frente. No le hace falta termómetro.

Se detiene en el umbral de la puerta del despacho del médico. Se ha quedado dormido sobre el escritorio, y el manual que estaba leyendo está tan cerca del borde que es asombroso que no se haya caído.

—¿Doctor Lighthart?

El hombre se frota la cara y el manual cae al suelo. Mira la hora. Las doce y cuarto. Grace sabe la hora por el reloj de pared que hay en la sala en la que está Claire.

El médico se levanta con la bata arrugada y sigue a Grace.

—Está caliente —le dice ella.

El médico le toca la piel debajo de un brazo.

—Y tanto —conviene él—. ¿Cuándo tomó la aspirina?

—¿En torno a las siete y media?

El médico coge una botella de cristal marrón de un armario.

—Despiértela y trate de sentarla.

Él deshace la aspirina en una cuchara y la llena de agua.

—¿Quiere hacerlo usted?

—Sí —responde ella.

Grace baja los barrotes y coge la cuchara mientras él incorpora a Claire. Ella le acaricia dulcemente la mejilla con el dorso del dedo. La niña abre la boca —ese truco nunca falla— y Grace le introduce toda la cantidad de medicina que puede.

—Le daremos un segundo para que la digiera y repetiremos todo el proceso.

—¿El baño helado?

—Conozco a un hombre que salió por la puerta de su casa con su hijo de ocho meses en los brazos y se zambulló en plena nieve. Le salvó la vida.

—El marido de una paciente me ha traído un plato de pavo —dice el doctor Lighthart—, con relleno y patatas. Me ha pedido disculpas por no tener salsa de arándanos, y me ha explicado que las turberas se habían secado. Sobra decir que se lo agradecí igualmente. Para compensar la exigua cena, el hombre me trajo también tarta de calabaza. «A mi señora ha hecho una de más» fue como lo dijo. No sé a usted, pero a mí me vendría de perlas un trozo de esa tarta ahora mismo.

—Gracias.

Mientras él va a buscar la tarta, Grace mira a Claire, tratando de adivinar su edad. ¿Treinta? ¿Treinta y cinco? Es posible que la bata blanca haga que parezca mayor de lo que es en realidad, pero de lo que no hay duda es de la seriedad de su rostro. Se pregunta por qué querría exiliarse en una zona tan alejada en vez de dejarse atraer por un hospital de ciudad.

El médico regresa con la tarta, dos platos, tenedores y servilletas. Toca otra vez a Claire y después corta dos pedazos de tarta bajo la mirada de Grace.

Le dan ganas de cerrar los ojos de lo buena que está. Puede que sean las extrañas circunstancias en las que se encuentran, pero a Grace le parece que es la mejor tarta que ha probado nunca, calabaza ospastor con sabor a macis.

—Está deliciosa —dice.

—Tengo que esforzarme más por acordarme del nombre de mis pacientes. No me acordaba del nombre de la mujer de este hombre, pero sí de su cara. La próxima vez que la vea le daré las gracias en su nombre.

Por primera vez en lo que va de noche, Grace sonríe.

—¿Y no lo hará en el suyo propio?

—La última que la vi, estaba usted embarazada —dice al cabo de un rato.

—Perdí el bebé.

—Lo lamento. Lo habrá pasado muy mal, ¿no es así?

—No lo voy a negar.

—Lo primero es lo primero. Pastorr a esta pequeñina.

Grace recoge los platos y los cubiertos, y se dirige con paso vacilante a la cocina, una estancia alargada con una encimera blanca de madera. Cubre la tarta y la mete en el frigorífico, donde hay un montón de medicinas y dos botellas de leche. ¿Para bebés? ¿Para el café?

Encuentra el lavavajillas y el estropajo, y lava los utensilios que han utilizado. Los seca con un paño y después lo deja cuidadosamente doblado en la encimera.

Le cuesta cerrar el pestillo del cuarto de baño, aunque no ve la necesidad. Le tiemblan tanto las manos que apenas es capaz de bajarsc la faja. Se mira los dedos una vez sentada y le tiemblan incluso cuando los entrelaza. Tiene el rostro empapado por las lágrimas. Corta un trozo de papel higiénico para secárselas, gesto inútil porque en ese momento se echa a llorar de verdad. Sabe que no puede parar, es el mero hecho de estar sola, de cerrar una puerta. Y puede que también sean las pérdidas acumuladas, una tras otra, pero las lágrimas le saben diferente, puramente físicas, pura liberación, y cuando se le acaban, se siente mejor, aunque sus circunstancias no hayan cambiado. Ya más calmada, se lava la cara y las manos en el lavabo, se seca con una toalla y se echa un poco hacia atrás para verse mejor en el espejo. Tiene los ojos hinchados, enrojecidos.

El doctor Lighthart sabrá que ha estado llorando. ¿Y qué más da? ¿Qué tiene que ocultar?

El doctor tiene un cuaderno en el regazo y un bolígrafo en la mano. Está tomando notas.

Sonríe cuando levanta la vista y la mira, pero entonces su sonrisa desaparece.

—¿Qué ha pasado?

—¿Es que tiene que haber pasado algo?

El hombre cierra el cuaderno y se guarda el bolígrafo en el bolsillo de la bata.

—Está bien de momento, pero aún puede subirle la fiebre de nuevo. Habrá que esperar.

—Debería seguir usted trabajando. Ya le hemos robado demasiado tiempo. Además, tiene que dormir.

—Yo creo que es usted quien tiene que dormir.

—No —dice ella—. Lo que yo necesito es hablar.

—¿Estuvo usted en la guerra? —pregunta Grace.

—Sí. En el cuerpo médico. Estaba en mi segundo año de carrera cuando estalló la guerra. Acabé el curso y me alisté.

—Qué mal lo debió pasar.

—Bastante mal.

—¿Alguna vez habla de ello? —pregunta Grace.

—Solo cuando alguien se interesa.

—Tiene gracia porque mi marido no hablaba prácticamente nunca de la guerra. Por lo que he podido ver la mayoría de los hombres de nuestra edad no lo hacen.

—No se les puede culpar. Nadie quiere revivir el horror. O la culpa.

—¿Por qué la culpa?

—Recibes órdenes que no te parecen que sean correctas, pero tienes que cumplirlas de todos modos. Todos los días tienes que tomar decisiones y algunas son egoístas.

—¿Por ejemplo?

—Incluir en la valoración prioritaria a un hombre que crees que no pasará del mediodía aunque está en espera de cirugía. Y pasarte semanas dándole vueltas a la decisión que tomaste.

Grace guarda silencio un momento.

—Si no le importa que se lo pregunte, ¿cómo ha terminado usted aquí?

—Después de la guerra, terminé la carrera de medicina y hace poco decidí establecerme. Así que coges el mapa y buscas ciudades en dónde trabajar. Con suerte, encontrarás a alguien que quiera acogerte y formarte. Yo no quería ir a trabajar a un hospital. Ya había visto bastantes pabellones hospitalarios. Quería ejercer como médico de familia en alguna pequeña ciudad. Tras el incendio, me enteré de que la casa del médico local había quedado destruida y que tenía una consulta temporal en esta caseta prefabricada. Vine a verlo y me ofrecí a ayudarlo. Se notaba que estaba nervioso. Le dije lo que estaba buscando y pareció inmensamente aliviado. Llamamos a los abogados y le compré la clínica.

Grace examina detenidamente la caseta con los remaches metálicos a la vista.

—Espero que no hayas pagado mucho por ella.

Él se ríe.

—Es propiedad del gobierno. Es temporal. Espero poder construirme una casa con una clínica anexa.

—¿En Hunts Beach?

—Esa es la idea.

—Pues no creo que vaya a tener muchos pacientes.

El médico mira a Claire y le toca la frente con el dorso de la mano.

—Si Hunts Beach estuviera en el interior, estaría de acuerdo con usted. Pocas familias querrían reconstruir su hogar en un lugar sin infraestructuras. Sin escuelas, sin policía, sin bomberos. Pero Hunts Beach siempre tendrá valor porque está en la costa. Se repoblará. Si será con sus habitantes originales, no lo puedo decir —hace una pausa—. Ahora es como si todos formaran parte de una diáspora.

Grace no está segura de conocer la palabra.

—La dispersión de un pueblo lejos de su lugar de origen. Obligados a desplazarse.

Ella asiente. Los judíos. Ha visto películas. Horrendo e inimaginable.

Mira por la ventana. Sigue nevando. ¿Les hablarán a sus hijos en el colegio sobre los judíos?

—¿Y qué me dice de usted? —pregunta él.

Grace le habla de su padre, del curso de secretariado, de que entonces conoció a Gene en el centro de estudios al que iban los dos y de que se casaron antes de empezar el segundo curso. No le dice que cuando conoció a Gene le pareció guapo y serio, al contrario que los chicos que había conocido en las fiestas, y confundí seriedad con carácter. No le dice que se casaron cuando Grace descubrió que estaba embarazada y que Gene se puso a temblar no sabe si de rabia o de felicidad absoluta. «Esto es bueno, es lo que siempre he querido», se dijo a sí misma. Y aunque no fuera tan romántico o tan despreocupado como alguna vez esperó que fuera, no estaba mal.

—¿Le importa que fume? —pregunta el médico.

—En absoluto.

Le ofrece un cigarrillo y ella lo acepta. Cruza las piernas y extiende un brazo por el respaldo de la silla. Se le ve relajado y parece muy alto.

—Hábleme más de su marido.

—Es agrimensor en el proyecto de la autopista. Su madre falleció hace poco. Yo esperaba que llorase su pérdida, pero no esperaba ese silencio —dice y da una calada—. Solía contar las palabras que me dirigía en un día. A veces eran solo dos. Cuando era niña, siempre pensé que me casaría con el típico hombre fuerte y silencioso, pero qué aburrimiento.

—¿Tiene amigos?

—Tenía una muy buena amiga. Pero después del incendio, se fue con su familia a vivir a Nueva Escocia.

—Ahí lo tiene, la diáspora. ¿Por qué tan lejos?

—Tienen familia allí. Rosie era maravillosa. Me hacía feliz todos los días —hace una pausa—. Casi todo el mundo en Hunts Beach se ha quedado sin hogar. Muchos están en la miseria.

—No le voy a cobrar por lo de esta noche.

—Oh, no me refería a eso —se apresura a decir ella—. Le pagaré, por supuesto. No puede empezar a ejercer como médico si los pacientes no le pagan.

—Voy a establecer una escala móvil de tarifas. Cuando haya evaluado el nivel general de ingresos de los pacientes, determinaré mis tarifas.

—¿Eso es legal?

—Es una práctica aceptada.

—Su contabilidad será un desastre.

—¿Sabe usted de contabilidad?

—Sí. Y le pagaré la tarifa estándar porque acaba de salvarle la vida a mi hija.

—Es usted quien la ha salvado al traerla aquí. Los ataques pueden ser muy peligrosos.

Grace recuerda el terrible momento vivido en casa de Gladys.

—Digamos que es una niña con suerte —dice él.

—¿De verdad se va a poner bien?

—Por la mañana lo veremos, pero creo que sí.

A la mañana siguiente, Claire tiene las mejillas coloradas, la lengua blanca, la garganta irritada y un sarpullido le cubre el pecho y los brazos. Todos los síntomas apuntan a la escarlatina, según explica el doctor Lighthart.

—¿Algún niño cerca de ella la tiene? —pregunta cuando el sol está saliendo.

—No que yo sepa —contesta ella.

—Puede ser grave y se contagia rápidamente. Tiene usted otro niño en casa.

—Sí.

—¿Puede dejar a Claire en una habitación sola? Debe permanecer aislada. ¿Sabe lo que esto implica?

Grace piensa en su situación en la casa, los tres duermen en la misma habitación en la buhardilla. Tom tendrá que dormir con su abuela.

—Claire y yo podemos dormir en una habitación.

—Me gustaría que se quedara aquí veinticuatro horas, pero tendré que aislarlas a las dos. La recepcionista y una enfermera vendrán esta mañana. Les dejaré una nota en el escritorio de la entrada informándoles de dónde están y también del diagnóstico.

La enfermera, Amy, pide a Grace que rellene un formulario con su nombre, dirección, número de teléfono, grupo sanguíneo y enfermedades previas tanto de ella como de su hija. Grace puede rellenar la parte del nombre y las enfermedades previas —sarampión, varicela y le habían quitado las amígdalas— pero la dirección y el número de teléfono no los conoce. Se pregunta cuánto dinero tendrá en el bolso y si podrá pagar al médico todo para que no tenga que facturarle a cuenta.

Amy le da a Grace un camisón, una bata y unas zapatillas, pero ningunas de las tres cosas le sienta bien. Lleva las piernas al aire desde más arriba de las rodillas a los tobillos, lo que no sería problema si fuera ella la paciente. Pero no lo es en cuanto una mujer como cualquier otra. Las zapatillas son pequeñas y livianas, pero casi no se puede poner sus zapatos de tacón con el camisón y la bata.

Claire está agitada y se pasa llorando y tosiendo la mayor parte de la mañana, lo que Grace sabe es buena señal. Su hija no está aletargada. Según el médico, lo más probable es que tenga la garganta irritada y dolor de cabeza. Grace intenta explicarle a su hija que está enferma y que pronto se pondrá buena, pero el tiempo no significa nada para un niño pequeño. Una hora, dos días, cuatro días. Le duele en ese momento. Eso es lo único que ella sabe.

Una hora, dos días, cuatro días. Eso es lo único que Grace sabe también.

Barbara, la recepcionista, no llega porque esa misma mañana temprano, perdió el control del coche y se chocó contra un árbol. O eso es lo que dice Amy mientras lava a Claire con una esponja.

—No hago más que repetírselo, ven más tarde cuando haya hielo o nieve en la carretera. Deja que las máquinas limpien. Pero su marido, Bert, le dice que es mejor ser el primer coche que pase por la carretera, que así hay menos peligro de chocarse con otro coche si pierdes el control. Supongo que no pensó en los árboles. Burt es un idiota. Sabrá mucho de taladrar pozos, pero no tiene ni pizca de sentido común. Extraño para ser hombre, ¿no le parece? Y Barbara hace lo que él dice. Espero que no esté herida, pero ahora mismo no puedo ir a ayudarla. Tengo que vigilar la sala de espera porque no hay nadie para avisarnos cuando llega alguien que necesite atención.

—No te preocupes por nosotras —dice Grace—. Yo puede manejarme sola.

—Puede tomarle la temperatura de forma regular, pero no podrá ponerle las inyecciones.

—¿Inyecciones?

—Sí, hay que ponerle una a las seis de la tarde.

—¿Antibiótico?

Amy la mira como si Grace también fuera lela.

—Durante diez días —le explica.

—Pero el doctor dijo que los síntomas remitirían en cinco días.

—Cierto, pero tiene que hacer el tratamiento completo de antibióticos o la enfermedad podría atacarla nuevamente, a veces ocurre de forma más virulenta. Cuando el médico la mande a casa, le dará la receta para un jarabe que se toma con cuchara.

Cuando Claire se queda dormida por fin, Grace se mete en la cama. Se pone de lado para poder vigilarla. Tiene que hacerlo mejor por sus hijos; no puede seguir viviendo de la generosidad de los demás indefinidamente. Ha progresado mucho con el coche, pero lo que de verdad necesita es un trabajo en un pueblo o ciudad a la que pueda ir andando al trabajo y a hacer la compra, y contratar a una niñera. Podría conseguir un apartamento de una habitación en alguna ciudad con la ayuda de su madre hasta que le dieran la primera paga. ¿Pero en qué ciudad? ¿Biddeford? ¿Portland? ¿Portsmouth? Deja de pensar cuando empieza a quedarse dormida. Su mente se llena de imágenes de chispeantes campos nevados y una persona, un niño, a lo lejos. Intenta oír, pero no puede.

Música

Treinta y ocho días desde el incendio y Grace ha vivido toda una vida. Claire está fuera, jugando con Gladys que la empuja en su trineo por un sendero mientras la madre de Grace, feliz de que su hija esté fuera de su aislamiento, parece muy animada en ese día invernal cubierto de nieve.

—Creo que está casi a punto de empezar a caminar —dice Marjorie refiriéndose a Tom—. Todo el tiempo que estuvo conmigo, se iba sujetando entre los cojines de los asientos, las mesas auxiliares y las sillas.

—Siento como si llevara fuera mucho tiempo.

—Cuando pienso en lo que has pasado... Bueno, puede que me haya enfadado un poco contigo en algún que otro momento, pero no te puedes imaginar la admiración que siento por ti.

Durante la semana que pasó junto a Claire, Grace había tenido horas para intentar resolver su aparentemente insalvable problema. Ella, sus hijos y su madre no pueden vivir en casa de Gladys indefinidamente. Grace tiene que encontrar otro lugar para ellos, o al menos convencer a la comisión constructora para que la ponga a la cabeza de la lista de espera para una casa nueva. Es una madre soltera sin hogar. ¿No les parecerá que su situación es más grave que la de una familia con varios adultos capaces de ganar un sueldo? Pero aunque lograra convencer al funcionario hoy, tardarán meses en construir la casa.

Una noche que no puede dormir, se le ocurre algo que al principio le produce repulsa pero luego empieza a parecerle sensato. Si Gladys le presta el Chevrolet, podrá conducir hasta la casa de Merle Holland para ver si está vacía. De ser así, puede llevar allí a sus hijos y a su madre; ella puede cuidar de ellos mientras

Grace busca trabajo. No tendrán que amueblar la casa y en primavera habrá flores. Hay habitaciones de sobra para todos y la casa cuenta además con la ventaja añadida de ser el primer sitio al que iría Gene cuando volviera. Cuando se hace de día el plan ya está definido.

—Madre, se me ha ocurrido una idea. ¿Y si voy a casa de Merle Holland, ahora es la casa de Gene? Si está vacía, podemos irnos a vivir allí, los niños, tú y yo. Tendríamos un techo y dejaríamos de ser una carga para Gladys y Evelyn. Podríamos abrir todas las ventanas unos minutos, para que entre el aire, y revisar la ropa de cama y las ollas y las sartenes. Puede que tengamos una casa lista para entrar a vivir.

—Pero eso sería invadir una propiedad sin permiso —dice su madre.

—En realidad no. Piénsalo. Gene heredó la casa y está desaparecido. Yo soy su mujer, ellos son sus hijos, y él no querría que no tuviéramos casa.

—¿Pero cómo podrías vivir en la casa de una mujer que nunca dijo nada bueno de ti?

—Los tiempos han cambiado, madre. Yo he cambiado. Ahora podría vivir allí perfectamente. Y si no recuerdo mal hay una habitación infantil con una cuna y juguetes. Iré primero yo para asegurarme de que no la han ocupado ilegalmente o que no haya aparecido un primo lejano de Gene que no conocía. Podría intentar limpiar un poco, asegurarme de que hay luz y agua. La casa no se había puesto a la venta porque Gene quería que nos fuéramos a vivir allí.

Se detiene. Si él supiera.

—Bueno, es una idea. Aquí siento que molesto.

Grace mira a su madre a los ojos y sabe que entiende la relación que existe entre Gladys y Evelyn. ¿Cómo no verlo? Le gustaría hacerle algunas preguntas a su madre, pero no es el momento.

Si Grace se fuera a vivir a casa de Merle, tendría que renunciar al coche, pero le cuesta ahora que ha aprendido a conducir. Tiene que haber un autobús que recorra la costa, piensa. Pero entonces se le ocurre que es posible que la casa haya quedado reducida a cenizas también.

Su nerviosismo aumentó a medida que avanza en el coche hacia la playa y ve que la mayor parte de los terrenos costeros están negros. Al tomar la curva para entrar en el vecindario de Merle, sin embargo, comprueba que las casas están intactas. Enfila el camino de entrada de la casa como si fuera una recién llegada a un grupo de *bridge*. Gene tenía llave de la casa, pero ella no. No hay dónde buscar, ni los pantalones de Gene, ni un cajón en el que pudiera habérsela dejado. Sube las escaleras y, tal como suponía, la puerta está cerrada. Levanta las alfombrillas, mete el dedo en las macetas, palpa encima de los alfeizares. Baja las escaleras y rodea la casa buscando una ventana que pudiera estar parcialmente levantada. Ahora que está ahí, siente una inmensa necesidad de entrar en la casa como sea. Examina las ventanas del sótano, lo intenta con la puerta empotrada que conduce hasta él, y también con una ventana que vibra y parece que no está cerrada con pestillo, pero está atascada. Llega a la parte de atrás de la casa y está a punto de darse por vencida ya cuando prueba con la puerta del porche y se abre. Prueba a continuación con la puerta de la casa y también. Qué sencillo. Es en ese momento cuando oye música y se queda inmóvil.

Alguien ha puesto un disco. ¿O es una radio que se ha quedado encendida? Avanza en silencio hacia el vestíbulo que da al salón y al mirador. Cuanto más se interna en la casa, más alta suena la música, y entonces se da cuenta de que viene de arriba. Tiene que ser Gene. ¡Está vivo! Por una parte quiere echar a correr escaleras arriba llamándolo por su nombre a gritos pero por otra se siente mortificada. Si es Gene, ¿qué hace viviendo ahí sin ella? ¿Por qué no se ha molestado en buscar a su mujer y a sus hijos?

Visualiza mentalmente el roce de una tecla en el piano, un rumor de profundos acordes, la melodía continúa subiendo y bajando de intensidad, y así es como lo siente, hasta iniciar un potente crescendo que le eriza el vello de la nuca y la obliga a cerrar los ojos. El sonido es puro, sublime. No puede ser un disco ni un programa de radio. Ve una silla junto a la mesa del teléfono y sin se sienta hacer ruido para no molestar. No tenía ni idea de que su marido tuviera tanto talento.

La música la hace pensar en el tintineo del cristal roto, después en alguien que está al mando, a continuación en el sonido grave y primitivo de las notas más bajas. La melodía, melancólica en parte, la conmueve. Siente como si penetrara en su piel hasta llegar a lo más hondo de su ser. ¿Es en la música donde nace el verdadero anhelo? ¿El deseo de tener lo mismo una y otra vez? Al fin y al cabo, la canción que una madre canta a su hijo es una melodía. Infantil y no siempre hermosa, pero una referencia que cualquiera desearía tener en la vida. Grace ansía el delicado roce de los dedos sobre las teclas, dedos que siente en su propia nuca. Agacha la cabeza.

La música se detiene.

Pasos provenientes de una habitación en el vestíbulo de arriba. Puede que Gene vea las botas de Grace. Ella lo oye bajar las escaleras. No es capaz de levantarse. Aún no.

Se produce un momento de vacilación. Tanto Grace como el desconocido se lanzan a hablar al mismo tiempo.

—Toca usted muy bien.

—No sabía que la casa estuviera habitada. Perdóneme.

—Disculpe.

—No tengo adonde ir.

—Esta casa.

—Parecía deshabitada.

—Lo está. No lo está. ¿Cómo ha entrado?

—Es fácil entrar en casas como ésta. Es imposible protegerlas del todo.

—Creo...

—Creo...

—La casa pertenece a mi marido. Soy Grace Holland.

—Aidan Berne.

Se dan la mano. La de él es cálida.

Grace pone la tetera a hervir, encuentra el té, el azúcar y la leche, y saca de un armario un paquete de galletas Lorna Doone. Se pregunta si Aidan Berne también lo habrá perdido todo en el incendio.

Medirá un metro ochenta y dos, y lleva largo el pelo castaño claro. Por las miradas que le echa, Grace concluye que tiene los ojos de un color castaño claro. Lleva un jersey azul marino y pantalones de lana grises dentro de la casa fría por las corrientes. Lo ha pillado en zapatillas de andar por casa.

—¿Cuándo llegó? —le pregunta.

—La tarde que el fuego alcanzó Kennebunk. Estábamos en mitad de los ensayos cuando llegaron avisando por megafonía que debíamos evacuar la ciudad. Lo guardamos todo rápidamente y salimos. Había varios coches esperando. Yo conseguí un sitio. Nos dejaron en la Ruta 1 sin indicaciones de ningún tipo. Dijeron que tenían que volver al pueblo a rescatar a más gente. No nos podíamos quejar.

Bebe un poco de té y alarga el plato de las galletas a Grace, que coge una.

—Empezamos a andar en dirección contraria al fuego —continúa—. Los que conocían la zona se internaron por caminos de tierra y llegamos a unas casas, pero vimos que el fuego empezaba a invadir ya los bosques cercanos a la costa. Echamos a correr. Al mirar hacia lo alto de la colina, vi un piano en un salón circular, fue solo un vistazo fugaz, pero decidí separarme. Estuve tocando hasta casi las ocho de la mañana.

—¿Qué estaba tocando ahora? —pregunta Grace. Lleva el traje azul de boda de Joan, pues había decidido que debería ponerse algo un poco más elegante para visitar la casa de Merle.

—El concierto para piano número 2 de Brahms.

—¿Es capaz de tocar de memoria?

—Mucha gente puede hacerlo. Bueno, no mucha. Unos cuantos. Se escribió pensando en una orquesta y un piano.

—Me sentí conmovida —admite Grace.

—¿Por qué exactamente? Siempre he tenido curiosidad. El modo en que la música afecta a las personas.

—La melodía —dice ella, dejando la taza en la mesa—. La parte que se repite una y otra vez en diferentes formas. Se me erizó el vello de la nuca —dice, pero seguidamente se calla, avergonzada—. No lo estoy explicando bien.

—Para algunos, el concierto es puramente un placer intelectual. Según lo dice usted parecería que la melodía le ha atravesado la piel.

—Sí, así es, a través de la piel.

—¿No escuchaba música en casa?

—La radio.

—Tendrá que conseguir algunos discos.

Ella asiente, pero quiere decirle que no tiene dinero, lo que la lleva a la otra cuestión, a qué ha ido a la casa.

—Tengo dos niños. Mi marido, Gene, salió a construir un cortafuegos, pero no ha vuelto a casa. No se ha encontrado el cuerpo.

—Lo siento mucho.

—Sí, gracias, es horrible, pero tenemos otro problema. Nuestra casa se incendió, y no tengo sitio para vivir. De momento, estamos en la buhardilla de la casa de una amiga de mi madre, pero no podemos quedarnos allí indefinidamente. Entonces me acordé de esta casa. Gene la heredó cuando murió su madre.

—Me iré de aquí, por supuesto. Puedo estar fuera esta misma noche.

Grace quiere tocar los dedos del hombre. ¿Cómo puede brotar tanto magia de ellos?

—¿Tiene asegurados los dedos?

—Las manos.

—Normal, ¿no le parece?

—Lo único que sé hacer es tocar el piano.

—No quiero obligarlo a marcharse —admite Grace con reticencia—. Me gustaría poder escuchar esa música otra vez —admite, sonrojándose y agacha la cabeza—. El mundo es horrible, espantoso ahora mismo.

—Todo funciona en la casa —dice él—. Hay buena agua caliente, los fogones funcionan, pero el horno no lo sé. Sale más calor en la segunda planta que en la primera.

—No se vaya esta noche —insiste ella. Tal vez pueda quedarse como inquilino, piensa. El dinero le vendría bien, una fuente de ingresos mientras busca trabajo—. Cuando vuelva con los niños y con mi madre mañana por la mañana, lo decidiremos. ¿Podría dejar abierta la puerta principal hacia las nueve?

Antes de contar a su madre nada del hombre que se ha encontrado en casa de Merle, Grace tiene que estar segura de que eso es lo que quiere. No tarda en decidir que el hombre tiene que quedarse, de alguna manera, en concepto de algo. Se sorprende con la decisión. No sabe nada de Aidan Berne. Podría haberse escapado de la cárcel, podría ser caradura, podría ser un espía y ponerlos a todos en peligro. Pero Grace tiene la certeza de que no es más que un evacuado al que el incendio cogió en pleno ensayo.

Grace tiene que esperar hasta las dos de la tarde, cuando todo el mundo sube a echarse la siesta, incluidas Gladys y Evelyn. Su madre permanece en la cocina consciente de que su hija tiene algo que contarle.

Se sientan, su madre con el paño en las manos.

—¿Y bien?

—La casa está abierta y en buen estado. Podemos irnos cuando queramos. Pero creo que vamos a tener un inquilino.

—¿Un inquilino? ¿Va a pagar?

—Bueno, ese es el asunto. Aún no hemos establecido cómo lo va a hacer.

—No comprendo.

Grace se enciende un cigarrillo.

—Hay un pianista viviendo en la segunda planta. Lo evacuaron durante del incendio y vio el piano en el salón del mirador. La curiosidad lo llevó en entrar en la casa. Lleva viviendo allí desde la noche del incendio.

—¿Ha ocupado la casa sin permiso?

—Pero tiene un inmenso talento. Y se ha ofrecido a marcharse.

—Bueno, entonces arreglado —dice su madre, dejando el paño doblado sobre la mesa.

—Bueno, no del todo —dice Grace—. Creo que deberíamos dejar que se quedara.

—¿Por qué? ¿Va a pagar un buen alquiler?

—Estoy segura de que sí, pero no es ese el único motivo. La música es hermosa. Los niños y nosotras hemos tenido muy poca belleza o música en nuestras vidas.

—La música no va a pagar las facturas —dice su madre—. ¿Y qué clase de hombre ocupa una casa sin intentar encontrar a los dueños antes?

—Venga ya, madre, sabes que está ocurriendo a lo largo y ancho de la costa de Maine.

Apaga la colilla en el platillo. Gladys y Evelyn no fuman.

—Si no tiene referencias, no podemos fiarnos de él.

—Estoy segura de que sí las tiene. Simplemente no le pregunté. Pero hablé con él. Y me gustó. Creo que es de fiar.

Su madre parece a punto de recordarle las muchas veces en que su instinto no estuvo acertado, pero se muerde la lengua.

—Quiero volver contigo y con los niños mañana, para que vean el lugar —dice Grace.

—Puede que no sea mala idea tener a un hombre cerca —sugiere su madre—. Para arreglar las cosas, quiero decir.

—Solo hay un problema. El piano está en el salón circular de la segunda planta. Está dentro de la habitación de Merle. Le dejaré que se quede si accede a bajarlo al salón mirador de abajo.

—¿Y cómo va a hacerlo?

—Las escaleras son amplias, pero supongo que habrá que quitar una de las ventanas y utilizar una grúa. Y también habrá que retirar una ventana en el salón de abajo para meterlo.

—¿Es necesario?

—Creo que sí. Los niños y yo nos quedaremos en la habitación de Merle. Quiero tenerlos cerca de mí por el momento. Y tú puedes elegir cualquiera de las habitaciones de la tercera planta. Una de ellas también tiene mirador.

—Yo ya tengo mi propia habitación —espeta su madre, pensando sin duda en la casa que se ha quemado.

—Ya no la tienes —le recuerda amablemente su hija.

—¿Pero y qué pasa con el hombre? ¿Dónde va a dormir?

—Hay una biblioteca en la primera planta, junto a la cocina. Es una habitación de buen tamaño y podemos instalar una cama en ella. Tendrá todo lo que necesita, cama, cuarto de baño, su piano y acceso a la cocina. No está mal como apartamento.

—Has pensado en todo.

—Lo he hecho, sí.

Al subir las escaleras, Claire, que va mirándolo todo a su alrededor, parece acordarse de la casa. Marjorie lleva a Tom en brazos mientras Grace abre la puerta de la entrada. Aidan ha levantado todas las persianas para que entre la luz, y Grace no ve ni una mota de polvo. No habían hablado sobre si debería estar presente o no, pero parece que ha decidido que no. La luz que entra por las ventanas realza y a la vez perjudica a las habitaciones. Se fija en la mancha de humedad sobre una cara mesa antigua, las marcas de patas de perro junto a uno de los sofás, la alfombra deshilachada por un lado. Está bien así, puede que incluso sea mejor así. Grace no tendrá que preocuparse por que los niños estropeen los muebles.

Grace conduce a su madre con Tom y a Claire hacia el comedor y desde allí pasan a la cocina blanca y amarilla. Con el recuerdo en mente tal vez de la última vez que estuvo allí, Claire intenta abrir los cajones buscando los utensilios de cocina de madera que su madre le dio para que jugara.

—Me gusta —dice la madre de Grace, mirando los ventanales.

Grace le enseña la biblioteca que piensa convertir en el dormitorio de Aidan si este está de acuerdo. La lleva después hacia la escalinata en curva cubierta por una alfombra. Entran en la habitación que perteneciera a Merle. Claire sale corriendo hacia el tocador y quiere tocar las joyas.

—Ahora no —la regaña Grace. Su madre se ha acercado al mirador, donde se encuentra el piano.

—Dios mío, ¿cómo vamos a sacar esta cosa de aquí?

—Así veremos las ganas que tiene Aidan de quedarse, ¿no te parece?

—¿Aidan?

—Aidan Berne.

—¿De dónde es?

Grace no lo sabe.

—Se lo podrás preguntar tú misma cuando lo conozcas. Vamos a la tercera planta.

Lo que Grace recordaba sobre la habitación infantil era verdad. Hay una cuna y una pared cubierta de juguetes de madera perfectamente ordenados. Una mecedora. Cuadros infantiles en las paredes. Una lamparita decorada con conejos. Claire corre hacia los juguetes y hasta Tom hace ademán de querer que lo dejen en el suelo.

—Ve a echar un vistazo al resto de las habitaciones —dice Grace a su madre—. Yo me quedo con los niños.

Sentados a la mesa esmaltada de la cocina, Grace sirve el té para su madre y para ella, leche para los niños. Encuentra la bolsa de galletas Lorna Doone y le alegra ver que aún quedan unas pocas.

—Me gusta esta habitación —repite su madre.

—A mí también —dice Grace.

—¡A mí también! —dice Claire.

—¿Qué habitación has elegido? —pregunta Grace a su madre.

—Creo que me ha gustado la del mirador —confiesa su madre tímidamente—. Tiene unas vistas muy especiales.

—Me alegro —dice Grace. No le dice que era la habitación de Gene cuando era pequeño. En ese momento suena el timbre en la cocina y en el salón. Grace va a la puerta mientras se sacude las migas, pensando que llega justo a tiempo.

—Hola.

—Pensé que sería mejor así —responde Aidan—. No quería que pareciera que vivo aquí.

—Muy inteligente. Ven al salón conmigo y luego te llevaré a la cocina a conocer a mi familia.

Aidan lleva puesto un buen traje y unos zapatos negros aún mejores. Supone que es la ropa que se pone para los conciertos. Se ha cortado el pelo.

—Me gustaría que te quedaras, pero hay un problema.

—¿Cuál?

—Quiero quedarme en la segunda planta. Mis hijos y yo dormiremos juntos. Así que habrá que bajar el piano a la planta de abajo.

Aidan enarca una ceja y Grace sabe que está valorando la situación. ¿Estará pensando en el tamaño de las ventanas, lo caro que resultará bajarlo o si se perderá calidad de sonido?

—Menuda tarea —dice él, recostándose en el asiento.

—Sí. No me gusta tener que preguntártelo, pero ¿te puedes permitir la operación?

—Sí —contesta él sin vacilar—. Los solistas trotamundos a veces tenemos buenas rachas.

—¿Estás de acuerdo entonces?

—Sí, estoy de acuerdo, pero corremos el riesgo de dañar el piano. Y no sé si la calidad del sonido se debe a su ubicación. Supongo que tendremos que averiguarlo.

—Me gustaría dejarlo donde está —admite ella—, pero necesito un sitio para los niños y para mí. Creo que a mi madre le resultaría extraño que durmamos todos en la tercera planta y que tú te quedes con la segunda.

—Estoy seguro de que el instrumento sobrevivirá. ¿Dónde voy a dormir?

—¿Has visto la librería? —pregunta ella, cruzando las piernas a la altura de los tobillos. Como no podía volver a ponerse el traje azul, lleva puesta una chaqueta roja de punto y una falda gris de lana. La falda era de Gladys pero ya no lo quedaba bien—. La convertiremos en tu habitación.

Aidan asiente.

—Y otra cosa más —añade Grace, vacilante—. Tendremos que discutir algún tipo de alquiler.

La música debería bastar, piensa Grace. Más que de sobra. Le dice una cantidad que considera justa. Aidan accede sin quejarse.

—He de advertirte que mi madre querrá referencias —continúa—. No te lo dirá, pero tendré que enseñarle algo.

—No hay problema.

La familia de Grace se queda mirando al desconocido que entra con ella en la cocina. Se dirige directamente a su madre y dice:

—Encantado de conocerla. Aidan Berne.

Una atrevida Claire se sube en la mesa como queriendo que el desconocido se fije en ella.

—¿Y quién es esta niñita? —pregunta, estrechándole la mano.

—Soy Claire. Tengo dos años. Más de dos.

—¿Ah, sí?

—Claire, por favor, no te subas encima de la mesa —la riñe Grace. Claire obedece y se sienta en la mesa.

—¿Y este pequeñín? —pregunta Aidan, haciéndole cosquillas a Tom debajo de la barbilla.

—Él es Tom —explica Grace, invitando a Aidan a sentarse en la silla libre.

—Aidan y yo hemos estado hablando de las condiciones —le dice a su madre, que como es muy educada no pregunta en qué consisten delante del desconocido—. Claire, te gusta la casa, ¿verdad?

Claire, pensativa, estudia la cocina como si estuviera valorando su respuesta, y finalmente asiente exageradamente con la cabeza.

—Entonces creo que nos mudaremos mañana —dice Grace a Aidan—. No hace falta que bajes el piano ya mismo, pero me pregunto si podrías colocar una cama en la biblioteca.

—Puedo desmontar una y bajarla por partes y volver a montarla aquí abajo.

—Antes de irnos hoy, mi madre y yo revisaremos la ropa de cama para asegurarnos de que tengas todo lo que necesites. Y como ahora tengo coche, iré a comprar a la tienda. Cuando nos vengamos a vivir aquí, no tendré coche. Es de la mujer que nos ha acogido este tiempo.

—El mercado está a menos de kilómetro y medio de aquí. Puedo ayudarte cuando no tengas coche.

—Eres muy amable.

—Y tú muy generosa.

—No soy tan generosa —dice Grace—. ¿Te importaría tocar algo para mi madre?

Los adultos redistribuyen las sillas en el dormitorio de Merle de manera que estas quedan a un lado de Aidan. Grace quiere verle las manos, que solo fue capaz de imaginar cuando lo oyó tocar aquella primera vez. Con Tom en el regazo, su madre a un lado y Claire al otro, observa cómo se quita la chaqueta y se sienta en la banqueta. Se remanga la camisa. Grace no sabe qué pedirle que toque puesto que no conoce el nombre de ninguna pieza clásica, pero él parece percibirlo, o sencillamente quiere tocar algo que le gusta porque empieza de inmediato a tocar únicamente con la mano derecha, y al cabo de un minuto la izquierda entra en acción también. Claire se pone alerta con un pequeño brinco. Tom aplaude.

Y luego Grace puede escuchar la melodía, las notas que se repetirán durante la pieza. Con su madre a su lado, tiene cuidado de no traicionar, excepto con una sonrisa, las sensaciones que experimenta. Tiene un deseo casi abrumador de inclinar la cabeza, exponer el cuello y dejar que las tensiones del día la abandonen.

Grace examina los dedos de Aidan, cómo se estiran y se alargan, seguros, veloces. Estudia su rostro, su expresión de absoluta concentración. No sabía que tuviera esa capacidad de concentrarse tanto en algo que todo lo demás deje de tener importancia. Ser capaz de hacerlo siempre que quiera, qué don tan maravilloso. A menudo piensa que le hubiera gustado poder cantar. Lo estupendo que sería poder entretenerse con algo así. Pero tocar un instrumento es otra cosa. Cuando la pieza llega a su fin, piensa en lo ridículo que ha sido mencionar siquiera el tema del alquiler.

———

—Parece un joven muy agradable —dice su madre mientras salen de la casa por el camino de entrada. Los niños están dormidos en el asiento trasero.

—Ya lo creo —conviene Grace.

—Me ha parecido muy educado. Tiene buenos modales.

—Sí.

—Y sabe hablar —añade su madre.

—Sí.

—Y me ha gustado que haya tocado canciones infantiles para Claire al final.

—Ha sido bonito.

—Y la música. Creo que nunca he...

—Ni yo.

—Me pregunto a qué escuela fue. Ha debido asistir a la escuela de música.

—Mmm.

—Creo que es irlandés. Por el nombre.

—Puede.

—Los Rooney son irlandeses —señala su madre—. Una gente muy agradable.

—Sí que lo son.

—Y tengo que admitir que es guapo.

—Madre.

—Ha sido una grandísima suerte que lo encontraras.

Esa noche en casa de Gladys, mientras su madre intenta explicar de manera ciertamente incómoda por qué tendrán que irse, Grace solo puede pensar en las manos de Aidan. Imagina sus músculos flexibles, la piel suave, la capacidad de alargarse para tocar. ¿Cuántos años llevará tocando? ¿Desde pequeño? ¿Y de dónde habría heredado ese don? El talento no se aprende. ¿Cómo es que no toca con alguna de las orquestas que tienen en Nueva York o Boston?

Por extraño que pudiera parecer, Gladys tiene los ojos llorosos lo que de inmediato hace llorar a Marjorie.

—Han sido muy amables con nosotras —dice su madre—. Espero que sepan lo agradecidas que estamos.

—Gladys es una blanda, por si no te habías fijado —dice Evelyn con cierto desdén, sin mostrar tristeza alguna ante la idea de la partida de sus invitados.

—Y vendran a visitarnos —añade Grace—. En cuanto arreglemos la casa un poco. Tienen que venir a comer.

¿Una comida en pago a todas las que ellas les habían ofrecido? Era absurdo. Grace ya encontraría la manera de compensarlas por todo lo que las dos mujeres habían hecho por ellas. ¿O acaso les importaría que lo hiciera? Se pregunta si su madre se quedaría con sus amigas, si estará triste por tener que marcharse.

Al día siguiente por la mañana hacen el equipaje, ponen sábanas limpias en las camas y dejan la habitación impecable.

Mudarse de una buhardilla compartida a una casa doce veces más grande da un poco de vértigo. Aidan no parece haber tenido problemas para reunir a una cuadrilla de hombres sin empleo dispuestos a mover el piano. Aunque el termómetro marca solo cuarenta y tres grados en el exterior, es necesario quitar la ventana superior mientras enganchan el piano a una grúa que ha dejado unos profundos surcos en el césped del jardín delantero. La madre de Grace no puede mirar siquiera y se pasa la mayor parte del día en la cocina, cambiando de lugar la vajilla y la batería de cocina a su gusto. Después hace las camas, incluida la de Aidan. Por su parte, Aidan da instrucciones meticulosas, pues no quiere que el piano sufra daño alguno, y sobre todo no quiere que este pase a la intemperie ni un segundo más de lo estrictamente necesario. Grace y Aidan retiran todos los muebles para que no estorben y llegan a la conclusión de que algunos tendrán que ir al sótano. Grace, cruzada de brazos en una tensa postura, no se atreve a mirar cuando vuelven a meter el piano en la casa. Aidan está tranquilo, pero alerta para evitar que ocurra un desastre. Lleva puesto el jersey azul y los pantalones grises que llevaba el día que lo conoció Grace. Ella lleva lo mismo que el día anterior. Claire y Tom han estado en todo momento con su abuela, todos preocupados de que les pudiera ocurrir algo.

—Dios mío —dice Aidan cuando el piano está en su sitio por fin. Incluso los hombres parecen complacidos por haber hecho bien el trabajo. La ventana del primer piso está en su sitio, las luces encendidas. Antes de pagarles incluso, Aidan se sienta en la banqueta, recorre de seguido todas las teclas, escucha, repite la acción, escucha de nuevo, toca una tecla en bajo, lo repite, toca las teclas de arriba y las de abajo a la vez, sonríe y lanza una exclamación de júbilo que provoca las carcajadas de los otros hombres y los impulsa a cantar. La madre de Grace sale de la cocina con los niños. Claire, al ver que tiene público, empieza a bailar a su manera un tanto espasmódica, asegurándose de que todos la miran. La madre de Grace saca sidra y galletas, que los hombres aceptan de buena gana. Si no fuera porque sabía que no era así, Grace habría pensado que estaban dando una fiesta en la casa de Merle Holland.

Su casa ahora.

A veces, Grace imagina que Gene regresa a la antigua casa victoriana y se lleva una desagradable sorpresa al ver el piano en el salón delantero, y a Grace, a su madre y a los niños instalados en las habitaciones del piso superior. La vida que llevaba antes se le antoja solitaria ahora. Le asusta como lo haría una pesadilla que se repite. Sabe que debe confiar en que Gene regresará, pero teme el momento de abrirle la puerta.

La madre de Grace, que parece exhausta y feliz, se retira a descansar con los niños poco después de las ocho de la noche. Grace, con una taza de chocolate, entra en el cuarto de estar situado frente al salón del mirador y ve a Aidan sentado en un sillón, leyendo. Se levanta.

Grace le hace un gesto con la cabeza.

—No hace falta que te levantes. —Deja la taza en una inestable mesa auxiliar—. Puedes utilizar todas las habitaciones. Queremos que te sientas cómodo.

—Eres muy amable, pero debes estar cansada.

—Cuando quiera estar sola, puedo subir a la habitación. A mi *suite*. No te imaginas lo pequeña que era la casa en la que vivíamos mi marido y yo.

—Creo que sí puedo.

—¿Estás contento con el piano?

Le parece que Aidan vacila un instante.

—Está bien. Estoy contento.

—No sé si creerlo —dice ella.

—Bueno, hay una o dos notas ligeramente... desafinadas. No creo que el oyente medio lo vaya a reconocer y confío en que un afinador de pianos lo pueda arreglar.

Grace guarda silencio.

—Es uno de los mejores pianos que he tocado en mi vida.

—No puede ser. Hace años que no lo tocaba nadie.

—Me encanta.

—Es una marca rara. No la había oído antes.

—Alemana. Muy poco habitual.

—¿El traslado ha cambiado el sonido?

—Es imposible mover un piano de sitio sin que se produzca algún cambio. Pero me gusta el sonido que tiene.

Grace se siente un poco culpable. Si no hubiera insistido en quedarse con la habitación de Merle, el piano no habría sufrido daño alguno. Pero tener un hombre arriba con ellos habría sido injustificable. Se niega a sentirse culpable. No puede permitírselo.

Al cabo de un rato, Aidan coge su libro nuevamente y retoma la lectura. Grace saca un trozo de papel y un lápiz del bolsillo de la falda y hace una lista de las cosas que tiene que hacer al día siguiente.

Qué tranquilidad se respira en la casa. Es extraño. En el salón de estar de la casa de otra mujer con un hombre al que no conoce. ¿Habrá sido cosa del incendio? Se acuerda de lo que le contó el doctor Lighthart sobre la diáspora. Aidan también forma parte de ella. ¿Cuál es su sitio?

Se da cuenta estremecida de que Gene debe estar muerto. Él no habría abandonado voluntariamente esta casa. No habría abandonado a sus hijos. Grace siente frío en los hombros y piensa en su cuerpo sin vida, su carne chamuscada, sus huesos blancos en un campo de maíz o en un bosque, puede que removidos por los animales. Se imagina la agónica muerte que debió sufrir. Y que no tenga un lugar en el que descansar, que no tenga una tumba a la que puedan ir su mujer y sus hijos a presentar sus respetos, a recordarlo. No está bien.

Se remueve en el asiento. Se pregunta cuánto tardará en sustituir todos sus recuerdos dolorosos por otros más agradables.

Cien años, piensa. Por lo menos cien años.

Aidan

El salón da sensación de ser un lugar acogedor con todas las luces encendidas. Grace ha tomado la costumbre de ir al salón cuando los niños ya están acostados porque Aidan suele estar allí. Le ha pedido a su madre que la acompañe, pero esta se disculpa siempre y sube a su habitación.

—¿Eres irlandés? —le pregunta Grace una noche.

—Así es —contesta él, levantando la mirada del libro. La saluda levantándose a medias del sillón.

—¿Hablas gaélico?

—Lo hablaba.

—No tienes acento.

—Lo perdí.

Grace abre el libro por la página que tiene marcada.

—¿Y eso?

—Sentimiento antiirlandés.

—¿Todavía?

—Todavía.

—¿Berne es un apellido irlandés?

—Puede. También puede ser francés. —Aidan dice una frase en francés que incluye la palabra Berne. La «e» del nombre suena medio rotada—. O alemám. —Dice una larga frase de sonido duro con acento alemán en la que Grace no reconoce haber oído la palabra Berne siquiera—. Y hasta danés. —Chapurrea el danés y Grace sí oye la palabra esta vez, apenas una sílaba, como si fuera una ocurrencia tardía.

Grace lo estudia detenidamente.

—Te lo acabas de inventar, ¿verdad?

Aidan sonríe.

—Tal vez.

———

Ya en su habitación, Grace comprueba que los niños duermen y se acerca a la ventana. Se mira los pies. Prueba a dar unos pasos y poco a poco la encuentra el ritmo del baile. Endereza la espalda, pone los brazos a los costados y ejecuta unos rudimentarios pasos de baile. Le gustaría que sus zapatos tuvieran una chapa metálica en la puntera. El tintineo del metal era de lo más satisfactorio.

Grace mira al frente sin que nadie la observe («no te mires nunca los pies») y avanza lateralmente por toda la habitación en línea, y después hacia delante y hacia atrás lo mejor que recuerda. Después del colegio, Grace acompañaba dos veces a la semana a Patty Rooney a sus clases de danza irlandesa. Grace no bailaba, solo miraba, pero de vez en cuando Patty le enseñaba algunos pasos después de la clase. Se acuerda de que una vez Patty participó en un recital y ella, Grace, se sentó entre el público con la señora Rooney. Le encantaba la precisión con la que los bailarines mantenían inmóvil la parte superior del cuerpo mientras deslumbraban a los asistentes con las figuras que hacían con los pies.

Grace baila hasta quedar sin aliento. Se seca la frente y los antebrazos con un pañuelo. Sabe un poquito de irlandés.

Marjorie viste a Claire y a Tom con los jerséis de color verde oscuro que les ha tejido.

—¿De dónde has sacado la lana? —le pregunta Grace durante el desayuno.

—De un cajón llenos de jerséis. Serían de Gene. Los deshice, lavé la lana y tejí unos nuevos.

—Tienes un talento asombroso —le dice Grace.

—En mi generación, casi todas las mujeres aprendíamos a coser y a tejer.

—Yo también aprendí economía para el hogar.

—Es diferente cuando aprendes en casa. Es diferente cuando es una necesidad.

—Yo viví en los años treinta.

—Sí, pero tú no eras la que tenía que traer el dinero a casa.

Grace resopla por encima de su taza de café.

—Me has ayudado mucho.

—Tú eres mi vida ahora. Igual que Claire y Tom son la tuya.

Es una afirmación cierta, pero no lo es del todo. La vida de Grace también es la casa de Gene y Merle, así como la necesidad de encontrar trabajo y un medio de transporte, la desesperación por conseguir dinero y el deseo, en lo más dentro de su ser, de algo más.

—Estoy pensando en llevar a los niños a la casa de al lado —dice Marjorie—. He conocido a la vecina, Maureen. Parece agradable y me ha invitado a pasar. Le dije que lo mismo llevaba a los niños.

—Estoy pensando en pedir trabajo.

—¿En serio?

—¿Crees que podrías apañártelas si lo consigo?

Se refiere a ocuparse de los niños, cocinar y limpiar la casa.

—Creo que sí. Le pediría ayuda a Aidan para ir al mercado y hacer las cosas más pesadas. ¿Cómo piensas ir al trabajo?

—En autobús. Andando si es necesario.

—Bueno, será solo temporalmente, ¿no? Hasta que Gene vuelva.

—Por supuesto —contesta Grace.

—¿Qué vas a hacer con el tema de la ropa?

—Pienso hacer con el vestidor de Merle lo que tú con el cajón de Gene.

Cuando Marjorie y los niños llegan de visitar a la vecina, que resulta que es la cocinera y no la dueña de la casa —«con este pan de soda tan delicioso no vamos a tener que preparar comida»— ponen a Claire y a Tom a echar la siesta. Grace, que no quiere abrir el armario ropero de Merle sin su madre, lo hace con una floritura graciosa cuando se reúne con ella.

—Oh, dios mío, es enorme —exclama Marjorie.

Las dos entran en el enorme vestidor y se quedan mirando a los percheros llenos de ropa.

—Debió llevar una vida social muy movida —dice Marjorie, haciendo un gesto hacia la ropa—. Mira toda esa seda y las pieles. ¡Y te aseguro que esto no es un abrigo de mouton! —añade, tocando la manga.

—No sé por dónde empezar —dice Grace.

—Tú explora mientras yo decido qué hacer de cena. Elige unas cuantas prendas y a ver si puedo arreglártelas para que te queden bien. Son de la misma altura, aunque yo diría que Merle pesaba siete kilos más que tú por lo menos.

Grace entra en el salón donde Aidan está sentado al piano. Posa un montón de vestidos sobre una silla.

—Mi madre quiere modificar estos vestidos para que tenga ropa adecuada cuando vaya a buscar trabajo.

—¿De dónde han salido?

—Del armario de Merle.

Aidan tiene remangada la camisa hasta los codos. Aún no se ha afeitado.

—Crees que no debería hacerlo —dice Grace.

Aidan se da la vuelta en la banqueta del piano.

—No, creo que tienes que hacerlo.

—Las normas han cambiado, ¿no es así?

—Es lo que pasa cuando ocurre una catástrofe.

—¿Es robar? —pregunta Grace.

—No, en este momento no lo es.

—¿Entonces qué opinas de este? —Grace sujeta por los hombros un vestido y se lo pone contra el cuerpo. A su madre le ha gustado la seda de color verde jade con el ribete dorado en las mangas y los botones también dorados. Le pareció que el color le quedaba bien a Grace.

—¿Adónde vas a ir con él? —pregunta Aidan, cruzándose de brazos.

—No te gusta.

—Es un poco... no sé... ¿extravagante?

Grace le da la vuelta y mira el delantero. Lo tira encima de otra silla.

—¿Y este?

Aidan ladea la cabeza.

—Es rojo.

—Ya.

—Con topitos.

—¿Y?

—Tal vez deberías buscar algo más conservador.

—Eres un aburrido.

—Normalmente no.

Ella sonríe. Revuelve entre el montón de vestidos y saca uno azul marino con el cuello blanco. Lo levanta frente a sí.

—¿Tu madre sabría marcarle la cintura? —pregunta Aidan.

—¿Te parece que debería llevarla?

—Tienes una bonita cintura.

—Gracias, pero este es de manga corta. Demasiado frío para invierno.

Grace coloca el vestido en otro montón. Se fija en un conjunto de color gris claro con falda estrecha y una chaquetita que le cubre los brazos. Será confortable porque es de lana.

Aidan asiente y lo señala.

—¿Este? —pregunta ella.

—Ese es el traje que deberías ponerte. ¿Estás nerviosa?

—Un poco —contesta ella, dejando el traje encima de los otros. Toma asiento en otro sillón—. ¿Tienes un cigarrillo?

—*Sí* que estás nerviosa.

Saca un cigarrillo del paquete que le ofrece Aidan y se inclina un poco hacia él para que se lo encienda. Inspira y después se recuesta en el sillón.

—¿Tú te pones nervioso antes de un concierto?

—A veces me pongo a sudar. En casos especialmente graves me entra hipo.

—No puedes subir al escenario con hipo. ¿Cómo te lo quitas?

—Busco un cuchillo sin filo, lo meto en un vaso de agua y apoyando la punta en la frente trago saliva diez veces muy despacio.

—¿Y funciona?

—Siempre.

—¿Te lo acabas de inventar?

—No.

Grace aplasta la colilla y coge el vestido verde y dorado, el que Aidan le había dicho que le parecía extravagante, del fondo del montón y se pone a bailar con él en un estilo libre que se va inventando sobre la marcha. Aidan, que se ha dado cuenta del juego, empieza a tocar un vals. Grace baila extasiada como si llevara el vestido puesto y la seda ondulara a su alrededor. Se mueve al compás de la música por todo el salón, rodeando a Aidan y al piano. Cuando este cambia de ritmo y empieza a tocar un charlestón, Grace se sujeta contra el torso y lleva una manga hacia delante y hacia atrás mientras mueve los pies al son de la música más propia de la generación de su madre. Grace toma la transición a una melodía de jazz como señal para sentarse lánguidamente en un sillón vacío con el vestido pegado a su cuerpo. Se inclina hacia delante fingiendo que alguien le enciende el cigarrillo en una larga boquilla. Después se sienta en una posición relajada y cruza las piernas.

Aidan se ríe, se remanga la camisa y la envuelve en una lenta melodía de jazz que a Grace imagina la habrá aprendido en un club de Harlem.

—El vestidor de Merle es enorme. Tiene montones de vestidos y abrigos de piel —dice Grace, sentándose con el vestido doblado en el regazo.

—Alguien debería ponerse toda esa ropa —dice Aidan.

—Se han hecho colectas de ropa después del incendio. Tal vez podría traer a alguien para que elija algo de ropa.

—¿Y cuándo vuelva tu marido? ¿No le importará que hayas dado la ropa de su madre sin consultárselo?

—Sí. Durante un momento. Pero después sería consciente de la necesidad. Si nos hubiéramos venido a vivir aquí, que era lo que él quería, supongo que me habría quedado con el vestidor de su madre.

—¿Te ves con todos esas pieles?

Grace se ríe.

—No. ¿Te imaginas? ¿Adónde demonios iba a ir así?

—Podrías venir a uno de mis conciertos. Estarías preciosa con uno de esos abrigos.

El rubor sube por el cuello de Grace.

—No me gustó nada esta casa la primera vez que vine —dice, apartando la mirada.

—¿Por qué?

—No le caía muy bien a mi suegra. Pensaba que había arruinado la vida de su hijo.

—¿Y es cierto?

—Desde su punto de vista supongo que lo hice. Se suponía que tenía que conocer sitios. Casarse con una chica bien.

Grace encuentra un escabel en su habitación y se sienta en él. Se quita la ropa y se queda en combinación interior. Ve el reflejo que le devuelve el espejo triple de la cómoda. No se ve la cabeza, solo el cuerpo cubierto con la combinación. La piel pálida y la combinación de cuerpo entero que le cuelga de los hombros pues no se le ajusta tanto a la figura como antes. El sentido común le dice que la imagen que le devuelve el espejo es su cuerpo, pero mueve el brazo ligeramente para asegurarse. Baja entonces la cabeza para asegurarse al cien por cien. Qué poca cosa es.

—Tengo todo lo que necesito —le dice su madre entrando en la habitación—. Ya puedes bajarte. Tengo que tomarte medidas antes de meter los bajos. ¿Con cuál te quedas?

A veces, al pasar por las habitaciones de la enorme casa, Grace piensa que le ha tocado un premio. Piensa que lo ha robado.

Cuando entraron su madre y ella por primera vez en la amplia cocina, descubrieron una lavadora-escurridora y una secadora para la ropa de gas. Al principio, Grace no reconoció el aparato. Medía casi un metro de alto, unos sesenta centímetros de ancho y estaba a ras del suelo. Cuando abrió la tolva esmaltada, se dio cuenta de que en el interior había un tambor metálico. El aparato tenía un único botón de encendido y apagado, y tras varios intentos su madre y ella llegaron a la conclusión de que tan solo se tardaba entre quince y veinticinco minutos secar una lavadora. Las toallas y las manoplas de baño no hacía falta plancharlas. Su madre y ella estaban entusiasmadas. Cuando Grace pensaba en el tiempo que tardaban las sábanas en secarse cuando el tiempo era húmedo no podía por menos que sacudir la cabeza de incredulidad.

Grace tiene la seguridad de que Merle no ha utilizado nunca la secadora. Seguro que la colada era cosa de Clodagh.

—Están construyendo casas prefabricadas para las personas que perdieron sus hogares —le dice Aidan esa misma noche mientras leen en el salón.

—¿Cómo lo sabes?

—Lo he oído en la oficina de correos.

—¿Es ahí adónde vas cuando los niños duermen la siesta?

—Ahí o al mercado. Las casas son temporales mientras construyen las nuevas.

Grace se acuerda de la clínica de acero.

—¿No tendrán frío?

—Tendrán algún tipo de aislamiento. No pueden ser muy cómodas, pero la gente está desesperada.

Grace guarda silencio.

—Deberíamos hospedar a los refugiados.

—Ya lo estás haciendo.

—¿De qué hablan Aidan y tú por las noches? —pregunta Marjorie a Grace a la mañana siguiente en el desayuno.

Grace se queda mirando a su madre. ¿A qué vendrá esa pregunta ahora?

—No hablamos mucho. Somos educados, pero casi siempre leemos.

—¿Leen?

—Sí —dice Grace, evitando la mirada de su madre.

Se levanta a aclarar la taza del té y ve que Aidan está jugando con los niños con un trineo que debe haber encontrado en el granero de la parte de atrás. Como la construcción está situada más arriba de la colina que la casa, les permite ganar algo de velocidad al deslizarse colina abajo. Los niños chillan de alegría y quieren repetir. Para poder subirlos, Aidan mete a Claire en el trineo y le dice que sujete fuerte a su hermano. Grace observa cómo Aidan clava las botas en los huecos que él mismo ha abierto antes en la nieve. Parece que estuviera subiendo escaleras.

Grace agarra el abrigo colgado de una percha y sale a la puerta principal de la casa. Por un momento se siente libre. Se desliza por el resbaladizo camino de entrada de la casa, cruza la carretera de la costa, pasa torpemente entre los arbustos y llega a la playa. En su apresuramiento, se ha olvidado los guantes y el gorro. Le queman las orejas. Se mete las manos en los bolsillos del abrigo y encuentra una moneda. ¿De dónde habrá salido?

El mar picado presenta un profundo tono azul-verdoso. Vivir en el agua es como ver una película en color. Se sube a una roca grande, se sienta y se tapa los oídos hasta que se le congelan las manos.

No cree haber sido nunca tan feliz, con sus hijos y su madre sanos y salvos en una casa grande; con Aidan, que le ofrece ayuda y conversación. Recuerda estar sentada a la mesa de su cocina en Hunts Beach, fumando con la mirada fija en el fregadero. Lo solitaria y gris que le parece la imagen en ese momento.

—Te has olvidado el gorro y los guantes.

Aidan le pone el sombrero en la cabeza y le entrega los guantes, y es entonces cuando Grace se da cuenta de que estaba pensando que le gustaría que Aidan estuviera ahí con ella.

—Gracias —le dice y lo mira—. Me duelen las orejas.

—Hace bastante frío —conviene él, arrebujándose en su abrigo negro de lana. Da unas palmadas con las manos enguantadas. Lleva puesta un gorro negro de lana.

—¿Los niños están dentro?

—A Tom se le ha metido nieve en la nariz y se ha puesto a llorar. Tuve que llevárselo a tu madre.

—Parecía que se estaban divirtiendo.

—Son estupendos.

Grace sonríe y dice:

—Estoy de acuerdo.

Aidan se queda a su lado, mirando al mar. Puede que esté tan hechizado por el mar picado como ella. Hace que las aguas cobren vida.

—No deja de asombrarme que no estemos mirando hacia Inglaterra, sino hacia Portugal —dice Grace—. Y que el clima sea más suave en Londres que aquí.

—La corriente del Golfo —dicen los dos al mismo tiempo.

—¿Alguna vez has deseado poder volver a Irlanda? —le pregunta Grace.

—Durante la guerra, fui a todos los países aliados en el frente europeo, que no incluía ni a Irlanda ni a Suiza porque eran neutrales. Sí, me gustaría volver algún día. Tengo hermanos allí.

—¿Ah, sí? —pregunta ella, sorprendida.

—Dos. Eran mayores que yo y su vida estaba más asentada cuando abandonamos el país.

—Debió ser doloroso para tu madre dejarlos allí.

—Mis padres habían planeado ahorrar el dinero para sus pasajes, pero el mayor se negó a irse y el otro hizo lo mismo.

—No me puedo imaginar lo que es nacer en el seno de una gran familia. Yo fui hija única.

—¿Cuántos años tienes?

—Veinticuatro —responde ella—. ¿Y tú?

—Cumplí veintinueve el pasado septiembre.

—¿Entonces vas de un lugar a otro cuando alguien necesita un pianista?

—He hecho de todo —responde él—. He enseñado música en una escuela, he actuado como solista en varias orquestas, he intentado montar varias bandas de música.

—¿No te importa no tener un hogar?

—Antes no.

—Es una maravilla mostrar tanta dedicación por algo —dice Grace.

—Es un don. No lo voy a negar. Pero te admiro.

—¿Por qué? —pregunta ella, mirándolo con gesto interrogativo.

—Por buscar un lugar seguro para tu familia y mantener la cordura cuando debes estar muerta de preocupación por tu marido.

Después de cenar, Grace va al salón con su libro y se alegra de ver que Aidan está allí.

—Mañana saldré y empezaré a buscar trabajo —anuncia—. Hay un autobús que me puede llevar.

—¿Por dónde empezarás?

Grace ladea la cabeza.

—Te lo diré cuando lo encuentre.

—Estoy ansioso por saberlo.

Grace alarga una pierna y le da un golpecito en la bota.

—¿Qué tal va tu búsqueda?

—He solicitado información en una docena de sitios. A ver qué me responden.

—¿Dónde estás buscando? —pregunta Grace, fijándose en el chaleco tejido a mano de lana marrón que lleva. ¿Por su madre? ¿Una amante? ¿Una hermana? ¿Una esposa?

—Boston, Nueva York, Chicago, Baltimore.

—¿Tan lejos?

Él se yergue en su asiento y carraspea antes de hablar.

—Tengo que ir allí donde hay orquestas.

—¿Qué estás leyendo?

—Una biografía de Antonin Dvořák.

Grace no sabe quién es ese Antonin Dvořák.

—Fue un compositor checo. Brahms fue su mentor. ¿Y tú?

—Las obras de teatro de Eugene O'Neill. Encontré un volumen en la librería que está a tu lado. Ahora mismo estoy leyendo una titulada *Llega el hombre de hielo*.

Él asiente con la cabeza.

—¿La conoces?

—Sí.

—Intento recrear la obra según voy leyendo —explica ella—. O'Neill era irlandés-americano.

—¿Te están gustando?

—Es un autor oscuro y atormentado.

—Es nuestra herencia nacional.

—¿Tú eres oscuro y atormentado? —dice ella en tono bromista.

—A veces.

Las conversaciones nocturnas con Aidan terminan no pocas veces de manera abrupta. Grace quiere decirle, preguntarle, muchas más cosas, pero al igual que con Gene sus conversaciones son fragmentadas; solo que al contrario que con Gene, los fragmentos en este caso le resultan fascinantes.

Grace saca un montón de papeles de un cajón en la habitación de Merle y los extiende sobre la cama a su lado, para sentarse a continuación en posición erguida, con la espalda apoyada contra el cabecero. Se dispone a averiguar cómo funcionan las cosas en la casa y qué facturas hay que pagar. La fecha, 1947, está sujeta a la primera página con un clip, pero el resto de los papeles que hay después de esta primera página no parecen seguir organización alguna. Localiza una factura correspondiente al arreglo de unos zapatos donde se supone que están las correspondientes a la electricidad, pero no hay indicación alguna de si están pagadas o no. No hay avisos de facturas sin pagar ni tampoco talonario. ¿Es que Merle pagaba siempre al contado y enviaba el dinero por correo? Grace desentierra un documento de tasación de una imponente pulsera de oro con diez diamantes de un quilate. No se ha encontrado ninguna pulsera de esas características, así que se imagina que Merle habrá escondido sus mejores joyas en algún sitio. Puede que en una caja fuerte.

Hay varias facturas médicas unidas con un clip, las del doctor Franklin primero, luego las de un oncólogo y después las del hospital. ¿Se suponía que Merle tenía que pagarlas cuando estaba muriendo? Tiene que haber un testamento, cuentas bancarias. Gene lo sabría. Es raro que nunca haya mencionado más que la casa.

Encuentra entonces una factura de Best & Co, en Boston, correspondiente a cuatro vestidos con una descripción detallada. «Cinturón de satén con cierre de pedrería». «Falda de lana azul marino cortada al bies». «Falda plisada Fortuny de seda color rosa empolvado con treinta y seis pliegues». «Sombrero estilo turbante de visón, forrado con seda violeta». ¿Adónde iba Merle con esa ropa? ¿Se habría puesto la falda de seda Fortuny para ir a un cóctel? ¿La falda al bies para ir a jugar al *bridge*? ¿El vestido de satén con el broche de pedrería para una boda en invierno?

Al fondo del montón hay tres facturas sujetas con un clip, con fecha de tres meses consecutivos, correspondientes a una caja de ginebra rosa Edgerton.

Las palabras de O'Neill flotan en la página. Frente a ella, Aidan lleva puesta una camisa de rayas y un jersey de cuello de pico negro. Se fija en que lleva gemelos de ónix. Capta todos estos pequeños detalles en fugaces miradas.

Se saca los cigarrillos del bolsillo. Se inclina hacia delante un centímetro para preguntarle si le apetece uno, pero él señala el paquete de Camel y la caja de cerillas que reposan en una mesa a su lado. A Grace le gustaría poder leer el nombre del restaurante que aparece en ella. ¿Será de Nueva York o de San Luis?

Agita el pie una vez. Grace da una profunda calada. Hay muchas cosas en la habitación en las que no se había fijado nunca. El reloj tipo Delft. La colección de cajas de plata sobre el escritorio. Un retrato oscurecido de un hombre importante. No, un hombre vanidoso. Claro que eso era algo que correspondía al pintor, ¿no? Es posible que le hubiera ordenado que posase elevando el mentón y los dedos dentro del chaleco abotonado. En la otra mano sujeta un libro, hecho que cambia la idea que se ha formado del hombre y el pintor. Un libro, que no es la Biblia, sugiere aprendizaje en oposición al comercio. Al bajar la vista del retrato, Aidan la está mirando. Ella sonríe ligeramente.

—¿Has tenido un buen día? —le pregunta él.

—Sí. O eso creo. Casi ni me acuerdo.

—Eres una mujer ocupada.

—Supongo que lo soy. Estaba mirando el retrato y tratando de decidir a qué se dedicaba el modelo retratado.

Aidan se da la vuelta para examinarlo.

—Lector, desde luego. Tal vez un profesor con una elevada opinión de sí mismo. Supongo que tu marido tendrá alguna relación con él.

—¿A qué época crees que pertenece?

—A juzgar por la ropa y el bigote, mediados o finales del siglo diecinueve. Puede que fuera el abuelo de tu marido.

—A ti te harán un retrato.

—¿Por qué lo dices?

—Serás un músico importante y alguien querrá hacerte un retrato.

—Una fotografía para un cartel tal vez.

—Estaba pensando en el inmenso talento que guardan tus manos. —Grace ha visto moverse sus dedos tan deprisa que parecían una mancha borrosa.

—Se requiere cierta destreza —admite él—, pero tan solo realizan lo que les dice el cerebro.

—Toda la música está en el cerebro. Seguro que está lleno.

Aidan se ríe.

—Hay sitio para muchas más cosas.

Grace intenta retomar la lectura, pero relee la misma frase tres veces.

—¿Has estado casado alguna vez? —le pregunta, quitándose una pelusa del jersey azul claro.

—No, mi trabajo no se presta al matrimonio. Viajo demasiado, trabajo por las noches.

Grace pasa la página con mano temblorosa. Aprieta los dedos contra el libro abierto. ¿Es solo su imaginación la que siente la conexión entre ellos? No la propia entre casera e inquilino, aunque es lo que son. O entre refugiados a causa de un desastre natural, aunque también son eso. Y tampoco la de meramente amigos, o incluso amigos cercanos, como Rosie y ella. Grace está casada. ¿Por qué se le olvida todo el tiempo?

Piensa que su cuerpo hablaría, si pudiera. Tócame la mano. Deja que yo toque la tuya. Pósala en mi nuca. Nada más. Su cuerpo no es capaz de pedirle nada más.

Su madre dice que es guapo. Por la frente recta y los ojos de un suave tono castaño. El pelo que se le riza pero luego parece que no, como si no se decidiera. La boca recta y apretada, no en un gesto cruel, no, pero sí... serio. Definitivamente ella definiría su boca como seria.

—Me gusta esta casa —dice Aidan.

—¿Sí?

—Soy hombre de habitación de hotel. Esta casa es muy elegante, ¿no te parece?

—Supongo que sí. En ella vivía una mujer que me odiaba, pero he terminado apreciándola y no pensar en ella.

—¿Ni siquiera los niños consiguieron romper el hielo?

—Eso parece.

—Tu marido debía estar destrozado.

—Lo estaba.

¿De verdad lo estaba? Puede que no.

¿En qué se habría diferenciado su vida de no haberse casado con Gene? ¿Sería secretaria? ¿Una hija soltera viviendo con su madre? ¿Habría conocido a alguien que la amara de verdad?

—¿En qué piensas? —pregunta él—. Pareces pensativa.

¿Debería decírselo?

—Me preguntaba cómo habría sido mi vida si no hubiera conocido a Gene cuando lo hice, pero rápidamente me he dado cuenta de que no tendría a mis hijos y no he seguido imaginando.

Aidan guarda silencio.

—¿Te imaginas llevando otra vida? —le pregunta ella.

—No, lo cierto es que no. No me veo llevando otra vida. No querría.

—Te ha costado demasiado la que tienes.

—Algo así.

Grace lo mira mientras él retoma su lectura. ¿Flotarán las palabras sobre la página como le pasa a ella? Se enciende el segundo cigarrillo. Como siga así, terminará convirtiéndose en una de esas fumadoras que encadenan los cigarrillos. Un año antes, en el transcurso de una mañana caótica, descubrió que había dejado un cigarrillo consumiéndose en el borde del lavabo del cuarto de baño mientras tenía otro encendido en un cenicero en la cocina, y el hecho la afectó tremendamente. Se juró que a partir de ese momento sería más cuidadosa. Lo mira otra vez y se encuentra con que él también la está mirando a ella, otra vez.

Grace sonríe y Aidan desvía la mirada.

Grace cruza las piernas, consciente del sonido que produce el roce del tejido de seda de la falda. Apaga el cigarrillo. Debería levantarse ya.

—¿Qué planes tienes para mañana? —le pregunta él.

—Bastante parecido a lo que he hecho hoy. Pensé en empezar a buscar trabajo, pero dicen que la tormenta que se nos viene encima va a ser fuerte. No quiero dejar a mi madre sola con los niños.

—Yo estaré aquí —dice él.

—Te lo agradezco, pero creo que empezaré con la búsqueda el lunes. De cero.

Aidan se remanga y Grace ve que la manecilla de su reloj marca las nueve pasadas. Se quedaría hasta la una de la madrugada si él se lo pidiera. Él quiere que se quede, lo percibe.

Pero pasado un minuto, Aidan dice:

—Creo que seguiré leyendo en la cama.

—Buenas noches entonces —dice ella.

Aidan se levanta con cuidado de no rozarla al moverse.

Grace siente el vacío antes de que salga de la habitación.

Grace está tumbada en su cama con dosel mientras los niños duermen en la misma habitación. Con la vista fija en el techo, siente una oleada de calor ascender y abandonar su rostro. Desea posar sus labios sobre la piel de Aidan. Desea acariciarle el pelo. Eso es todo. ¿Tiene que haber más? Debe ser, porque si no, no se sentiría como se siente. Entiende que puede que el acto esté mal, pero el deseo no.

A la mañana siguiente, Grace pone a los niños la ropa de abrigo y Claire y ella bajan andando por el camino de grava de la entrada. Grace señala el océano a Tom, al que lleva en brazos. Se pregunta si el niño se acordará de la noche del incendio, si llevará siempre consigo el vestigio del amor o del odio por el mar. ¿Cómo afectará aquella horrible noche a Claire? ¿Actuará como una coraza protectora el hecho de que su madre los mantuviera junto a ella durante el desastre?

La capa de nieve se ha ablandado, lo que hace que andar resulte más fácil. Grace le recuerda a Claire que mire a ambos lados antes de cruzar la carretera, aunque no han visto ni un solo coche en la última media hora. Una vez en el otro lado, pasan torpemente sobre unos espinosos arbustos bajos, hierbas altas y montículos de arena cubierta por la nieve. Claire pierde una bota, que Grace encuentra y vuelve a ponerle sobre el calcetín mojado. Como la marea está baja, hay muchos guijarros y restos que el mar ha sacado a la orilla. De niña, Grace solía buscar cristales erosionados por el mar entre los guijarros. Enseña a Claire qué buscar y se fija entonces en que hay cientos de esmeraldas desperdigadas entre los restos. Cuando se agacha para mirar mejor, descubre trocitos de cristales esmeralda, del tamaño de la piedra que se engarza en un anillo. Ese día no hay otros colores ni otras formas. La configuración no le resulta familiar. ¿Qué habrá propiciado este regalo único y de forma regular?

—¿Ves esos trocitos, Claire? Son las joyas del mar. Muy valiosas. Guardaremos las que encontremos en este pañuelo y cuando lleguemos a casa nos haremos joyas con ellas.

Claire abre unos ojos como platos. Ha visto los collares de cuentas que cuelgan del tocador de su madre. Grace deja a Tom sobre un montículo de arena junto a ellas y se pone a buscar esmeraldas, sin perder de vista a Claire. Pero su hija parece haber intuido que las joyas no son para comer. No puede recoger las esmeraldas con las manoplas, así que se las quita, las tira al suelo y trata de recoger a manos llenas todas las piedrecitas de color que encuentra. Cuando le entrega sus hallazgos a su madre para que los guarde en el pañuelo, hay tantos guijarros como cristales. Tom está entretenido con una concha. Grace se endereza para estirar las piernas y mira hacia la casa en lo alto de la colina. Nunca la había visto desde aquella posición. Vislumbra a Aidan, que los observa con las manos en los bolsillos. Lo saluda. Se arrodilla junto a su hija.

Cuando terminan de guardar todas las gemas en el pañuelo, Claire tiene los dedos rojos y fríos. Grace ata el paquetito y se lo guarda en el bolsillo.

—Vamos a ponernos las manoplas y a subir a fabricar joyas. Le preguntaremos cómo se hace a la abuela.

Tom se ha volcado en la cara toda la arena que cabía dentro de la concha y se le ha metido en la nariz y en la boca. Grace lo toma en brazos y vuelve a mirar hacia el mirador de la casa. Aidan ya no está.

En un cajón de la habitación de Merle que contiene un revoltijo de cosas, Grace encuentra un broche antiguo al que le faltan la gran mayoría de perlitas. Baja con él y le pregunta a su madre si ha visto pegamento en alguna parte. Su madre sabe que hay algo en la cesta de las cosas de la costura en la planta de arriba. Grace y Claire se inclinan sobre el broche y fijan con pegamento las esmeraldas que no se han quedado pegadas a los dedos de Claire que sostiene el broche de plata por la parte de atrás. Mientras ellas trabajan, Aidan entra en la cocina y coge el sándwich que le ha preparado la madre de Grace. Pregunta a Claire qué hace y la niña le responde que está haciendo «ollas». Grace sonríe.

Por la tarde, Aidan pregunta a Marjorie si le parece bien que practique con el piano durante la tarde. Ella le dice que sí, sobre todo si la ayuda a llevar las camas de los niños a la habitación de la tercera planta, donde dormirán mejor. Grace, que lo ha escuchado todo desde el pie de las escaleras, observa a Aidan cargar con el parque infantil plegable primero y después con la cuna. Su madre va detrás con la ropa de cama.

Grace se sienta a escucharlo tocar después donde Aidan no puede verla. Es la misma pieza que estaba ensayando cuando entró en la casa aquel primer día y al escucharla tiene las mismas sensaciones físicas de aquel día. De vez en cuando, Aidan interrumpe la melodía para repetir una sección o desplazarse por las teclas, practicando las escalas. Finalmente, inicia la última parte del concierto. Grace apoya la cabeza contra el respaldo del asiento y lo sigue en el viaje.

Tras terminar de fregar los platos y acostar a los niños, Grace baja las escaleras vacilante. En cuestión de segundos entrará en el salón con su libro. ¿Esperará Aidan que llegue ese momento cada día tan ansiosamente como ella? Cuando dobla el recodo y lo ve sentado donde siempre, el alivio que siente es casi audible.

—¿Qué tal ha quedado el broche? —le pregunta mientras ella se sienta.

—Bastante bien. Bueno, ya sabes... ¿Has sabido algo de las orquestas?

—Sí.

Grace levanta la mirada.

—Tengo una audición para la orquesta sinfónica de Boston.

Grace siente como si le hubieran dado un puñetazo en el pecho.

—Es una noticia fantástica. ¿Cuándo te has enterado?

—Cuando fui a la oficina de correos esta tarde.

—Oh. ¿Y cuándo es la audición? —pregunta Grace, comprendiendo las implicaciones.

—Mañana.

—¿Mañana? ¿Tan pronto?

—Necesitan a alguien de inmediato.

Grace cierra su libro.

—Por eso tenías que practicar toda la tarde.

—Espero no haber impedido que los niños echaran su siesta.

Grace se da cuenta de que Aidan no tiene ningún libro.

—No se lo impediste.

—Grace, he disfrutado del tiempo que he estado aquí.

Calla, quiere decir ella. Detesta su tono elegíaco, sus palabras dirigidas a elaborar una despedida. Aidan se levanta y se pone a caminar de un lado a otro. Va hasta el fondo del salón y regresa.

—¿Cómo vas a ir hasta Boston?

—En tren.

—Puede que nieve esta noche.

—Puede.

—Esta tarde parecía que lo iba a hacer —insiste ella—. Si nieva por la noche, es posible que los trenes no funcionen.

—Es posible.

Las lámparas de lectura son la única luz en la estancia. Cuando Aidan va hasta el otro extremo, Grace casi no lo ve. Él vuelve a ella, una y otra vez. Cuando se cansa de pasear, se recuesta sobre una pared.

—No quiero irme —dice—. No quiero alejarme de ti.

—Puede que vaya a uno de tus conciertos —dice ella con un hilo de voz.

—Con un abrigo de piel —dice él.

Ella jamás irá a uno de sus conciertos. Si casi no se puede permitir el autobús para ir a buscar trabajo, como para hacer un viaje hasta Boston. Y no podría llevarse a los niños. Como tampoco se atrevería a ponerse uno de los abrigos de piel de Merle. Bastante daño le ha hecho ya al armario de su suegra. Además, ¿su papel en la vida ahora mismo no es el de esperar a que su marido vuelva a casa?

—Tal vez vuelva por aquí.

¿Cuándo? ¿Dentro de tres meses? ¿Seis? ¿Un año? ¿Dos?

Mantiene la cabeza gacha y es consciente de que él la está observando. Le da miedo levantarla. Sabe que se desmoronará. Se muerde el labio.

—Si toco flojito, ¿despertaré a tu madre?

—Están en la tercera planta esta noche. Después de cargar con todo hasta allí para la siesta, me pareció demasiada molestia bajarlo otra vez.

La toma de la mano y la conduce al salón de la zona del mirador. Grace se sienta en una de las sillas para el «público».

Toca en un tono suave, para no despertar a nadie. Las notas le recorren la piel y le calman la mente. Intenta decirle algo, y ella lo entiende, de verdad que sí, aunque no haya palabras de por medio. La música no se traduce. Siente cómo la envuelven los acordes, pero no como haría una madre que toma en brazos a su hijo.

Cuatro apliques de luz iluminan la estancia. Se imagina a Aidan en un escenario vestido de gala. Ese será su mundo; este hombre hará que hombres y mujeres se sienten a escuchar.

La música es a la vez imperiosa y sensual. Esta clase de abrazo no es para niños. Es algo que ha deseado durante mucho tiempo, que sigue deseando. La música aumenta gradualmente de intensidad para descender con la suavidad de una almohada. Grace cierra los ojos y se deja llevar por el piano a un lugar en el que no ha estado nunca.

Esto es lo que tendrán, unos pocos minutos más, unos pocos compases más. Ella sabe que lo recordará toda la vida, que si vuelve a escuchar una nota de esta música, se verá transportada a esta habitación, a esta noche. Abre los ojos y lo contempla tocar. Parece concentrado en un punto distante allá en el mar y solo de vez en cuando se mira las manos.

Grace quiere absorber cada nota, todas las combinaciones de notas. Lo quiere todo, sobre todo la intimidad. No es el disfrute gozoso al que se refería Rosie, pero debe acercársele. O puede que esta sea una sensación aún más intensa, algo que jamás podrá explicarle a su amiga.

Grace desearía que Aidan y ella no hubieran hablado nunca, en todo este tiempo desde que se conocieron. Qué maravilloso hubiera sido que se hubieran comunicado solo a través de la música durante los nueve días que han vivido en la misma casa. No habría visto lo bien que se le daban los niños o su capacidad para arrancarle una sonrisa con su encanto; no habría descubierto quién era Dvořák. Pero cada noche le había hecho eso, mientras ella escuchaba en su silla, indefensa y embelesada.

Aidan toca y ella se deja llevar por la curvatura de la tierra.

Aidan toca y el cuerpo de Grace se llena de gratitud.

Aidan toca y ella entiende que el final se acerca.

Cuando Aidan deja de tocar, Grace no puede ni hablar. Las palabras romperán el trance, sonarán triviales y manidas. Tendría que desearle buena suerte y él tendría que responder a sus buenos deseos. Puede que le diga que le escribirá. Y todo lo que acaban de experimentar quedará reducido a un lugar común.

Cuando Aidan pasa a su lado, le tiende la mano.

Sin decir una palabra, en la biblioteca a ospastors, enciende una vela que tiene al lado de la cama. La música ya la ha desnudado, de modo que el hecho de quitarse el jersey y la falda, el sujetador y la combinación, la liga y las medias, carece de importancia. Cuando se queda desnuda, él la mira bajo la tenue luz, y no se siente avergonzada por ello. Aidan retira las mantas y Grace se mete en la cama de sábanas suaves al tacto y bien planchadas. Hace lo que lleva queriendo hacer mucho tiempo, le expone el cuello mientras se tiende sobre él, y Aidan la besa justo ahí, permitiéndole al mismo tiempo que ella lo bese a él. Aidan la toca por todas partes, baja la mano por la pantorrilla hasta el pie; desde el pecho y bajando por el costado. Ninguno dice nada.

La música sigue sonando en la cabeza de Grace o puede que todo esto no sea más que una pieza totalmente nueva, con un carácter más urgente, un ritmo más acelerado, unos dedos que más que moverse, vuelan. Aidan hace una pausa para protegerse, para protegerla a ella, y se desliza dentro de su cuerpo con suavidad. Se yergue apoyándose en los brazos y contempla el rostro de Grace con detenimiento. Ella rota las caderas y arquea la espalda para recibirlo. Se aferra a su espalda. Otro hombre tal vez le diría que la quería, pero Grace no lo necesita. Aidan se mueve lentamente, conteniéndose, y Grace nota otras sensaciones que van *in crescendo*. Las nota subiéndole desde las puntas de los dedos hasta el interior de sus muslos, un *crescendo* con muchas más notas que cualquier pieza musical, uno que continua su ascensión, y sabe que Aidan es testigo de ese momento de intenso placer que está viviendo, un placer líquido que fluye por sus venas. Está segura de que ha dicho algo, una palabra que refleja el éxtasis y que es solo suya, una palabra que lo lleva a concentrarse en su propio *crescendo*. Con la mirada fija en la de ella. Expresa su propia palabra de placer y deja caer la cabeza.

La atrae hacia sí de manera que la cabeza de Grace repose en el hueco que forma su brazo. Se siente como si flotara, plácida, contenta. La respiración de Aidan cambia y Grace reconoce el momento en que Aidan cae rendido. Le gusta la idea de que se haya quedado dormido a su lado, como si fueran una pareja de verdad, como si tuvieran todo el tiempo del mundo. Se irá antes de que él se despierte para no tener que despedirse.

Por primera vez en una semana, Grace duerme tan profundamente que cuando abre los ojos, los niños ya están levantados. Se pone la bata y baja corriendo.

—Se ha ido —dice su madre.

Grace guarda silencio.

—Se ha llevado su maleta.

Grace sigue sin pronunciar palabra.

—Ha quitado las sábanas de la cama —añade su madre.

Nieve

La nieve cae en copos secos contra la ventana. El viento golpea la puerta principal, y Grace lo oye aullar en algunas de las habitaciones. Prepara el fuego, pero no lo encenderá hasta que no se queden sin electricidad, algo casi inevitable durante tormenta ciclónica del noreste. Su madre reúne todas las velas que encuentra y las coloca en palmatorias o las pone de pie en platillos de postre, encendiendo la mecha y dejando que resbale algo de cera para que adhieran al platillo. Grace registra los armarios y el frigorífico en busca de comida y víveres, y decide que Aidan ha aprovisionado bien la casa. Pueden vivir con lo que hay al menos cinco días.

Aidan. Apoya la frente en el frío cristal de la ventana. Quiere aullar como el viento.

No lavará las sábanas de la cama de Aidan hasta que pase la tormenta. Si lo hiciera y la máquina se detuviera a medio lavarlas, se quedarían cubiertas de jabón durante días. A solas, en un rincón oscuro, hunde la cara en ellas. Capta el olor de Aidan en ellas. ¿Sería capaz de captar su propio olor? Siente la tentación de buscar pruebas del tiempo que estuvieron juntos, pero al final deja caer las sábanas al suelo.

Lo imagina en el tren alejándose de la tormenta camino a Boston. Lo imagina yendo a su audición a pie si no consigue encontrar taxi. Mira la hora: 11:20. ¿Cuántas horas han pasado desde que le hiciera el amor? ¿Trece?

A las dos de la tarde ya han caído más de sesenta centímetros de nieve. Al ponerse el sol, el montón de nieve que se agolpa contra los lados de las casa pasa de los noventa centímetros. Grace lleva todo el día retirando con la pala la nieve de los escalones y dejando un pequeño camino de paso, aunque no sabe para qué. Es un camino hacia ninguna parte: ni a un coche, ni a una calle. Supone que debería haber abierto el camino hacia el granero, pero ¿para qué?

Siente la angustiosa y desesperada necesidad de ponerse el abrigo, el sombrero y los guantes, y bajar hasta la calle en dirección sur con la esperanza de encontrar a alguien que la lleve a Boston. ¿Podría hacerse?

Hay tanta nieve que no diferencia la carretera de la playa. Lo mismo acababa metida en el mar. Podría perder el equilibrio en la tormenta de nieve, caerse en una zanja y morir.

Tiene hijos.

La noche comienza bastante bien, ha estado nevando sin parar, pero a las siete, empieza a soplar de nuevo el viento y poco después se va la electricidad. Un árbol, debilitado tal vez por el fuego, ha quedado tumbado sobre el tendido eléctrico.

—Ahora sí que tenemos la tormenta encima —dice su madre.

Grace acomoda a Claire en un sillón mullido y ve el miedo que se refleja en el rostro de su hija.

—Mami, ponte a mi lado.

Grace se arrodilla en el suelo y le acaricia la espalda hasta que se duerme. Ha preparado un nido para Tom y para ella con un montón de alfombras en el suelo, delante de la pantalla que cubre la chimenea. Le prepara la cama a su madre en el sofá. El alto respaldo tapizado permitirá que guarde mejor el calor.

—Hay bastante leña en el porche de atrás —dice su madre—. Espero que dure hasta que vuelva la electricidad.

—Tiene que hacerlo.

Grace se acuerda entonces de las cañerías del agua. Va a la cocina y abre el grifo del fregadero para dejar que salga el agua, un hilo fino pero constante. No quiere que se le revienten cuando la casa se congele, lo que ocurrirá en breve. Repite la acción con todos los grifos de los cuartos de baño y se asegura de que no estén puestos los tapones en los lavabos y las bañeras. Baja también al sótano con una vela y se encuentra un fregadero de gran tamaño con un grifo.

—Tenemos los fogones de la cocina para calentarnos si nos hiciera falta —le dice Grace a su madre—. La refrigeración no será un problema, al menos por ahora.

—Ojalá hubiéramos escuchado lo que decían en la radio antes de que se fuera la luz. Tal vez ahora sabríamos hasta cuándo estará nevando.

¿Y de qué habría servido?, se pregunta Grace. No tienen adónde ir. Recuerda entonces a las familias de las casas prefabricadas. Solo tenían electricidad y cuando esta se fuera... Espera que hubieran podido evacuarlos a todos antes de que llegara la tormenta.

Pese al agotamiento, Grace sale de su nido de vez en cuando, enciende una vela y mete unos cuantos troncos en el salón con una carretilla roja que su madre encontró en la habitación infantil. Se da prisa en recoger los troncos para el fuego porque hace frío en el trayecto. Al terminar, acerca la manta al fuego para calentarla y luego la echa sobre Tom y ella misma.

Los cuatro comen en la cocina, con los abrigos y los gorros puestos, aunque el frío no es insoportable gracias al calor que guardan los fogones. Marjorie prepara copos de avena, decidida a que tomen un desayuno caliente. Calienta el sirope de arce, denso como el fango a causa del frío, y lo vierte sobre los cereales. Marjorie insiste en que Grace se coma un tazón entero.

—No es momento de ser caprichoso con la comida.

Grace quiere decirle que su falta de apetito no tiene nada que ver con un capricho.

Se me ha ocurrido una idea —anuncia Marjorie—. El salón es tan grande que el calor se escapa. Podríamos mudarnos a la biblioteca, que es más pequeña. Ahí también hay una cama y una chimenea. Tú podrías dormir en ella con los niños y yo en el sofá pegado a la pared. Estaremos bien con la puerta cerrada.

La propuesta de su madre es como un regalo para Grace. Dormir en la cama de Adrian es como estar unida a él, aunque solo sea durante unos días.

—Iré a buscar sábanas limpias —añade su madre alegremente—, y tenemos muchas mantas. Será mejor que traiga también los juguetes de los niños y unos libros para leer a la luz de la vela.

Grace enciende el fuego en la chimenea de la biblioteca. Su madre y ella llevan el sofá arrastrándolo. Su madre deja hechas las dos camas, para que estén preparadas para la noche, aunque no son más que las diez de la mañana. Tras reunir a la pequeña familia en la biblioteca, Grace quiere tumbarse en la cama y pensar en Aidan.

Cambia de ropa a los niños y a continuación entra en el cuarto de baño congelado que está justo al lado de la biblioteca para cambiarse de ropa. Hace tanto frío que no quiere sentarse en el retrete. Ha cogido del vestidor de Merle un jersey de lana, unos pantalones y una bufanda. Se arrebuja en el abrigo y se pone los guantes, y encima se pone el turbante de visón de Merle. Hay que meter una buena cantidad de madera en la casa y dejarla bien apilada junto a la puerta de la biblioteca. Ha cogido del vestidor de su suegra las prendas más cálidas y pequeñas para su madre. Marjorie se pierde en el chaquetón de visón, pero no le hace ascos.

Antes de salir del baño, Grace abre el armario de las medicinas para ver si Aidan se ha dejado algo, pero los estantes metálicos están vacíos.

Hacia las once de la mañana, Grace, Claire y Tom han construido un fuerte con las almohadas y los cojines, y juegan con sus abrigos de lana como si estuvieran fuera haciendo un iglú. Marjorie ha reunido valor para ir a la cocina a por cucharas y platillos para que Grace y Claire puedan delimitar la «cocina» del «salón». Tom, encantado de jugar bajo la atenta mirada de su madre y su hermana, gatea y rueda por el suelo, dejando escapar sonoras carcajadas. Se sienta sobre los platos y tira los cojines al suelo, lo que provoca el enfado de su hermana. Cuando llega la hora de la siesta, Grace entra gateando en el fuerte pero dejando las piernas extendidas fuera de este a leerles un cuento. Ella también se queda dormida con la cabeza en la cocina.

Grace sale de la casa dando tumbos, cegada por la nieve. Guiña un poco los ojos para engañar al sol cegador. El exterior está completamente blanco, un pesado manto resplandeciente de superficie crujiente que se extiende hasta donde alcanza la vista. Hasta el océano se ha congelado cerca de la orilla y tiene que adentrarse con la vista unos treinta metros para ver el azul del agua. Estos golpes de viento naturales que dificultan tanto la vida son hermosos en ocasiones. El fuego, en su esencia, fue algo sublime; la quietud que reina a su alrededor cubierto de nieve es pura serenidad.

La belleza hace que eche de menos a Aidan hasta un punto que se le hace insoportable. Repasa mentalmente la noche que pasaron juntos, minuto a minuto. ¿Seguirá echándolo de menos toda la vida?

Dos chicos con palas la llaman desde el pie del largo camino de entrada a la casa. No los oye bien, pero asiente vigorosamente. Les pagará lo que le pidan cuando lleguen arriba. Entra en la casa a buscar dinero suelto.

El silencio que reina en la casa es angustioso. La música, que era pura magia, se ha desvanecido. Cuando llegó a la antigua casa victoriana, oyó el piano y a Aidan tocándolo. Siente la pérdida en la piel, subiéndole por la columna vertebral.

Grace saca a los niños para que vean la nieve. Tom da palmas con sus manos enguantadas y se ríe. Claire da un paso y la nieve la engulle. Grace deja a Tom un momento en el suelo que limpiara de nieve con la pala y que está cubierto de nuevo para acudir en ayuda de Claire. Para calmar el llanto de Claire, hace una bola de nieve y la enseña a lanzarla. Al darse la vuelta, se encuentra a Tom boca abajo sobre la nieve. Se sienta con él en el escalón de la casa y le sacude la nieve de encima. Claire hace bolitas de nieve inútiles que no consiguen hacer mella en el manto blanco.

La electricidad vuelve al día siguiente, pero una hora antes de que nadie se dé cuenta. Al girar el recodo para dirigirse al salón, iluminado con una lámpara de lectura, Grace ve a Aidan sentado en el sillón de siempre. Aguanta la respiración de pura alegría. ¡Aidan ha vuelto con ella! Pero la ilusión no dura más que un segundo. Se tapa los ojos y se inclina hacia delante para proteger lo poco que le queda de sí misma.

Al cabo de unos minutos, entra en la cocina y enciende todas las luces.

—Menos mal —dice su madre.

Grace podría decir lo mismo, aunque todo su ser vibra de anhelo. Por la tarde, Grace y su madre lavan toda la ropa de cama, la secan y vuelven a hacer las camas. A los niños parece gustarles dormir en la tercera planta con sus juguetes y su abuelita. Marjorie está contenta y Grace, aliviada. Necesita una noche sola.

En su habitación, la que fuera de Merle, enciende una luz en el vestidor para buscar ropa de abrigo adecuada para salir a buscar trabajo con todo lo que ha nevado. Encuentra un traje de lana marrón medio escondido, eclipsado entre las otras prendas mucho más hermosas que lo rodean. Se prueba la chaqueta y decide que le puede quedar bien si se pone un jersey debajo. La falda, por el contrario, le queda demasiado grande. Grace se va a la cama con la falda, la examina y se da cuenta de que tiene cinturilla elástica. Podría ajustarse la falda embebiendo un poco la cinturilla elástica. Se le abombará en las caderas, pero con la chaqueta no se le verán. Saca la falda de la percha y se sienta con ella en la cama. Al revisar el dobladillo nota una especie de bultos en la lana. Plomos. Las mujeres a veces los metían en el dobladillo para dar más caída a las faldas de tejido grueso. Empieza a descoser el dobladillo con ayuda de unas tijeras del tocador. Descosidos unos treinta centímetros, Grace inclina la falda para que los plomos salgan del dobladillo. Pero en vez de un plomo, lo que cae en su mano es un anillo.

Grace lo deja caer sobre el edredón como si quemara. Un zafiro de gran tamaño rodeado de diamantes, todo ello engarzado en oro. Es demasiado grande para ella, pero no es eso lo que interesa. Lo que siente es curiosidad por saber qué llevaría a Merle a creer necesario ocultarlo en el dobladillo de una anodina falda marrón.

Sacude la falda y del interior del dobladillo salen otros seis anillos: un diamante de gran tamaño engarzado en oro; un anillo de plata con una esmeralda inmensa; un rubí rodeado de perlas; otro diamante, esta vez acompañado por dos zafiros, uno a cada lado; y otro rubí enorme, multifacetado, engarzado en oro. Los coloca en fila sobre el edredón. Aparte de las películas en las que refugiados judíos guardaban todos sus objetos de valor en sus abrigos, no había oído que la gente lo hiciera. ¿Acaso Merle desconfiaba del personal de servicio?

En aquel edredón había joyas por valor de cientos de dólares. ¿Estaba Gene al corriente? ¿Se lo habría contado Merle en el lecho de muerte? ¡Y pensar que podría haber llevado la ropa de Merle al Ejército de Salvación! ¿Se descosía Merle el dobladillo de la falda cuando le apetecía ponerse el anillo de diamantes y zafiros? ¿Sería ese enorme diamante su anillo de compromiso, guardado desde la muerte de su marido? Y lo que es aún más curioso, ¿habría más tesoros ocultos en el vestidor?

Se levanta y camina a un lado y otro de la habitación, mirando de vez en cuando los anillos esparcidos sobre el edredón. Saca un cigarrillo del paquete que lleva en el bolsillo, lo enciende y da una profunda calada. Solo con los anillos podría pagar la entrada para una casa para su madre. Podría comprar un coche. Pero el tesoro que reposa en la cama es contrabando. No es suyo. En todo caso es de Gene y hasta que no lo declaren oficialmente muerto, si es que realmente lo está, a él corresponde la decisión de conservar las joyas o venderlas. ¿Pero lo cree de verdad? Si ha dado por hecho que la casa es de ella por derecho conyugal dado que su esposo está desaparecido, ¿acaso no tiene derecho también a lo que haya dentro de la casa?

No. Dormir en la casa de Merle fue un acto desesperado. Vender sus joyas sería la admisión tácita de que su marido, Gene, está muerto. Grace desconoce lo que dice el testamento de su marido, ni siquiera sabe si existe tal testamento. No lo ha visto y siempre ha dado por hecho que lo harían los dos juntos en un futuro. ¿Habría hecho Gene el suyo tras morir su madre al saber lo que iba a heredar?

Merle no habría escondido las joyas en sus mejores prendas, jamás se arriesgaría a estropear un vestido caro. Grace entra en el vestidor y comienza a palpar los dobladillos de aquellas prendas de menor valor. Selecciona unas cuantas y las lleva a la cama, tras dejar los anillos y en un cenicero limpio. Coge las tijeras de costura.

Grace coloca los tesoros adicionales en el centro del edredón. Un collar de perlas. Un par de pendientes de diamantes. Una pulsera de oro con diez diamantes. Un broche de esmeralda. Un broche de diamante y rubí. Un perno de diamante. Un enorme collar de diamantes que deslumbra con su belleza. Un pesado brazalete de oro. Un collar de esmeraldas con veintidós piedras. Un reloj de oro con diamantes que rodean la cara. Al menos una docena de pendientes de tornillo con gemas preciosas.

Forma un reluciente montón en el centro de la cama.

Un montón que habla a gritos de una enorme cantidad de dinero.

Un montón que no le pertenece.

Grace acaricia la pulsera de oro con diez diamantes, la única de todas esas joyas sobre la que ha encontrado un registro. Irá a Biddeford al día siguiente con la pulsera y la factura, y explicará que su suegra ha muerto y ya no podrá pagar la factura. Si el joyero se queda con la pulsera, fin del asunto. Si resulta que ya pagó parte de la factura, es posible que el joyero se quede con la pulsera y le devuelva algo de dinero, y ahí acabará el asunto. No puede sacar tajada del resto de las joyas. No le pertenecen. Por primera vez desde que se mudaron a la casa victoriana, desea con todo su corazón que Gene regrese.

No le dirá nada de la pulsera a su madre.

El viaje hasta Biddeford se alarga una hora más de lo debido. Las máquinas quitanieves han pasado por unas carreteras sí y por otras no, lo que obliga al conductor a tomar caminos adicionales. A algunos pasajeros les molesta. Grace, paciente, disfruta de las vistas que le proporciona la ventanilla.

Al llegar a la ciudad, sube una larga cuesta con unos edificios de ladrillo a los lados y se da cuenta de que son molinos. Se fija en la nieve acumulada en los alfeizares y los laterales de las ventanas vidriadas, y al pasar junto a ellos oye el estruendo desde la acera: las aspas de madera suenan como el entrechocar de máquinas de hierro como si estuvieran en plena batalla. A través del cristal de una ventana, alcanza a ver el polvo producido por diminutas trizas de algodón suspendidas en el aire. Cruza la calle con la esperanza de encontrar la dirección hacia el centro de la ciudad y es en ese momento cuando se da cuenta de que ya está. De la calle principal salen hileras de casas de huéspedes de varias plantas. Los tranvías enganchados a los cables suspendidos por encima circulan a más velocidad que los coches, detenidos por culpa del tráfico. Hacía mucho que Grace no veía tanto gentío. Pregunta a una mujer que espera en el bordillo la acera dónde podría encontrar al joyero. La mujer le dice el nombre de la calle y le indica cómo llegar.

Grace gira donde le dice la mujer y cinco puertas más arriba lee un cartel que reza: JENSEN, JOYERO DEL MUNDO. ¿Cómo puede denominarse «joyero del mundo» cuando la joyería está en una bocacalle que apenas se ve, en una pobre localidad dedicada a la producción textil? Seguro que el cartel responde más a un deseo que a un hecho objetivo.

El joyero es un hombre con el pelo canoso y mal cortado, dientes amarillentos y unas arrugas que podrían haber sido talladas por los diamantes que vende.

—¿En qué puedo ayudarla? —pregunta.

Grace abre el bolso y deposita la pulsera sobre el mostrador de cristal.

—Ah, sí, recuerdo esta pulsera —dice el joyero—. La señora Holland pidió que la hiciera expresamente para ella. Creo que la había visto en una revista.

Grace aprovecha entonces, sin darle tiempo a que le pregunte de dónde la ha sacado:

—Merle Holland era mi suegra. Su hijo, Gene Holland, es mi marido. Me llamo Grace Holland. Merle le dio la pulsera a Gene para que me la regalara, y ahora nos encontramos en una situación delicada a causa del incendio. Tenemos dos niños pequeños y nuestra casa quedó destrozada. Quiero saber si podría venderle la pulsera de nuevo o devolvérsela en caso de que no haya sido pagada en su totalidad. Tengo aquí la factura —añade, dejando la factura junto a la pulsera, que reluce con las luces del establecimiento.

—Sí, es obra nuestra —contesta el joyero, dándole la vuelta a la factura—. Pero esto es una tasación. La señora Holland siempre pagaba en mano con un cheque. Una de mis mejores clientas, de hecho. Una pena que haya muerto.

—Sí, una pena —contesta ella, aclarándose la garganta—. Quiero saber si me la puede volver a comprar.

No es nuestra política —dice para seguidamente llevarse una pequeña lupa al ojo para examinar la pulsera—. Veo alguna muesca aquí donde el oro está desgastado y restos de alguna sustancia alrededor de uno de los diamantes.

—Ginebra rosa, piensa Grace—. Entenderá que no puedo darle lo mismo que pagó la señora Holland por ella. Ahora es una pieza de segunda mano y no hay mucha demanda de pulseras de diamantes últimamente, cuando hay tanta gente que no tiene nada. Pero aun así, sigo teniendo clientela.

Seguro que sí, piensa ella.

—¿Tiene algún documento de identificación? —pregunta el hombre—. ¿Cómo sé que no es una sirvienta que ha robado la pulsera o que esperó a que la señora Merle muriera para hacerlo?

—No soy una sirvienta. Soy la madre de los dos nietos de la señora Merle. Mis certificados de nacimiento y matrimonio se quemaron en el incendio.

Según la tasación, la pulsera costaba mil cien dólares, una cantidad pasmosa.

—No puedo darle más de setecientos cincuenta.

Grace asiente incapaz de decir nada, pues la cantidad sigue pareciéndole asombrosa.

—No guardo tanto dinero en la tienda —explica—. Tendré que ir al banco. ¿Le parece bien que quedemos aquí, digamos, a la una?

—Claro.

—Trato hecho entonces. Tome su pulsera. La guardaremos aquí, en esta caja.

Grace sale de la joyería en silencio.

Tiene que esperar dos horas casi. ¿No se le ocurrirá al joyero llamar a la policía para que comprueben que dice la verdad? ¿Y si la policía le dice que Gene está desaparecido? ¿Y si cuando vuelva a la joyería, Jensen le dice que el valor de la pulsera ha bajado a setecientos? ¿De qué le serviría decir que tenían un trato? Cogería los setecientos, por supuesto. Tiene que buscar un restaurante y prepararse para una larga comida, aunque no tiene más que setenta centavos en el bolso. El autobús de vuelta, veinticinco centavos para la comida y veinte centavos más para gastar. Comprará unas manzanas para los niños.

Grace decide comer un plato combinado por veinticinco centavos y tratar de alargar la comida todo lo que pueda. Empieza por una taza de té, después pasa a una crema de tomate y queso cheddar, picotea sin ganas el sándwich de beicon y lechuga, y pide un pudin de postre seguido de un café, con el que se entretiene un buen rato.

El joyero tiene el dinero preparado en un sobre abultado. Cuenta los billetes de diez, veinte y alguno de cincuenta. Le pregunta si quiere contarlo ella también, pero Grace responde que no hace falta. Coge el sobre.

El gastado bolso de cuero que le había dejado su madre (a quien a su vez se lo había dejado Gladys) arde con el abultado sobre lleno de dinero que va dentro. Lo aferra contra el pecho, temerosa de que alguien se lo robe. Cuando llegue a casa, guardará el sobre al fondo del armario en una sombrerera y sacará dinero solo cuando no le quede más remedio.

Encontrará trabajo. Con su primera paga, llenará la despensa, comprará ropa a los niños y pagará las facturas que se han ido acumulando en una cesta en la cocina. Con la segunda, cogerá dinero de la sombrerera para comprar un coche de segunda mano. Dirá que lo compró con su paga. Espera que su madre no tenga mucho conocimiento sobre finanzas o lo que valen los coches.

A la mañana siguiente, Grace entra en la clínica del doctor que la atendió a preguntar si tienen trabajo para ella y se encuentra con la sala de espera atestada y la recepción desatendida. Rodea el escritorio y se adentra en el pasillo. Amy está en la primera sala tomándole la temperatura a un niño mientras la madre mira la hora. Grace no quiere interrumpir, pero se queda un poco más allí. Amy se da la vuelta sacudiendo el termómetro y dice casi gritando:

—¡Grace!

Esta se separa de la puerta y espera a que Amy se quede libre.

—¿Estás bien? ¿Qué haces aquí?

—Estoy buscando trabajo.

—Barbara no volvió. Se rompió la cadera y el codo.

Grace pregunta por el doctor Lighthart.

—Está en la sala del fondo.

Grace espera. Ve pasar al médico apresuradamente por el pasillo y a Amy volver varias veces con un paciente. Nadie le hace caso.

—Hola —dice el doctor Lighthart, con la respiración ligeramente agitada—. He pensado muchas veces en usted. Amy me ha dicho que estaba aquí y que busca trabajo.

—Así es.

—¿Qué tal está su hija?

—Sana y feliz, gracias.

—¿Puede empezar ahora mismo?

—Puedo, sí —dice ella.

—El escritorio de la recepción es un caos. ¿Cree que podría ordenar un poco los papeles y etiquetarlos para que pueda echarles una ojeada rápida cuando cierre?

—Lo haré.

—Muy bien.

El doctor desaparece tan rápidamente como había aparecido. Grace busca a Amy para preguntarle qué orden siguen los pacientes y quién llegó primero, pero esta niega con la cabeza y responde:

—Prioriza según la gravedad siempre que puedas. Si te parece que alguien está realmente enfermo, lo pasas primero. Y a cualquier niño con mucha fiebre.

Grace traga saliva.

En la sala de espera, Grace hace una sencilla pregunta a los pacientes, que si alguien sabe quién llegó el primero. Tras un momento de silencio, una mujer señala hacia el extremo opuesto de la sala.

—Ese hombre de ahí.

—Está bien. Recorreré la sala según el orden en que creen haber llegado. Solo díganme su nombre y qué les pasa.

En unos minutos, Grace ha hablado con todos los pacientes, y ha apuntado los nombres y los síntomas en la parte de atrás de una factura del teléfono. Con una inseguridad aterradora, decide quién tiene prioridad tomando como base lo que le han dicho que tienen, y anota unos cuantos nombres.

—¿Está usted de parto? —le pregunta a una mujer sentada con las piernas separadas.

—Aún no, señorita, pero es mi sexto hijo, y sé que algo no va bien.

Esa mujer debería estar en el hospital. Grace la pone la primera de la lista. Cuando Amy aparece en la puerta, Grace le pasa la lista. Amy llama a la mujer embarazada, que apenas puede andar.

Grace se sienta en el escritorio y trata de parecer profesional con el traje gris que su madre le arregló. Anota los nombres de los pacientes que van llegando a la clínica en una hoja de papel limpio. Después hace un montón ordenado con todos los papeles que había desperdigados por la mesa. Recoge todas las monedas y billetes de dólar, y los guarda en el primer cajón de la derecha. Una vez despejada la superficie del escritorio, coge un primer manojo de papeles y los ordena por fecha, empezando por los más recientes: facturas en un montón, cheques en otro, y lo mismo con notas del doctor Lighthart, cartas de los pacientes, material de lectura de temas médicos, formularios oficiales. Abre todos los sobres, pues llega a la conclusión de que no puede hacer su trabajo si no lo hace. Cuando abre una carta, intenta averiguar a qué montón corresponde sin leer todos los detalles. Está invadiendo la intimidad de alguien, lo sabe, y no le gusta cotillear. La gente no deja de entrar en la sala de espera y de acercarse al escritorio donde ella toma nota del nombre y los síntomas. Amy y el médico van a tener trabajo para varias horas.

Cuando termina de ordenar los papeles, Grace va a la cocina a buscar unos platos para ponerlos sobre cada uno de los montones para que no se vuelen los papeles cada vez que se abre la puerta de la clínica. Pega con cinta adhesiva encima de cada plato una nota identificativa. El método se le antoja poco profesional en el mejor de los casos, pero es lo único que tiene. Una vez organizada la superficie del escritorio, comienza con los cajones. Hay cinco, dos a cada lado y uno horizontal en el centro, frente a ella. Uno de los cajones está tan lleno de cosas que tiene que recurrir a un cuchillo para abrirlo.

—No has parado a comer —le dice Amy.

—He perdido la noción del tiempo.

—Come ahora. Parece que lo tienes todo bajo control.

—Si te parece bien —dice Grace, levantándose.

Se dirige a la cocina situada al fondo de la clínica con su sándwich de mantequilla de cacahuete. Al entrar, encuentra al doctor Lighthart dormido sobre una mesa en un rincón a ospastors, la cabeza sobre los brazos. Sale de la cocina para quitar el papel encerado en el que lleva envuelto el sándwich sin despertarlo. No se atreve a servirse ni un vaso de agua.

El sol se está poniendo, coloreando de naranja los árboles desnudos del exterior. Siempre le encantó ese color. Mira la hora. Las tres y cuarto. No tiene ni idea de a qué hora tendría que irse. Puede tomar el autobús de las seis de vuelta a la costa.

A pesar de haber intentado no hacer ruido, el doctor levanta suavemente la cabeza, se estira y se levanta. Hasta ese momento no ha reparado en Grace, de pie ante la ventana. Esta se dirige al fregadero a por un vaso de agua.

—Amy dice que es nuestro salvavidas.

—Es una exagerada.

—¿Amy? Jamás. Procede de una antigua familia de Nueva Inglaterra.

—¿Quiere que trabaje aquí de forma habitual?

—Sí —contesta él.

Grace no se atreve a preguntarle por el salario.

—¿Cuántas horas?

—Digamos que de nueve a cinco, aunque puede que algún día se alargue un poco.

—Mi autobús sale a las seis.

—Le dará tiempo de sobra a cogerlo. A Barbara le pagaba treinta y cinco dólares a la semana. ¿Le parece bien? Siempre podemos revisar el tema.

—Me parece bien —dice ella.

El médico clava los ojos oscuros en los de ella.

—¿Ha vuelto su marido?

—No.

—Lamento oírlo.

De camino a casa el cuarto día de trabajo, Grace se queda dormida en el autobús y tiene que despertarla el conductor. Se arrastra cuesta arriba hasta llegar a la casa. Su madre y los niños están en la cocina y la cena en la mesa. La miran como si no la reconocieran. Claire rodea la mesa y se abraza a las rodillas de su madre.

—¿Qué ha pasado? —pregunta su madre.

—Nada. Es que estoy muy cansada. El día se hace largo, de ocho a siete.

—Le di la merienda a Claire a las cuatro para que aguantase hasta la cena, pero a Tom no le he cambiado el horario.

Grace asiente y se sienta en su silla sin quitarse el abrigo siquiera.

—Lo que significa que tiene que irse a la cama dentro de media hora —continúa su madre.

—Te estoy muy agradecida —dice Grace y se echa a llorar.

—Ya está, ya está. Vamos a darle un poco de comida a ese cuerpo flacucho.

Grace mete los expedientes ordenados en el archivo de roble. Los pacientes la interrumpen su trabajo con frecuencia. Algunos entienden los síntomas que tienen, pero otros solo saben que no se encuentran bien del todo. De vez en cuando, llega una mujer con un diagnóstico bastante preciso, que le recita con todo lujo de detalles. Grace supone que deben haber tenido algún tipo de experiencia cuidando a miembros de la familia enfermos. Toma notas, a veces recurriendo a una especie de símbolos de taquigrafía acordados con Amy y el doctor para cinco frases habituales. Casi siempre, Grace consigue encontrar el expediente. Incluye las notas en la primera página del interior y se la entrega a Amy cuando esta se acerca a la puerta de la sala de espera.

—Vamos a necesitar más carpetas para expedientes —le dice Grace a la enfermera.

—Hay una caja con dinero suelto en el despacho del doctor. Puedes coger lo que necesites.

Cuando Grace abrió el mueble del material situado detrás del escritorio por primera vez, había tal desorden dentro que no sabía ni para qué servía. Después de ordenarlo, hace una lista de los artículos que hay que reponer: sobres para enviar las facturas, sellos, clips metálicos, bolígrafos, papel para escribir y cinta para la máquina de escribir. Al terminar, se sienta delante del escritorio perfectamente despejado. Le gusta su pequeño feudo, aunque lo ha dispuesto todo para que el doctor y Amy puedan encontrar cualquier cosa sin problemas. En cinco días, Grace ha aprendido a diagnosticar enfermedades con cierta pericia. Es capaz de reconocer al paciente que tiene pulmonía en cuanto entra por la puerta: la forma de encorvarse hacia delante, como protegiéndose los pulmones, la tos seca y la boca abierta para respirar mejor. Reconoce a los niños que tienen fiebre por los ojos vidriosos y el letargo general. Las embarazadas, incluso aquellas a las que no se les nota, también le resultan fácilmente identificables: casi siempre llevan las manos sobre el abdomen.

A las cinco, Grace entra en el despacho del doctor sin caer en la cuenta de que no sabe dónde estará la caja del dinero. Y tampoco puede cogerlo sin decirle nada, pero en ese momento no lo ve por ninguna parte. Se demora un poco cerca del escritorio, mirando las fotos que hay junto al borde. Le llama la atención una en la que aparece el doctor con una hermosa mujer rubia, los dos con esquíes, pantalones de esquiar y gruesos jerséis. Será una novia, porque no se parecen. En sus rostros frescos hay una sonrisa de felicidad.

—¿Viene a por la paga? —pregunta el doctor al entrar en el despacho.

Grace nota que se pone roja como un tomate.

—La verdad es que no. He venido a pedirle dinero para comprar material de oficina. Amy me ha dicho que había una caja con dinero para esas cosas, pero no quería ponerme a husmear sin preguntarle antes.

El doctor abre el cajón de la derecha de su escritorio y el interior se le antoja familiar a Grace: papeles amontonados desde hace mucho tiempo.

—Guardo el dinero al fondo, en una lata de tabaco. No hay tanto como para tentar a un ladrón. Me preocupan más los medicamentos.

Se refiere al contenido de un armario pequeño escondido dentro de un mueble de cocina alto que solo puede abrirse con llave.

—Veamos, tengo cinco dólares por lo menos aquí dentro. ¿Será suficiente?

—Espero que sí.

—He echado un vistazo a lo que ha hecho en recepción —le dice él, buscando debajo del revoltijo de papeles que cubre su mesa—. Estoy impresionado. ¿Cuánto hace de su último trabajo?

—No he trabajado nunca —responde ella, enlazando las manos.

—¿En serio? —dice él, sorprendido, y levantando la mirada hacia ella. Tiene que pasarse un peine por el pelo revuelto—. Pues se mueve como...

—Pez en el agua —termina ella—. Estaba preparada para un nuevo desafío.

—¿Me está diciendo que sobrevivir a un incendio, cuidar de tus hijos y buscar un nuevo sitio en el que vivir no le ha parecido suficiente desafío?

—Un desafío intelectual, quería decir.

—Sé que tengo el talonario de cheques por aquí —masculla, frustrado.

Grace está viendo que el talonario se encuentra en el borde de la mesa, delante mismo de ella. ¿Debería decírselo? ¿No dará la sensación de que está ansiosa por recibir la paga? ¿Pero qué sentido tiene no ver lo que tiene delante de las narices?

—¿No es este? —dice, tomándola de la mesa.

Lo mira mientras él empieza a rellenar el cheque, el primero de su vida. Pero de repente se para.

—¿Tiene cuenta bancaria?

—Aún no.

—Avíseme cuando la tenga —dice él, cortando el cheque del talonario. Se mete la mano en el bolsillo y saca un fajo de billetes. Cuenta treinta y cinco. Grace se siente incómoda cuando le da el dinero en la mano.

—¿Quiere que le ordene la mesa y el despacho? —pregunta Grace, haciendo un gesto expansivo en dirección a la mesa—. Si hay alguna cosa demasiado personal, dígamelo y no me acercaré a ellas, por supuesto. Pero desde aquí puedo ver que hay muchos papeles que archivar.

Él observa el montón.

—No se me ocurre nada que sea demasiado personal. ¿Ha leído los expedientes de los pacientes?

—Solo el nombre y la dirección —contesta ella.

—Quiero que lo haga. La información no sale de este edificio, pero sí debería estar al tanto de la historia médica de los pacientes. Además, quiero que cuando venga algún paciente de otro lugar, le pida el teléfono de contacto y el nombre de su médico anterior la primera vez que venga a la clínica. Aunque le sorprendería la cantidad de gente que no ha ido nunca al médico. Las mujeres normalmente sí van, pero los hombres no.

Grace asiente.

—Será mejor que me vaya. Tengo que ir a comprar el material.

—Hoy ya no podrá —dice él, mirando la hora—. Ni tampoco el lunes antes de venir. ¿Sabe conducir?

— Sí, pero aún no tengo el permiso —contesta ella.

El médico sonríe. Tiene los dientes blancos. Solo los niños los tienen tan blancos, que ella sepa.

—Irá el lunes por la mañana con mi coche. Puede comprar el material y hacer las gestiones para que le den el permiso de conducir de una vez.

—Y abrir una cuenta en el banco —añade ella.

Querida Rosie:

Supongo que ya sabrás que sobrevivimos al incendio, que Gene no ha aparecido y que perdí al bebé. Nació muerto, lo pasé muy mal, pero estoy decidida a no hablarte de penas en esta carta. Ya he tenido suficientes. La buena noticia es que ahora vivo en la enorme casa de Merle Holland, justo encima del mar, con mi madre y los niños, así que ya no somos unos sin techo. Al llegar descubrimos que un hombre había ocupado la casa, aunque no me parece justo definirlo así. Estaba viviendo en la casa. Había llegado a ella buscando refugio cuando se produjo el incendio, vio un piano en la planta de arriba y quiso tocar. Cuando llegué yo, oí la música y lo encontré tocando el piano. Se fue cuando lo llamaron para hacer una audición para la orquesta sinfónica de Boston. No lo hemos vuelto a ver, así que supongo que le dieron el trabajo.

Te cuento también que Claire cogió la escarlatina y tuve que llevarla en coche (¡sí, Rosie! ¡He aprendido a conducir!) a la clínica, donde tuve la suerte de encontrar un médico que la curó porque dio con el diagnóstico adecuado. Cuando el pianista se fue y comprendí que si no encontraba trabajo, mi familia moriría de hambre, volví a la clínica para saber si necesitaban recepcionista. Estaba atestada de pacientes cuando llegué y me contrataron. Mucha gente sufre una especie de pulmonía debido al humo y la ceniza que respiraron durante el incendio. Es bastante grave, así que me pareció oportuno decírtelo por si Tim muestra síntomas: tos seca, aletargamiento, pérdida de apetito. Pero como no soy capaz de imaginarme a Tim sin hambre, estoy segura de que nunca tendrá pulmonía.

Ay, Rosie, mi vida ha cambiado tanto en tres meses que no se parece en nada a la vida que tenía cuando éramos vecinas. Trabajo, mi madre cuida de los niños, vivimos en lo que tú y yo llamaríamos una mansión. He conocido a gente nueva, bueno, unas pocas personas, y me siento distinta. Me gustaría poder explicártelo en profundidad, pero creo que es algo que una mujer no pondría por escrito, no sé si me entiendes. Espero no haberte asustado.

Una de las ventajas de vivir en la casa de Merle (¿me imaginas en casa de Merle? ¿A mí? ¡Estará retorciéndose en la tumba!) es que si Gene vuelve, tal vez venga a buscarnos aquí. Lo malo, en lo que respecta a Merle, es que he arrasado con su vestidor. ¡Habrías disfrutado como una loca si lo hubieras visto, Rosie! Está lleno de vestidos caros, cincuenta por lo menos, y tiene cinco abrigos de piel. No me quito su sombrero de visón. No me imagino adónde iría con toda esta ropa. Yo desde luego no la he visto ponérsela nunca, claro que cuando iba a vernos o nosotros la visitábamos a ella, que no ocurría con frecuencia, se ponía ropa bastante sosa. Imagino que pensaría que vivíamos en un tugurio o le daba miedo que los niños le escupieran.

Nunca me cayó bien y yo tampoco le gustaba a ella, pero admito que me sentí como una ladrona cuando entré en el vestidor. Ahora ya no tengo tanto esa sensación porque necesito la ropa de verdad. Mi madre se pasa el día cosiendo y tejiendo, pero le encanta, así que no le digo nada. Un día de esta semana, al llegar del trabajo, me encontré a los niños con un vestido y un peto de pana azul marino sacados de una falda que yo había visto en el ropero de Merle. No tocamos los vestidos elegantes, aunque a veces me pregunto por qué no. Ella ya no podrá ponérselos. Si me invitaran a algún sitio bonito, creo que me pondría uno de esos vestidos. Pero una madre trabajadora con dos niños no sale por ahí a sitios bonitos, así que no creo que tenga que preocuparme por eso ahora.

Intento imaginar tu vida en Nueva Escocia. No se me da bien la geografía, pero creo que es una de las provincias marítimas de Canadá, ¿no es así? ¿Se ve el mar desde tu casa? ¿Es bonito? ¿Viven todos en una casa o han encontrado una casa para ustedes? Háblame de los niños, ¡crecen tan deprisa! No reconocerías a Tom y Claire es alta como un junco. Mi madre le deja dobladillos grandes en los vestidos para poder sacárselos a medida que crece.

Doy gracias a Dios por mi madre. No me imagino lo que habría hecho sin ella.

¿Piensas en nuestra antigua vida, lo segura que parecía? Cuando terminó la guerra, todos pensamos que el peligro había pasado. En el horizonte no veíamos más que prosperidad e hijos que crecían sanos. En mi vida había estado tan asustada como la noche del incendio. Cuando llegaron a rescatarnos, no podía mover los brazos ni las piernas. Tuve que dejar que me sacaran a Claire y a Tom de debajo de los brazos. Dile a Tim que no les guardo rencor porque te rescataran a ti antes. ¡Ni lo más mínimo!

Como amiga que te conoce bien, sé que toda tu atención está centrada en una frase de toda esta carta, como también sé que si estuvieras aquí me preguntarías: ¿Cuál de los dos? Lo único que te diré es que la música era sublime.

Con todo mi amor,
Grace

Querida Grace:

Qué bien me conoces. ¿De verdad que no has vuelto a tener noticias del músico? Las tendrás, estoy segura. Pero sería mejor que ocurriera una vez hayan declarado a Gene oficialmente muerto. Es horrible tener esperanzas de que ocurra algo así.

Pero me alegro por ti. Cuando vengas a visitarnos, algo que sigo creyendo que harás, tendrás que contármelo todo. ¡Hasta el más pequeño detalle!

Los inviernos en Nueva Escocia son duros, qué puedo decir. ¡Y tú y yo nos quejábamos del viento del mar que sopla en Maine! El invierno aquí es como el de allí multiplicado por diez. Tenemos que abotonar los gorros debajo de la barbilla para que no se nos vuelen y cerrarnos los abrigos con un cinturón. No me atrevo a sacar a los niños si no los llevo atados a mí. Tim es socio con parte de un concesionario de Ford, gracias a un dinero que nos regalaron mis padres. Tuvimos que decidir entre la entrada para una casa o el negocio. Elegimos el negocio pensando en que dentro de un año Tim habrá ganado el dinero suficiente como para dar la entrada de una casa. Pero tengo que decirte que no empezó con el negocio en el mejor momento. No han vendido nada desde Navidad y, sinceramente, tampoco hay tantos coches en Nueva Escocia. Tim confía en que las cosas mejorarán cuando llegue la primavera, y el negocio de la venta de coches se fortalecerá en el verano. Estoy deseando que llegue la primavera, Grace. Pienso en el año pasado, en lo que nos quejábamos de la lluvia. Pero eso era mejor que este clima quejicoso y sibilante. No sé cómo se las componen los pescadores, pero están siempre en el mar. Mueren más hombres de lo que me gustaría. Tim nos lleva por ahí los domingos, su día libre, si no cae aguanieve. Afortunadamente, la madre de Tim tiene lavadora y secadora. No me lo podía creer cuando las vi. (¡Cuánto dependemos de nuestras madres ahora!). Como los niños son ya un poco más mayores, puedo disfrutar de un par de horas para mí sola. Ahora leo libros y no solo revistas, principalmente porque la madre de Tim no compra revistas y tiene muchos libros. Y libros infantiles también. Me gusta leer cuentos a Ian y a Eddie. Estoy deseando que llegue la primavera por ellos también. ¡Tienen que salir a correr! Claro que me da pánico que se caigan al agua. Las orillas son rocosas por aquí.

Me da envidia lo de tu trabajo. (Creo que no habría apostado por el médico aunque no me hubieras dejado esa pista al final de la carta. Demasiado arriesgada una relación con el jefe). Pero me gustaría tener un vestido nuevo e ir todos los días a una tienda y vender, no sé, guantes, por ejemplo. Pero aquí solo llegaría a trabajar la mitad del tiempo porque las rachas de nieve son de tal magnitud que los coches no pueden circular. ¡Grace, nunca había pasado tanto frío en mi vida!

Supongo que ya nos quedaremos a vivir aquí para siempre. El negocio de Tim lo mantendrá atado a este sitio durante años. Y ahora que nuestros padres nos han recuperado, dudo que quieran dejarnos marchar sin oponer resistencia. Y la verdad sea dicha, hay algo en este modo de vida que me atrae. Todo va despacio y aunque a veces anhelo ir a Halifax al cine o a un club, siento que nuestro lugar está aquí. ¡Para empezar, mi cabeza color zanahoria no destaca entre la gente! Tendré que asociarme a algún tipo de organización en primavera para conocer gente.

Algunos de los mejores ratos que he pasado en mi vida han sido los que compartimos tú y yo en el jardín con nuestros niños.

Te quiere,

Rosie

El doctor Lighthart

—¿Qué tal el esquí? —pregunta Grace, quitándose el abrigo al llegar a la clínica. Es lunes por la tarde, temprano.

—Espectacular. ¿Qué tal con el permiso de conducir?

—Ya puedo conducir su coche legalmente —responde ella.

—Me alegro. Será mejor que vuelva a ponerse el abrigo entonces. Tome las llaves. ¿Lleva la lista? Qué pregunta más estúpida. Pues claro que la lleva.

—¿Le gusta dirigir la clínica? —le pregunta el doctor al día siguiente, en la cocina.

—Yo no la dirijo. Lo hace usted.

—Tonterías. Amy me dará la razón.

Amy y el doctor Lighthart no pueden parar para comer al mismo tiempo. Lo ideal era que no coincidieran ninguno de los tres, pero Grace ya estaba en la cocina cuando llegó el doctor, dedicó un buen rato a lavarse las manos y después se las secó con un paño de cocina limpio.

—No quiero sonar como un padre, pero ¿se lava bien las manos antes de comer aquí y cuando se va a casa?

—Yo también he oído hablar de la teoría de los gérmenes —dice ella, sonriendo.

—Me está bien merecido.

—¿Quién prepara la comida para la clínica? —pregunta Grace.

—He contratado a una mujer que nos trae comida a la clínica cuando nos hace falta. Me hace la comida y la cena, y yo me preparo el desayuno. Hoy tengo... repique de tambor... ¡Rosbif!

Grace se muere por un bocadillo de rosbif. Con mostaza.

—Sigue viviendo aquí.

—No he tenido un minuto para buscar casa. Creo que me quedaré aquí siempre.

A Grace le gusta cómo cruza esas largas piernas que tiene. Posee una elegancia dentro de su estructura masculina que no era aprendida o heredada.

—Seguro que está ganando dinero —dice ella.

—Eso parece ahora que ha sacado a la luz el cofre del tesoro con dinero en efectivo y cheques en ese desastre de la recepción. La mayor parte repercute en la clínica, para comprar suministros y material. Y el sueldo de Amy.

—¿No queda nada para usted?

—Espero que algo quede.

—Podría comprar el periódico por las mañanas y repasar los anuncios, llamar a los caseros y hacerles unas preguntas.

—¿Haría eso por mí? —pregunta él, tras beber un sorbo de agua.

—¿Qué está buscando?

—Un sitio con una habitación, que no esté lejos de aquí para que pueda venir andando en caso de necesidad, que tenga buena agua caliente, electricidad, un poco de intimidad, baño para mí solo y cocina.

—¿Amueblado o sin amueblar?

—Amueblado.

—Veré qué puedo hacer —dice ella cuando termina de comerse el sándwich.

—La Unión Soviética ha empezado a bloquear la retransmisión de la Voz de América —dice el médico, frunciendo el ceño.

El cambio de tema deja muy sorprendida a Grace.

—¿Es grave?

—La Voz de América era una esperanza de libertad para miles de personas. Ahora solo hay silencio.

—¿Tiene el gobierno algún modo de invalidar el bloqueo?

—Creo que ya nos habríamos enterado si lo tuviera. ¿Escuchas la radio?

—La estuve escuchando en su coche cuando fui a comprar los materiales.

No le dice que la había encendido con la esperanza de encontrar una emisora que diera música clásica y que lo que encontró en su lugar fue una radionovela y que el argumento la había enganchado de tal manera que se le pasó de largo la tienda y tuvo que volver.

—¿La mujer de la foto de tu mesa es su novia? —pregunta mientras estira el papel encerado para guardarlo para otra vez.

—No, es la mujer de mi hermano, Elaine. Él nos hizo la foto. A veces voy a esquiar con ellos y sus hijos. Mis sobrinos. Es imposible sacarnos una foto todos juntos porque los chicos desaparecen en cuando bajamos del telesilla.

—¿Dónde va a esquiar?

—A Gunstock o a Abenaki. Los dos sitios están a unas dos horas y media de aquí —contesta él, haciendo una pelota con el papel encerado de su bocadillo y tirándolo a la papelera como si fuera un balón de baloncesto.

—Cinco horas de coche. Eso es mucho.

—Mi hermano tiene una casa cerca de Gunstock. Cuando tengo tiempo, me quedo a pasar la noche con ellos.

En días despejados, Grace ve el monte Washington, al oeste de New Hampshire, desde la última planta de la casa de Merle. La vista es impresionante con la luz del atardecer, que hace resplandecer la nieve.

—Algún día vendrá a esquiar conmigo —afirma él.

—Lo dudo mucho.

—Tengo la foto en mi mesa para desalentar a esas pacientes que atiendo en mi despacho e intentan buscarme pareja. Cuando preguntan si es mi novia, les digo que sí y la conversación termina ahí normalmente.

—¿Por qué no ha hecho lo mismo conmigo?

—¿Está pensando en buscarme pareja? —bromea él—. Creo que nuestra conversación empezó hace meses bajo la premisa de no mentirnos mutuamente, por eso le he dicho la verdad. ¿Sabes lo inusual que es eso?

—¿Decir la verdad? Sí.

—Interesante, al principio no teníamos todos estos pacientes con pulmonía. Teníamos quemaduras en garganta y pulmones, y muchos que sangraban al toser, pero eso era diferente, eran casos de urgencias. ¿A qué se deben tantos casos de pulmonía ahora?

—¿Cree que lo que respiraron todos esos hombres se quedó oculto en sus pulmones y ahora está empezando a salir a la luz en forma de infección?

—Es posible —masculla él—, pero las infecciones deberían haber dado la cara antes. El cuerpo reacciona a las sustancias extrañas tratando de expulsarlas, eso es una infección. Por eso hay que sacar una bala de un cuerpo lo antes posible, por ejemplo.

Grace se para a pensar en todos los hombres que salieron a combatir el incendio. Quedarse postrado por culpa de una pulmonía después del valor que habían demostrado le resulta una crueldad. Aunque también sabe lo cruel que puede ser la naturaleza.

—Podríamos colgar carteles —dice Grace.

—¿Qué quiere decir?

—Algo como: ¿Estuvo combatiendo el fuego en primera línea? ¿Tose mucho? En caso afirmativo, acuda a su médico lo antes posible.

—¿Y dónde los ponemos?

—Aquí para empezar. En oficinas de correos, tiendas de ultramarinos, gasolineras, iglesias, sitios a los que van los hombres.

—Donde quiera que vayan las mujeres porque con frecuencia son ellas las que obligan a sus maridos a ir a ver al médico.

En la sala de espera, Grace se marca la tarea de decirle a cada paciente que al doctor aún le quedan por lo menos cuarenta minutos con el paciente que está atendiendo en ese momento y que tiene a otro en espera en una sala anexa. Que si quiere marcharse, lo pondrá en lista para el día siguiente por la mañana.

—Ya me he tomado una tarde libre. No puedo tomarme otra.

—Mi madre está cuidando de los niños. Tendré que esperar.

—Está bien —dice un hombre, que tiene una tos horrible—. Pero no podré venir mañana. No puedo pedir permiso hasta el próximo viernes.

Grace pide al hombre de la tos, que debió llegar mientras ella estaba al fondo de la clínica, que espere un momento. Busca una sala de reconocimiento y ve que está libre y limpia la de al lado de la cocina.

—Venga conmigo —le dice.

Lo acompaña hasta la sala.

—Túmbese y descanse un poco —le sugiere.

—No me puedo tumbar. Toso más. No duermo por la noche a menos que esté sentado, y no puedo dormir sentado.

—¿Le duele cuando tose? —le pregunta.

—Joder, si duele. Lo siento, señorita.

Tiene mal color. En su opinión tiene la tez cenicienta. Le cuesta respirar. Otro caso de pulmonía.

—¿Cómo se llama?

—Busby —responde él con voz seca—. Harry Busby.

Tendrá que volver a hablar con el doctor Lighthart sobre el tema de los carteles.

Por la tarde, Grace se apoya contra el marco de la puerta con el abrigo puesto, esperando a que el médico le extienda su cheque. Abrió la cuenta bancaria con diez dólares. El hombre le entrega el cheque pero parece que quiere que se quede. Por primera vez desde que empezó a trabajar en el clínica dos semanas atrás, la sala de espera está vacía.

—Menudo día —dice—. Gracias por la ayuda.

—El hombre que atendió después de la señora McPeek tenía pulmonía, ¿verdad?

—Creo que es posible que nos estemos enfrentando a una epidemia a nivel estatal. Si consiguiéramos que los hombres vinieran a la consulta antes de que su situación fuera tan grave...

—¿Se va a morir?

—Me sorprendería que no lo hiciera. Apenas podía respirar cuando lo atendí. Lo tendrán en observación en el hospital, y allí cuentan con mejor equipamiento que nosotros. Necesitamos una máquina de rayos X. Permítame que la lleve a casa.

—No podría.

—¿Por qué?

A Grace no se le ocurre una buena respuesta.

Grace se obliga a disfrutar del viaje en el Packard del doctor Lighthart. Ahora sabe por qué compró ese coche: dispone de amplio espacio entre el asiento y los pedales. No lo ha visto nunca con abrigo, siempre lo ve con la bata blanca de médico. Y al llegar por la mañana, él ya está allí. Y allí lo deja cuando termina su jornada.

—Esto es mucho más lujoso que el autobús —comenta Grace.

—Eso espero. No sé por qué pero tengo la sensación de que es usted de esas personas que se oponen al lujo por una cuestión filosófica.

—Sí, cuando se trata de un lujo que no me he ganado. Aunque he de advertirle de algo. Cuando lleguemos, verá que vivo en una enorme casa de estilo victoriano en un barrio rico. Es de mi suegra.

—Ella también estará deseando que regrese su hijo.

—Murió antes del incendio. Me mudé con mi familia porque nos quedamos sin casa.

—Eso no es un lujo no ganado. Es una necesidad.

—Así es como he decidido verlo. El gorro de visón tampoco es mío. Lo encontré en su armario. Es calentito.

—De nuevo, una necesidad.

—Podría haberme hecho uno de punto.

Él se ríe. Parece como si el coche flotara sobre el asfalto. Sintoniza una emisora que debe gustarle. En la oscuridad del interior del coche, rodeados únicamente por la suave iluminación de salpicadero y las seductoras notas de jazz, Grace no puede terminar de creerse lo placentero que puede ser algo tan sencillo como el viaje de vuelta a casa. Por la mañana, tomará el autobús a Biddeford y se comprará un coche para ella, aunque no se parecerá en absoluto a ese. Se siente en la gloria con el calor que sale de la calefacción. Se pregunta si el coche que compre ella tendrá calefacción siquiera.

Intenta saborear cada minuto. Le apetece cerrar los ojos, pero no quiere por temor a quedarse dormida. Se le antoja que sería algo insultante.

—Me gustó mucho conducir su coche —le dice.

—Se me olvidó decirle dónde está la palanca para acercar el asiento al volante. Espero que la encontrara.

—No habría podido salir del aparcamiento —contesta ella—. Lo dejé todo como estaba cuando salí. Ronronea como un gatito.

—Escuche, Grace, hablo muy en serio cuando digo que ha mejorado mi vida. Y la de Amy. Y desde luego ha mejorado la de todos esos pacientes que se marchaban al ver el caos reinante en la sala de espera. O la de aquellos que empeoraban mientras esperaban. Nunca debí dejar que se me fuera tanto de las manos.

Grace apoya la cabeza en la agradable tapicería del reposacabezas.

———

Siente que le están apretando la mano y se despierta. El doctor Lighthart está en el asiento del conductor a su lado, y por la ventanilla ve la casa de su suegra en lo alto de la cuesta. Maldice al darse cuenta de que se ha quedado dormida.

—Lo siento —dice, apartando la mano—. Se está tan bien aquí.

—Eso es un cumplido.

—Gracias por traerme —añade Grace, volviéndose para abrir la puerta.

—No hay problema.

Se queda mirando las luces traseras hasta que desaparecen de la vista.

—Has llegado pronto —comenta su madre. Marjorie tiene los rulos puestos bajo un pañuelo rojo, como hace normalmente los viernes. Siempre se ha lavado la cabeza los viernes, y lo sigue haciendo. En opinión de Grace, es una costumbre que se remonta a cuando sus padres empezaron a salir juntos. Una forma de empezar bien el fin de semana.

—Me han traído.

—¿Quién?

—El doctor. Tenía que visitar a un paciente y le pillaba de camino.

Grace no se siente capaz de mentirle al doctor Lighthart, pero le resulta facilísimo mentirle a su madre, que no se lo merece. La mujer que ha aceptado ocuparse de sus nietos y de la enorme casa en la que viven sin quejarse. Cuando Grace y su madre discuten es porque esta se preocupa por su hija, que intenta mantener a flote un matrimonio que amenaza con salir rodando cuesta abajo y precipitarse al mar. Grace no la puede culpar.

Se acerca a darle un beso en la mejilla a su madre.

—¿Y esto a qué se debe?

—¿He de tener una razón? —responde Grace.

Al día siguiente por la mañana, la madre de Grace baja tarde, después de que Grace haya hecho tortitas con forma de osito para Claire y Tom (y de que Claire se enfade porque su osito no le ha salido bien).

—Espero que no te haya importado que no me levantara temprano para cocinar.

—¿Importarme? Los fines de semana deberías quedarte en la cama todo el tiempo que te apetezca. Te llevaré el desayuno en una bandeja. De hecho, lo haré mañana. Se me ha ocurrido que podría ir a ver un coche para comprarlo.

—¿Vas a comprar un coche?

—Eso espero.

—¿Y con qué, si me permites que te lo pregunte?

—Daré como entrada la paga de esta semana. He oído que puedes pagar en cómodos plazos, diez dólares al mes.

—Pero no nos sobra el dinero.

—Me hace falta el coche —alega Grace, mientras seca los platos—. Nos resultará más fácil hacer la compra y me ahorraré la hora que se me va en el transporte público. Saldré de aquí a las ocho y media y estaré de vuelta a las cinco y media. Veré más a los niños. —Grace sabe que esta última razón será la que decantará la balanza—. Por eso había pensado ir a Biddeford hoy mismo. Vi que había un concesionario de coches usados.

—¿Cuándo has ido tú a Biddeford? —pregunta su madre, cogiéndola desprevenida.

—Cuando Matt me llevó a comprar telas para hacerles ropa a los niños —contesta Grace en un alarde de rapidez mental.

—Deberías escribirles —dice Marjorie, llevando la tetera al fregadero.

—Debería.

—Los vendedores de coches usados son todos unos sinvergüenzas.

—¿Y tú cómo lo sabes?

—Todo el mundo lo sabe —contesta su madre—. Ah, y por cierto, hay carta para ti en la mesita del teléfono.

Grace coge la carta y busca el remite. El hotel Statles de Boston. Entra en el salón, abre la carta y la lee.

Querida Grace:

Llevo queriendo escribirte desde que me subí a aquel tren en dirección al sur. Me fui sin despedirme porque no podía hacerlo. Sencillamente no podía. Espero que lo entiendas.

La orquesta de Boston me contrató para varias actuaciones como solista y me han pedido que vaya a Nueva York y a Chicago.

No estoy en posición ni siquiera de esperar que volvamos a vernos.

Disfruté mucho de cada minuto que pasé contigo y el recuerdo de nuestra última noche juntos vivirá en mí eternamente.

No puedo decirte nada más, como tampoco tú puedes.

Con todo mi afecto y amor,

Aidan Berne

(acento italiano)

Grace relee la carta a solas en su habitación media docena de veces más. La segunda y la tercera vez que la lee, salpica el papel de lágrimas. La cuarta vez se ríe de lo de «acento italiano». La quinta vez, la palabra «amor» hace que se sienta como un globo elevándose desde el suelo. Después de la sexta, dobla la carta y la guarda en la sombrerera.

Grace permanece de pie junto a la verja metálica exterior del concesionario fingiendo buscar algo en el bolso.

—Ese de ahí es una preciosidad —dice el vendedor a una pareja joven, él ataviado con un abrigo largo y sombrero de color marrón grisáceo, ella, temblorosa bajo su abrigo verde de lana. El vendedor vestido con un traje y nada más (¿querrá mostrar fortaleza?) señala un Ford antiguo. Pese a que el coche está limpio y le han sacado brillo, no hay manera de ocultar la considerable cantidad de óxido del parachoques delantero o la abolladura que tiene justo encima. El hombre ha hecho que acerquen el coche a la verja de tal manera que los compradores no puedan ver el deterioro, a menos que pidan que saquen el coche para verlo mejor. Grace quiere avisarlos, pero probablemente no debería ponerse a malas con el vendedor. Ella también está allí para comprar un coche.

—Una mujer joven compró este —está diciendo el hombre— para ir y venir de casa de su madre en Kennebunkport, y lo devolvió menos de seis meses después cuando su padre le compró un Lincoln para competir por su atención. Casi sin usar.

¿Y qué hay de los anteriores dueños, si es que hubo?, se pregunta Grace. El coche tiene que tener más de diez años. De ellos no dice nada. Grace necesita a alguien que entienda de coches.

Llama a la puerta con los nudillos hasta que se acuerda de la disposición del local. Vuelve a tocar más fuerte. El coche del doctor sigue en el aparcamiento, lo que quiere decir que no se ha ido a esquiar aún. Llama una tercera vez con todas sus fuerzas.

Está vestido pero no se ha peinado.

—Grace, ¿ha ocurrido algo?

—Estoy bien —se apresura a responder ella—, y lamento venir a molestarle en su día libre. Pero necesito consejo y no se me ocurre a quién más podría pedir ayuda.

—Pasa, pasa. Vamos a la cocina a tomar un café.

—Pensé que lo mismo estaba ya a mitad de camino de la estación de esquí —se disculpa Grace camino de la cocina.

—He dicho que no iba. Necesito dormir y tengo que ponerme al día con las lecturas.

Enciende el fuego y pone a hervir el agua y el café. Grace se quita los guantes, pero se deja puesto el abrigo.

—Necesito un coche. He ido a un concesionario de coches usados en Biddeford y sin querer oí una conversación entre el vendedor y una pareja joven, y me di cuenta de que los estaba engañando. Quise advertirles, pero estaba fuera de la verja. Y de repente me di cuenta de que para cualquier vendedor de coches de segunda mano, una mujer sola en su concesionario era una venta segura. Sé que hay que pedirles que saquen el coche del aparcamiento para verlo más detenidamente. Sé que el cliente puede pedir que le dejen probarlo incluso. Pero también tendría que pedirle que me levantaran el capó para ver si está decente. Y eso no puedo hacerlo. Nunca he mirado debajo del capó de un coche.

—Podría enseñarle lo que necesita saber aquí fuera, en el aparcamiento. Pero me ha dejado intrigado. Me gustaría echar un vistazo a ese despreciable vendedor. Creo que voy a quitar el café del fuego y nos vamos.

—Le invito a un café después.

—Hecho.

—Debería decirle algo antes de ir. Encontré una pulsera de mi suegra y la vendí la semana pasada. Necesitaba el dinero para el coche. Me obligué a creer que Merle le había dado la pulsera a Gene para que me la regalara, por lo que me pertenecía legalmente.

—Probablemente la historia se acerque bastante a la realidad.

—No, no es verdad. Merle me odiaba. Jamás me habría regalado una joya suya. Podría argumentar que es muy probable que Gene herede lo que hay dentro de la casa y que él sí querría que tuviera coche para hacer cosas para sus hijos, pero ni siquiera eso es cierto, técnicamente. Llevo setecientos dólares en el bolso.

—¿Al contado? —pregunta él, sorprendido.

—Sí.

—Pensé que tenía cuenta en el banco.

—¿Qué sentido tenía ingresar el dinero si sabía que iba a tener que sacarlo otra vez?

—Si alguien le robara el bolso, se quedaría sin coche. Por cierto, hará como si fuera mi hermana, así que debería llamarme John.

—¿John? Se me hace extraño.

—No nací con el título de doctor Lighthart.

Los ojos del vendedor brillan aún más al ver el Packard que entra en su establecimiento.

—¿Qué puedo hacer por ustedes? —pregunta en cuanto Grace y John salen del coche—. Ralph Eastman —añade, tendiéndoles la mano.

—Mi hermana necesita un coche. Estaba pensando en un Buick de segunda mano.

—Un Buick —musita el vendedor, como tratando pasando lista a los vehículos que tiene en venta—. Tengo uno sensacional, de color mostaza con la capota negra, descapotable, un coche precioso. De 1940. El último descapotable que fabricó Buick antes de la guerra. —Aguarda un segundo. No hay respuesta—. Y también tengo uno modelo Super cupé en color verde que es una maravilla.

—¿Cuántos asientos tiene el Super cupé? —pregunta John.

—Dos, pero el maletero es de buen tamaño.

Grace dice que no con la cabeza.

—¿Algún sedán? —pregunta el médico

—Sí, uno azul marino, del cuarenta y uno. El cromo está un poco picado, pero es algo inevitable viviendo aquí. Es por la sal del mar.

—¿Por qué no nos lo saca para que le echemos un vistazo?

—Sí, señor —contesta el vendedor. Su fanfarronería se desinfla como un globo mientras echa a correr prácticamente a buscar las llaves a su oficina. Cuando aparca el Buick delante de ellos, el hombre parece aún más pequeño en el asiento del conductor.

Grace deja que John eche un vistazo de reconocimiento, que inspeccione debajo del capó y que revise las ruedas.

—¿Cuál es la historia de este coche? —le pregunta al vendedor.

—Lo compró un joven de veintidós años y solo lo utilizó siete meses, justo antes de alistarse. Estuvo guardado en casa de su madre en Biddeford Pool durante la guerra. No tenía garaje. Cuando terminó la guerra, lo movió un poco, pero no le gustaba porque estaba picado. Y nos lo trajo. Tiene muy pocos kilómetros. Pueden comprobarlo.

—Ya lo he visto —dice John—. Creo que es un buen momento para salir a probarlo, ¿qué le parece?

—Sí, señor. Usted conduce y yo lo acompaño. Su hermana puede esperar en la oficina, no hace frío.

—No, mi hermana irá en el asiento del copiloto —dice John—, y usted se sienta detrás si no le importa.

—Si es lo que quiere —replica Ralph, de mala gana. Probablemente tenía preparada la segunda parte de su discurso.

—Tomaré la Ruta 9, para coger velocidad en carretera —dice John. Parece ir atento al sonido del coche mientras se mueven por la ciudad—. ¿La radio funciona?

—Desde luego —dice el vendedor, inclinándose hacia delante desde el asiento trasero hasta acercar el rostro a la oreja del cliente.

—¿Y la calefacción?

—Se enciende en ese botón de ahí. Presiona ese botón verde y mueve el dial, ¿quieres, preciosa?

El médico elige ese momento justo para pisar a fondo el acelerador, impulsando a Ralph hacia atrás. Grace tiene ganas de sonreír, pero sabe que eso no los ayudaría en las negociaciones. Una vez fuera de la ciudad, John aumenta la velocidad de manera continuada hasta llegar casi a cincuenta y cinco millas por hora en la carretera. El velocímetro indica sesenta. Lo lleva hasta sesenta y cinco.

—¡Recuerde el límite de velocidad! —grita Ralph desde el asiento trasero.

—Por supuesto —dice John, bajando a treinta millas por hora. Es como si el coche no se moviera. Aun así, según las señales siguen yendo cinco millas por encima del límite de velocidad. El vendedor tiene la prudencia de guardarse las advertencias para sí.

De vuelta en el concesionario, salen del coche y el médico pregunta por el precio.

—No puedo dejar esta preciosidad en menos de mil cien.

En la oficina, Ralph y él se meten en un despacho, mientras Grace se sienta a esperar. El café es una tentación, pero recuerda que le prometió al doctor Lighthart invitarlo a uno después de comprar el coche.

Los hombres no tardan en salir. John se sienta junto a Grace y le habla en voz baja.

—He conseguido que lo baje a novecientos. Cogerá hoy setecientos y puedes pagarle el resto a plazos. Veinte dólares al mes durante diez meses. Ha aceptado renunciar a los intereses.

—¿Y cómo demonios lo has conseguido?

—Le ha echado el ojo a mi Packard. Le trae cuenta tenerme contento. El Buick empieza a temblar un poco al ponerlo a sesenta y cinco, así que yo no iría a más de sesenta.

Grace suelta una carcajada.

—Para mí será una hazaña pasar de treinta y cinco.

—Después de cerrar el trato, lo he convencido para que le haga una revisión de aceite y radiador, y para que le llene el depósito de gasolina. En cuanto terminemos con el papeleo podemos irnos a tomar ese café.

—Te invito a comer.

Los dos piden platos que no tardarán más de veinte minutos en comer.

—Le dije que volveríamos en media hora.

Grace asiente. Ahora, a solas con el médico en aquella cafetería, se siente un poco incómoda. Siente la boca seca. No está segura de que pueda llamarlo John. Él se recuesta en el respaldo del banco y enciende un cigarrillo. Le pregunta si quiere uno. Ella acepta, sobre todo para tranquilizarse. Si estuvieran en la oficina ya, no estaría tan nerviosa. Es el cambio de ambiente y, posiblemente, la emoción de estar a punto de tener su propio coche lo que le esté causando el nerviosismo.

—Estás sonriendo —dice él.

—Pensaba en Rosie. Ya te he hablado de ella. Casi siempre me hace sonreír.

—¿Y cómo es eso?

—Es un poco estrafalaria y le gusta divertirse. Si todavía fuéramos vecinas y llegara con mi nuevo Buick, se pondría a dar grititos de alegría. Querría meter a todos nuestros niños en el asiento de atrás e ir a dar una vuelta. Bajaría la ventanilla y dejaría que el viento le agitara la melena mientras fumaba un cigarrillo.

—Debes echarla de menos.

—La echo de menos.

El médico pone el dinero sobre la mesa.

—No, yo invito.

—Está bien —dice, guardándoselo.

Grace saca setenta y cinco centavos del monedero.

John se levanta.

—Vamos a dar una vuelta en tu nuevo coche. Yo dejaré el mío allí. Tú conduces.

Tras ajustar el asiento a su medida, Grace sale de la ciudad. El doctor se echa hacia atrás.

—¿Adónde vamos?

—Salgamos de la ciudad y tomemos de nuevo la Ruta 9 —dice él—. Podemos ir hacia Kennebunkport.

Ella obedece.

—Ahora ponlo a treinta y cinco —le indica.

—No quiero que me pongan una multa nada más salir del concesionario.

—No te la pondrán.

Grace acelera y deja que el coche se suelte. Está demasiado nerviosa para encender la radio o la calefacción. Siente como si le hubieran pegado las manos al volante con cemento.

—Sube a cuarenta.

—Las multas son caras.

—Lo sé. Confía en mí. ¿Cómo te sientes?

—Bien.

—Se supone que deberías estar entusiasmada —dice él con una carcajada.

—Estoy demasiado nerviosa para estar entusiasmada.

—Ya lo veo. Toma. —Le tiende un cigarrillo encendido, pero a Grace le da miedo soltar el volante para cogerlo, y otra vez después para soltar el humo—. Ahora sube a cincuenta y cinco —le ordena—. Y baja la ventanilla.

Grace sujeta el volante con la mano derecha, en la que tiene el cigarrillo, y baja la ventanilla. El aire frío entra en el coche y le levanta el pelo.

—Relájate —le dice él—. Fuma tranquilamente, deja que el aire te agite el pelo y piensa en Rosie.

Cuando llegan a las afueras de Kennebunkport, Grace cambia de sentido y vuelven a Biddeford.

—Espera un segundo —dice John, metiendo la mano en el bolsillo de su abrigo—. Esta mañana apunté dos direcciones de apartamentos en alquiler que parecían prometedores. ¿Qué te parece si vienes conmigo? Me vendría bien una segunda opinión.

Grace piensa que tendrá que contarle a su madre que comprar un coche es un proceso largo.

El primer sitio se notaba que había sido una casa de huéspedes por la puerta carente de adornos y los seis coches aparcados en el sendero de entrada. El edificio está pintado de azul, con postigos rosas, y el jardín está lleno de utensilios rústicos oxidados y juguetes.

—¿Qué te parece? —pregunta Grace—. ¿Quieres echar un vistazo?

John enarca las cejas.

—No creo que pudiera soportar vivir en una casa azul y rosa, y a juzgar por todas las cosas que hay sembradas por el jardín, supongo que el interior no valdrá mucho tampoco.

—Yo en tu lugar, no entraría —dice ella.

—Pues ya está —concluye él, dándole las indicaciones del segundo sitio.

Grace se detiene al pie del sendero de entrada de un edificio. Cuesta saber si es una granja en activo o no. Los edificios están en buen estado.

Se encuentran con tres puertas para elegir.

—Un bonito establo —murmura Grace.

John se dirige a la casa principal.

—Esta debe ser la puerta de la cocina. En el caso de la gente de granja, eso equivale a decir la puerta principal, ya que la puerta principal de verdad no se abre nunca.

—¿Cómo sabes tanto de granjas?

—Cuando estaba en la facultad, uno de los médicos me dejaba acompañarlo a las visitas a domicilio.

John llama con los nudillos y les abre la puerta una mujer de mediana edad, con el pelo recogido en un moño, y el rostro colorado (Grace opina que es por el calor del horno).

—Hola, hemos venido a ver el apartamento que alquila —explica John.

—Sí —dice la mujer, haciéndose a un lado.

A Grace le gustaría alquilar la cocina. El olor a especias dulces inunda la estancia. Inspira profundamente.

—Es por aquí —dice la mujer, abriendo otra puerta. Grace tiene la sensación de que deben estar en una estancia anexa a la cocina—. Esto antes era una granja de ovejas. El pasado octubre, cuando las ovejas estaban en los pastos de fuera, el incendio llegó arrasando como un dragón y las achicharró a todas prácticamente. No pudieron escapar. Estuvo oliendo a carne quemada durante semanas. Por eso alquilamos habitaciones ahora, para llegar a fin de mes.

—El fuego no tocó la casa —dice Grace.

—No.

—Tuvieron suerte.

—No nos sentimos así. —Se detiene y le hace un breve gesto con la mano—. Es esta.

Grace examina detenidamente la habitación, lo bastante grande como para albergar un pequeño sofá, un sillón, una mesa y dos sillas. La mujer ha hecho el esfuerzo de transformar lo que antes no era más un lugar para las herramientas en un acogedor salón. Lo que más llama la atención es la chimenea.

—La chimenea funciona bien —dice la mujer, al fijarse en lo que ha llamado la atención de Grace—. Puedo poner una placa de hierro encima por si les apetece preparar su propio café. En todo caso, tienen acceso a la cocina y preparo tres comidas al día. Están incluidas en el alquiler. Pueden comer con nosotros o traerse la comida aquí. Según nos vayamos conociendo, puede decirme qué tipo de comidas les gustan. ¿Tienen intención de tener hijos?

Grace y John se miran.

—No estamos casados —dice John—. Grace es mi hermana. Soy John Lighthart —explica, tendiéndole la mano—. Disculpe mis modales. Debería haberme presentado nada más llegar. El apartamento es para mí.

—Lo mencionaba porque no alquilo a familias. La cama y el cuarto de baño están en esa otra habitación. El agua sale con buena presión. Tiene calentador eléctrico, porque hace demasiado frío solo con el fuego de leña.

El apartamento incluye un porche que da a una extensión verde de pasto. Grace entra en el dormitorio cuando John sale. Hay una cama blanca de hierro, un mueble blanco también, papel pintado de rayas blancas y amarillas, una mesa y dos ventanas más. El armario está formado por una cortina tras el que se oculta un hueco en la pared. Grace echa un vistazo al cuarto de baño. Antiguo pero limpio. En buen estado. Gran cantidad de ropa de casa.

Cuando va a salir del dormitorio, John le bloquea el paso.

—¿Qué te parece? —le pregunta en voz baja.

—Me gusta. Lo de compartir comidas no sé.

—Es perfecto. Yo no cocino y tampoco tengo tiempo.

—Tienes buenas vistas, cuatro amplias ventanas. Yo en tu lugar, me quedaría con él. Negocia un alquiler flexible por si resulta que el marido es insoportable. —Se da media vuelta—. Sí, se adapta a ti perfectamente, y mira, hay muchos estantes para libros. Olerá a comida, ya que estás justo al lado de la cocina. Al final, tendrás que decirles que eres médico y trabajas muchas horas. Pero yo lo cogería —dice ella.

—Amor con amor se paga. Tú me has hecho caso a mí, yo te hago caso a ti. El doctor Lighthart se dirige a la mujer.

—Me quedaré con él, si llegamos a un acuerdo.

—Son sesenta y cinco dólares al mes, con las comidas, la calefacción, el agua caliente, la electricidad y el servicio de lavandería incluidos. El alquiler se paga el primer día de mes. Nosotros tenemos nuestra vida, usted la suya. Oirá ruido en la cocina, seguro, y coches que van y vienen, pero las paredes son gruesas. La casa se construyó en 1720 y este anexo, en 1790, para pasar del establo a la casa. Se suponía que los hombres tenían que limpiarse antes de entrar en la cocina. No me gustan las cocinas sucias y a mi madre tampoco.

—¿Tomamos hoy como primer día de mes? —pregunta él, contando los billetes para dárselos a la mujer.

—¿Se muda hoy mismo?

—Podría. No tengo gran cosa.

—¿A qué se dedica?

—Soy médico. Trabajo en una clínica en North Kennebunkport.

Ella asiente.

—Querrá cenar esta noche.

—Sí, si queda suficiente. ¿A qué hora es la cena?

—A las cinco. En punto.

—Ah, lo antes que puedo llegar entre semana es a las siete. Seis y media cuando no hay mucho trabajo.

—Entonces le guardaré la cena. Siempre puedo hornear unos cuantos panecillos si se chafan.

—Hoy sí estaré a las cinco. Y mañana —dice, estrechándole la mano.

Grace le sonríe y sale detrás de John. No comentan nada al principio, pues les parece una falta de educación hacerlo delante de la mujer.

Ya en el coche, Grace le dice:

—Has hecho un buen trato. No parece el tipo de mujer interesada en los cotilleos. Me ha gustado el sitio. Tiene encanto y en primavera debe ser una maravilla.

—Suena bien tal como lo pintas.

Al llegar a Biddeford, Grace para junto al Packard. John se demora dentro del coche un segundo más de lo que debería.

—A lo mejor podríamos salir el próximo fin de semana a dar otra vuelta en el coche, llevar a los niños a montar en trineo. Conozco una buena colina para hacerlo.

—Suena divertido.

—Un día estupendo, Grace —dice y a continuación sale del coche.

Cuando Grace sube la cuesta y llega hasta la puerta de la casa con su Buick azul marino, su madre abre la puerta de atrás.

—¡Dios misericordioso! —exclama, llevándose la mano al pecho como si fuera a darle un ataque al corazón.

—¿Estás enfadada? —pregunta Grace, saliendo del coche.

—¿Enfadada? No.

Su madre permanece de pie en el umbral de la casa, extasiada, como si su carruaje hubiera llegado a recogerla, como si todas las citas de su juventud hubieran aparecido ante ella en el momento ideal, justo cuando tenía el pelo perfecto.

Las responsabilidades de Grace en la clínica se amplían. Le piden que se encargue también de facturar a los pacientes y de llevar las cuentas del banco. Cuando la sala de espera está atestada, se encarga de llevar a los pacientes a otras salas en las que les toma la temperatura, los pesa, les da una bata cuando es necesario y toma nota de lo que les duele. De este modo, los pacientes pueden esperar en un lugar más privado al doctor.

A mediados de semana, le pregunta al doctor si hay dinero suficiente en el presupuesto para comprar mesas auxiliares y lámparas, y para suscribirse a *Time* y a *Life*. Quiere que la sala de espera resulte más acogedora.

—Claro —contesta él—. ¿Te viene bien el sábado por la tarde? Podría salir nada más comer, hacia la una.

Sorprendida al ver que John se ha autoinvitado, le dice que tiene que hablar primero con su madre.

—¿Tu coche o el mío?

—Yo voy a buscarte —dice ella. No puede permitir que el doctor Lighthart vaya a recogerla a casa de Merle.

Grace se inventa una excursión para su madre y los niños el domingo: pícnic en un lugar con vistas. Tras explicarle en qué consiste el viaje (para gran placer de su madre), menciona que tendrá que salir un par de horas el sábado por la tarde a comprar muebles para la oficina.

—¡No serán muebles nuevos! —exclama su madre.

—Buscaré una tienda de segunda mano. Solo necesitamos unas mesas auxiliares. Tienen que ser decentes y encajar medianamente con las sillas que hay.

—¿Cómo son?

—Madera de imitación a caoba.

—Y pensar que tenía unas mesas auxiliares que le habrían quedado perfectas —masculla su madre.

—No me habría llevado tus mesas.

—A lo mejor tendrías que buscar también una mesa de centro —le sugiere su madre—. Para poner unas flores.

—Vamos a suscribirnos a *Time* y a *Life*.

—Sería mejor una suscripción a *Good Housekeeping*.

El viernes por la noche, Grace se asoma a la puerta del despacho del doctor para confirmar la salida a comprar muebles del día siguiente. Él le da un cheque.

—¿Todo listo para mañana?

—Sí. ¿Qué tal tu nuevo apartamento?

—Las comidas son excelentes. Mis vecinos son una viuda que ocupa una de las habitaciones de arriba del edificio principal y un representante de zapatos. Creo que le da muestras. —Arquea las cejas varias veces y Grace se ríe—. No paso mucho tiempo. La calefacción es sorprendentemente buena y la cama es cómoda.

Sí tiene que serlo porque es la primera vez desde que lo conoce que lo ve descansado. Puede que un fin de semana más en su nuevo apartamento le reporte aún más beneficios. Por su parte, Grace no se imagina viviendo sola. A veces quiere imaginarlo, pero eso significaría eliminar a Claire y a Tom.

—He oído hablar de dos sitios a los que podríamos ir a echar un vistazo —sugiere Grace.

—Y está el Ejército de Salvación.

—Debe estar vacío a estas alturas.

El sábado por la mañana, en la habitación de Merle, Grace cose el dobladillo de una falda de lana de color claro que quiere ponerse para ir de compras. La luz del sol arranca reflejos a la nieve que hace que las ventanas resplandezcan, pero tanta luminosidad exterior oscurece algunos objetos dentro de la estancia. Se prueba la falda y se mira al espejo. Como tiene el pelo liso de secárselo al aire invernal, decide hacerse un recogido francés. Puede que se ponga un poco de lápiz de labios para acentuar el tono claro de su piel. La falda es de un traje del armario de Merle y le sigue quedando grande, aunque si le hace más arreglos, perderá la forma. Se pone las manos en las caderas, se vuelve y se da cuenta de que está recuperando parte del peso que perdió cuando Aidan estaba en la casa. Sus manos ascienden por las costillas hasta llegar al pecho, pero prácticamente no nota nada con el sujetador tan grueso que lleva debajo de la blusa blanca. Lo mismo con la liga: baja las manos por delante de la falda, pero no reconoce los contornos que guarda su figura debajo de la ropa.

El grito es tan agudo, tan gutural, nada parecido al de un niño y a la vez el de un niño, que Grace llama a Claire al tiempo que baja corriendo a la cocina. Lo primero que se encuentra es una horrible aparición y después, en una esquina, a su madre con Tom en brazos y Claire escondiendo la carita contra la falda de su abuela. Se ha hecho pis en el peto.

Con la voz más calmada de que es capaz, Grace le dice a su madre que lleve a los niños al piso de arriba. Luego se vuelve hacia su marido pero le cuesta un triunfo mantenerse en pie y no taparse la boca horrorizada.

Tiene un aspecto espantoso.

Parece como si se le hubiera quemado el lado izquierdo del rostro, la piel es como una de esas imágenes horribles que salen en los libros de medicina. Ha perdido la oreja, tiene el cuero cabelludo en carne viva y parece que se le hubiera fundido el ojo izquierdo con la carne. El derecho y la boca parecen casi normales, aunque el lado izquierdo del labio no se aprecia claramente. Lleva un pañuelo de seda alrededor del cuello y se fija en que la manga de su abrigo hecho jirones está vacía. No quiere ni imaginar cómo tendrá la piel del torso.

—¿Te duele? —pregunta, las primeras palabras que dirige a su marido.

—Sí.

—¿Qué puedo hacer?

Él trata de sacar el brazo bueno del abrigo y Grace lo entiende. Quiere quitarse el abrigo. Sin mirarlo a la cara, empieza a bajar la manga vacía. Él se queja, debe haberlo tocado con demasiada aspereza. Deja caer el abrigo al suelo y a continuación lo recoge y lo cuelga en el respaldo de una silla.

—Siéntate —le dice ella, mirando la manga sujeta con un alfiler.

—No puedo.

—¿Puedes tumbarte?

Él asiente.

—Necesito agua.

Ella le sirve un vaso de agua del fregadero y se lo tiende. Él se lo lleva a la boca y se tira encima de la camisa, de una tela inusualmente fina, casi la mitad.

—Ven conmigo —dice ella.

La ironía de conducir a su marido a otra habitación que no es la que ocupaba de pequeño no se le escapa a Grace. Como tampoco se le puede escapar a él.

Mira el reloj con manos temblorosas. Falta una hora para pasar a recoger al doctor Lighthart, algo que ya no va a poder hacer. No sabe el número de teléfono de la granja y no está segura de haberle dado a él el de la casa de Merle. ¿Cuánto esperará antes de darse cuenta de que no va a llegar? ¿Se le ocurrirá ir a ver si le ha pasado algo? Ruega que no lo haga.

Señala el sofá. En lo que parece una serie de dolorosos movimientos, Gene consigue tumbarse del lado derecho. Busca un cojín y se lo pone debajo de la cabeza. Al separarse de él, toda la vida que se ha construido se derrumba. Ahora vivirá en esa casa con ese hombre herido del sofá hasta que uno de los dos muera. No volverá al trabajo. No volverá a hacer el amor. No tendrá amigos. Se hunde despacio en un sillón, aplastada por el descomunal peso de su futuro.

Gene

—Tengo que ir a ver cómo están Claire y Tom —dice Grace. Él escasamente no mueve la cabeza. Tiene una mirada que le resulta familiar de la clínica, la mirada que anticipa el dolor.

Su familia está arriba, en la habitación de ella. Grace va primero hacia Claire y la estrecha fuertemente entre sus brazos.

—Te has asustado, ¿verdad? —le pregunta a la niña, que ya lleva ropa seca.

Claire asiente, chupándose el pulgar.

—¿Te acuerdas de papá?

Claire asiente con la cabeza exageradamente.

—Bueno, pues papá salió a ayudar a otras personas la noche del incendio y el fuego lo quemó. Lo que acabas de ver es a papá con unas cuantas quemaduras.

Claire se saca el dedo de la boca y abre los ojos como platos. Fija la mirada al frente, a una distancia media, con una expresión a mitad de camino entre el miedo y la incomprensión.

—Papá fue un héroe. Y a veces los héroes regresan a casa con heridas y cortes. Eso es lo que le ha pasado a él. —La sienta en el regazo para verla mejor—. ¿Quieres bajar a verlo? Está tumbado.

—Noooooo —exclama lloriqueando al tiempo que sacude vigorosamente la cabeza de un lado a otro.

Tom detiene su gateo sobre la cama para escuchar a su hermana.

—Está bien —dice Grace, abrazando a su hija y acariciándole la espalda. Su mirada se encuentra con la de su madre, en la que es capaz de leer una agitada mezcla de miedo, consternación y estoicismo.

—Tenemos que tomar algunas decisiones —dice Grace.

—¿Se va a quedar?

—Tendremos que instalarlo en la biblioteca. No creo que pueda subir las escaleras.

—La policía dijo que estuvo en coma. Volvió en sí hace una semana en un hospital de New Hampshire, pero no recordó su nombre hasta ayer.

—¿Cómo está Claire? —pregunta Gene cuando Grace se sienta frente a él, que sigue tumbado en el sofá.

—Está bien —dice Grace—. Solo necesita un poco de tiempo.

—Mis propios hijos no me han reconocido.

—Lo siento.

—No lo sientas. Es la realidad. —Vuelve la vista y observa la habitación con su ojo bueno—. Nunca me permitieron entrar aquí. Mi habitación y la cocina eran mis lugares de juego. Solo me traían aquí cuando venía visita para saludar y después desaparecía.

—Lo siento.

—Me gustaría que dejaras de decirme que lo sientes. ¿Qué hacen aquí?

Grace se cruza de brazos.

—¿Aquí? ¿En esta casa? La nuestra se quemó. No queda nada.

—Eso me han dicho. ¿Pero en casa de mi madre?

—Tus hijos se quedaron sin un techo sobre sus cabezas. Igual que mi madre. No tuve elección. —Se detiene—. ¿Has estado en coma?

—No supe quién era hasta una semana después de despertar del coma. No quería estar vivo durante toda esa semana.

Grace aguarda.

—El brazo, pero sobre todo el dolor.

—¿Por qué te cortaron el brazo? —pregunta ella, incapaz de apartar la vista de la manga sujeta con alfileres.

—Gangrena.

—Ay, Gene. Dime cómo tengo que cuidar de ti.

Él cierra el ojo.

—No creo que quieras hacerlo. Voy a necesitar ciertas cosas.

—¿Como cuáles?

—Gasas, vaselina, yodo, una cuña. —La mira detenidamente—. Muchas toallas. Hay que lavar las sábanas todos los días. Una esterilla de goma para la cama.

Grace toma aire profundamente.

—Ya te dije que no te iba a gustar.

—Haremos lo que haya que hacer.

—Y aspirinas. Me duele mucho la cabeza. ¿Dónde duermes?

—En el segundo piso.

—¿En la habitación de mi madre?

Grace asiente.

Gene mira la falda que lleva Grace.

—Y si no me equivoco, llevas su ropa.

—No teníamos nada cuando llegamos.

Algún tipo de fluido se filtra a través de la camisa de Gene. Grace sale en busca de una toalla limpia y se la pone con cuidado en el lado izquierdo.

—Lo siento si te hago daño —dice.

—Por favor, no sientas lástima de mí.

—No lo hago. —Aunque en realidad sí lo hace.

—Perdiste al bebé —dice él.

—Sí.

—¿Lo pasaste mal?

—Ocurrió la noche del incendio.

Gene gira la cabeza de un lado a otro. Por un momento, Grace se pregunta si se echará a llorar. Pero no, está furioso.

—¡Si nos hubieran dejado volver a casa, los habría sacado de allí!

—¿Puedes quedarte aquí tumbado media hora?

—¿Te vas?

—Voy a buscar al médico.

—¿Al viejo Franklin?

—Él ya no está. Su casa también ardió, así que decidió jubilarse. Ahora tenemos médico nuevo. Se llama Lighthart.

Gene guarda silencio unos segundos. Y de repente chasquea los dedos.

—¡Un indio!

—¿Cómo dices?

—Un indio. Lo sabes por el nombre. Dos nombres juntos. Whiteman. Yellowhair. Manygoats. Watchman. Conocí a varios en la guerra y luego cuando trabajaba en la autopista.

Los pómulos prominentes. El color tostado de su piel. El pelo negro liso. Indio y algo más. Puede que mucho de ese algo más. ¿Y qué más daba?

—Es un buen médico —dice Grace.

Le tiemblan tanto las manos que casi no puede cambiar las marchas. Baja la cuesta marcha atrás y gira bruscamente subiéndose sobre unos arbustos cubiertos de nieve al final de la cuesta. A este paso me voy a matar, piensa.

Cuando toma el camino rural que lleva a la granja y sube hasta la casa, se encuentra a John Lighthart caminando nervioso de un lado a otro del sendero de entrada. Llega media hora tarde a su cita.

—Hola —la saluda con una gran sonrisa al tiempo que abre la puerta del copiloto y sube al coche.

Grace se vuelve hacia él y levanta una mano.

—John —empieza, pero tiene que hacer una pausa para calmarse—. Mi marido, Gene, ha vuelto a casa esta mañana. Tiene quemaduras graves y no está pastordo del todo. No se puede sentar. Si no te importa, necesito que vengas a casa a examinarlo y que me digas qué hacer.

El médico la mira a los ojos.

—¿Estás bien? Estás pálida.

—Ha sido la impresión al verlo.

—No deberías conducir, pero será mejor que vaya en mi coche. Ve delante, yo te alcanzo. Tengo que coger unas cuantas cosas.

—Gracias. No digas que trabajo para ti, por favor. Aún no se lo he dicho y... no estoy segura de si podré continuar trabajando.

—Sería una lástima.

—Se comporta con mucha rudeza. No es él.

—Vuelve con él. Yo iré justo detrás.

Grace aparca y entra sin muchas ganas en la casa. Su madre está de pie en medio de la cocina, con un delantal amarillo.

—¡No sé qué comida prepararle! —exclama fuera de sí.

—El médico viene hacia aquí.

—Casi me desmayo cuando ha venido la policía. Es espantoso, ¿verdad?

La intensa luz que entra por la ventana intensifica todos los defectos visibles en el rostro de Gene. Grace corre un poco las cortinas ospastors.

—¿De dónde has sacado ese elegante Buick? —pregunta.

—Me lo ha prestado una amiga.

—¿Rosie?

—Otra. Rosie y Tim se han ido a vivir a Nueva Escocia. ¿Puedes acompañarme a la biblioteca? Hay una cama.

—¿Por qué?

—Estuvimos cuatro días sin electricidad y nos bajamos todos a dormir allí con la chimenea.

Lo observa realizar el mismo proceso agónico que le permitió tumbarse pero ahora al revés, para ponerse en pie. Grace se acerca para ofrecerle ayuda.

Pero él se aleja cojeando, indicándole que ahora él es el señor de la casa.

Grace recibe al doctor Lighthart en la puerta de atrás sin decir palabra. Recuerda que el doctor Franklin solía entrar sin anunciarse y subir las escaleras hasta la habitación donde estaba el paciente. Otro mundo. Otro país.

—Gene, este es el doctor Lighthart —dice ella, presentándoselo.

—¿Puede dejarnos a solas, señora Holland? —dice él.

Grace cierra la puerta.

Señora Holland.

Se sienta en una silla tapizada situada en el pasillo y que bien podría haber sido colocada allí justo para eso: para esperar a que la llamaran. En menos de dos horas, su vida ha sufrido una transformación. Pensar que en ese mismo momento podría haber estado eligiendo mesas y lámparas para la oficina con un hombre amable, un buen hombre. Estaba pensando en regalarle alguna cosa original o tal vez algo útil para su nueva casa.

Oye murmullos, un grito repentino y luego silencio al otro lado de la puerta. El doctor le hace señas para que lo acompañe al salón.

—Tiene quemaduras graves. Va a necesitar cuidados constantes. Tiene que llevar pijamas sueltos y dormir con sábanas y almohadones de seda, y habrá que lavarlo todo a diario. Le he tratado las quemaduras, pero no le he puesto gasas. Quiero que se le sequen al aire debajo del pijama que le he traído. —Hace una pequeña pausa—. Veré qué puedo averiguar y enviaré a Amy. Encima de la cómoda he dejado el material para las pastors que necesita para uno o dos días. Amy les traerá más. Lo más importante ahora mismo es que las heridas estén limpias y que él esté hidratado. Oblígalo a beber cuando estés con él. Agua, zumo de manzana y más agua. Yo pondría un plato con comida en trozos pequeños en una mesita junto a la cama. Le resulta más fácil comer eso que la sopa, por ejemplo. Puede tomar bocaditos cuando le apetezca. Amy tratará de que se siente mañana. Será firme con él y te avanzo que tu marido gritará como un loco. Después tendrás que continuar tú con el tratamiento si te ves físicamente capaz de hacerlo. —Suspira—. Grace, es muy injusto, lo sé. Me gustaría que buscaras a una enfermera que venga unas horas. Mejor aún si pudiera quedarse a jornada completa.

Ella niega con la cabeza.

—Querría saber de dónde he sacado el dinero para pagarle.

—Tienes más joyas —le dice en voz baja.

—No sé. Es muy perspicaz.

—Ya me he fijado.

—Siento mucho no poder trabajar para ti. Me encantaba.

—Y yo estaba muy contento de tenerte. Te lo digo de verdad.

De camino a la puerta trasera de la casa, el médico coge su sombrero y saca un papel del bolsillo.

—Este es el número de teléfono de la granja. Llámame sea la hora que sea. Si no puedo venir personalmente, enviaré a alguien. Debajo te he anotado el número del servicio de ambulancias. Un caso para llamar a urgencias sería que sufriera tanto dolor que no pudiera dejar de gritar durante quince minutos, por ejemplo; supuración excesiva en las heridas; cualquier signo de sangre en las heridas; y fiebre. No puedo hacer nada para calmarle el dolor de cabeza hoy porque aún no he averiguado el origen. Podría ser la deshidratación.

—Gracias por venir. Has sido un buen amigo.

—Espero que sigamos siendo buenos amigos —contesta él, poniéndole la mano en el hombro justo antes de girar el pomo—. Quiero compadecerme de ese hombre.

El médico ha dejado un vaso de agua con una pajita doblada sobre la cómoda para que Gene, con un pijama de seda de color azul marino, pueda beber agua sin tener que incorporarse. Grace se fija en que se ha lavado con una esponja en el cuarto de baño. La parte sana de su rostro tiene mejor aspecto y también se ha limpiado las uñas.

—¿Ha estado alguien aquí? —pregunta él.

En un primer momento, Grace cree que Gene no piensa con claridad.

—El médico.

—No, quiero decir antes.

—No te entiendo.

Grace deja un platillo azul con un sándwich de jamón cortado en trozos y una manzana también cortada sobre la mesilla.

—He visto una cuchilla de afeitar en el suelo del cuarto de baño, medio oculta tras la pata de la bañera. No he podido agacharme a cogerla. Alguien podría cortarse.

—Después la recojo yo —dice ella.

—¿Pero quién la dejó ahí?

—No tengo ni idea.

—Pues ha tenido que ser un hombre. Y mi padre murió hace años.

—Gene, te lo digo de verdad, ¿cómo quieres que lo sepa?

Grace acerca una silla a la cama. Su marido no huele tan mal como antes de que estuviera el médico con él.

—¿Necesitas que te lave los dientes?

—Lo necesito todo.

Grace le pone la pajita en los labios.

Después de jugar a indios y vaqueros a petición de Claire, Grace regresa a la habitación de Gene y ve que está tratando de levantarse.

—Deja que te ayude —dice ella, apartando la manta y la sábana. Él se apoya en la mano derecha para levantarse. Las sábanas están manchadas—. ¿Qué quieres?

—¿Que qué quiero? —repite él de pie ya—. Quiero ser un ser humano normal como antes. Quiero volver a trabajar. Me gustaría cagar en el cuarto de baño. Me gustaría sentarme a la mesa y comerme un tazón de sopa. Me gustaría no tener que preocuparme por hacer un movimiento que me cause dolor. Me gustaría recuperar mi rostro. ¿Te parece suficiente?

La amargura que demuestra Gene, por muy justificada que esté, arrasa con todo.

Dice que quiere entrar en el salón porque está seguro de que se ha dejado algo. Y sale en dirección a él en primer lugar, seguido obedientemente por Grace.

—¡Ahí está! Sabía que algo no estaba en su sitio.

—¿Qué pasa?

—¿Qué hace el piano aquí abajo?

Ella mira el piano cubierto de polvo. Grace no tiene más remedio que seguir mintiendo.

—Creía que este era su sitio.

—¡No, no, no, no! Estaba en la segunda planta. En el mirador. Junto a la habitación de mi madre.

—¿Estás seguro? ¿Quién pondría un piano en la segunda planta?

—Por amor de dios, estoy totalmente seguro. Tomé clases durante años. Conozco esta casa mucho mejor que tú.

—Por supuesto.

El asunto de la cuña es horrible. Gene le dice cómo tiene que levantarle el cuerpo con ayuda de unas almohadas colocadas debajo de la cabeza, la espalda y las rodillas, para poder introducir la cuña debajo de su cuerpo. Y después le ordena que salga y cierre la puerta. Grace hace lo que le pide, pero lo que de verdad quiere es salir por la puerta y no parar hasta caer al suelo.

Ver a sus hijos a la hora de acostarlos es la única chispa de alegría en aquella cueva ospastor. Se sienta en el suelo con ellos y les canta unos pocos versos de una nana, pero luego sigue cantando inventándose la letra. Por el rabillo del ojo ve a su madre doblando ropa y recogiendo juguetes de forma apresurada. Grace canta hasta que ve a los niños más contentos y pide a su madre que la ayude a llevarlos a la cama. Le gustaría tenderse en el suelo entre los niños y que su madre la tapara con una manta.

Amy llega cargada con una enorme maleta verde llena de suministros para las pastors. Grace comprueba por primera vez la magnitud de las quemaduras que cubren el torso, la cadera y la parte superior del muslo de Gene. Siente asco. La enfermera explica a Grace, sin parar de hablar en ningún momento, cómo limpiar las quemaduras, dejar que se sequen al aire, aplicar yodo o vaselina cuando sea necesario, tomarle la temperatura y la presión arterial, examinarle la piel, limpiar la parte trasera del cuerpo del paciente y ayudarlo a vestirse. Le deja una lista con instrucciones junto a los suministros.

—Y ahora la parte difícil —dice Amy—. Tiene que mantenerse todo lo flexible que pueda sin que se le abra la capa de piel protectora que está creciendo. Por eso le he puesto tanta vaselina. Después se le puede quitar el exceso con una gasa.

Se da la vuelta y se dirige a Gene.

—¿Quiere ser capaz de sentarse en una silla?

—Sí.

—¿Quiere ser capaz de sentarse en el suelo a jugar con sus hijos?

—Venga ya. ¿A qué viene este interrogatorio?

—Tengo que saber las ganas que tiene de hacer todas esas cosas, señor Holland, porque va a tener que esforzarse mucho si de verdad quiere hacerlas.

Grace observa a Amy mientras tumba a Gene de espaldas sobre la cama, y el dolor que sufre este cuando el costado izquierdo toca la sábana. Amy le sujeta la pierna izquierda con una mano en la pantorrilla y la otra en la rodilla. Le flexiona la rodilla, empujando hacia el pecho al mismo tiempo, y repite la acción varias veces. Gene aprieta los dientes. Todos los ejercicios que Amy hace con él los repite en ambos lados del cuerpo. Después, coloca a Gene un poco más abajo sobre la cama y se sube a ella, situándose detrás de él, pegada al cabecero. Le pide que levante la cabeza y los hombros todo lo que pueda. En cuanto Gene se despega de la sábana, Amy mete los brazos debajo de él y usa todo su peso para ayudarlo a elevarse cada vez más, poco a poco, hasta que consigue ponerlo en un ángulo de treinta grados con respecto a la superficie de la cama. Gene grita y trata de girarse y bajarse de la cama.

—Grace, sujétale las piernas por los talones.

Grace hace lo que le dice y sujeta los pies de Gene al pie de la cama.

Cuando el grito de dolor alcanza un determinado tono, Amy lo deja descansar. Grace espera que su madre esté en la tercera planta con los niños y la puerta cerrada.

—Buen trabajo, señor Holland —lo anima—. Descansaremos un minuto y probaremos una vez más.

—Y una mierda vamos a probar otra vez.

—¿Quiere ser capaz de sentarse en el inodoro un día y olvidarse de la cuña? Porque, la verdad es que para eso estamos haciendo todo esto. Para que recupere la independencia. ¿Quiere o no?

—Supongo que sí.

—No, lo digo en serio, señor Holland. ¿De verdad quiere que ocurra?

—Por todos los santos —se queja él en voz baja.

—Entonces levante la cabeza y los hombros todo lo que pueda y vamos a intentarlo otra vez.

Sin que tengan que decírselo, Grace agarra a Gene por los tobillos mientras Amy repite el proceso. Grace sabe que jamás será capaz de ayudar a Gene con la terapia sola, en primer lugar porque no puede sujetarle los pies y empujarle la espalda al mismo tiempo, y en segundo lugar porque ella no tiene la fuerza de Amy. Después del tercer ejercicio, Gene le dice:

—Echa a esta zorra de aquí.

—Vas a tener que ser más dura.

—Yo no tengo tu fuerza.

—Le tienes miedo —dice Amy, poniéndose el grueso abrigo de lana.

—Siempre le he tenido miedo —confiesa ella.

—¿Quieres que se pase el resto de la vida utilizando la cuña? Porque como se empeñe en seguir así mucho más, no podrá volver a sentarse. Ya ha pasado demasiado tiempo.

Grace cruza los brazos por encima de la cabeza.

—Mira, vas a tener que sacar fuerzas de flaqueza para hacer esto. Te espera un mes muy difícil, y si todo va bien, luego empezará a mejorar. Pero ahora tienes que mostrarte firme como un sargento y ya lo amarás después.

No lo haré, quiere decirle Grace. No lo amaré.

Grace se convierte en enfermera en contra de su voluntad durante varios días que se le hicieron interminables. Establece una rutina. Grace se levanta pronto para prepararle el desayuno antes de que Gene entre en la cocina, donde come sin sentarse. Huevos cocidos y tostadas en trocitos. Su madre sabe que tiene que quedarse con los niños arriba hasta las siete y media, cuando Grace insta a Gene a volver su habitación o al sofá del salón. Consciente de que tiene dolores y se aburre, Grace intenta dividir el día en tres partes definidas: la mañana, durante la cual le lee el periódico a veces o deja que se tumbe en el salón; las tardes, dedicadas a la terapia de recuperación física (los primeros días tuvo que recurrir a su madre para que le sujetara los pies, tras lo cual esta lloraba una vez fuera de la habitación, hasta que consiguió que Gene pusiera de su parte); y las noches, que pasa en el salón con un plato de comida cortada en pedacitos. Grace lo acompaña con frecuencia. Pasan el rato en silencio mientras ella teje o cose y, en ocasiones, él le pregunta cosas. Grace no sabe cómo puede estar en esa habitación de mala gana con su marido herido, la misma en la que llegó a querer a Aidan Berne. Tanta felicidad entonces y tanto abatimiento ahora.

Las obligaciones de Grace como enfermera de Gene y su sensación de haber perdido la libertad hacen que por la noche esté verdaderamente exhausta. Cuando sube a su habitación (la suya, no la de Merle; se ha ganado al menos eso), tiene que agarrarse a la barandilla. De poco le han servido los comentarios de su madre sobre que tiene que cuidarse más, que se está abandonando, que a veces lleva la ropa sucia. Marjorie pasa cada vez más tiempo en la tercera planta con los niños, y solo baja para hacer el almuerzo y la cena. A Grace no se le escapa que su madre también es una prisionera en esa casa.

Se insinúa el paso del invierno a la primavera más en la clase de luz que en la temperatura. Los minutos que Grace araña para sí misma y disfruta sentada en los escalones de la parte trasera envuelta en su abrigo le dan esperanza. ¿De verdad su situación es peor que la de todas esas mujeres de Hunts Beach que lo han perdido todo o que aquellas que tuvieron que cuidar de sus seres queridos cuando volvieron de la guerra para transformarlos en maridos?

—Pensamos que cavando una zanja lo bastante ancha, detendríamos el fuego —explica Gene y Grace asiente—. Fuimos unos necios. Ninguno teníamos experiencia previa con incendios. Solo seguíamos órdenes de los bomberos. La idea era evitar que las llamas alcanzaran la ciudad. —Abre el ojo—. ¿Puedes ayudarme a incorporarme otra vez?

Grace le levanta el costado derecho para que pueda recostarse sobre el respaldo del sofá un poco más erguido, en un ángulo de cuarenta y cinco grados con almohadas detrás de los hombros y la espalda. Tienen que conseguir llegar a los noventa grados para que pueda sentarse en una silla, más si quiere ser capaz de levantarse de esta. Progresa lentamente y muchas veces tienen contratiempos.

—Llevábamos todo el día cavando y se nos hizo de noche. Entonces notamos un viento del este y paramos a descansar. Pensábamos que estábamos salvados. Pero no abandonamos nuestro puesto porque nos habían ordenado que no lo hiciéramos. ¿Puedes ponerme otra almohada detrás del cuello?

Grace se levanta y le coloca la almohada.

—Estábamos bastante seguros de que un camión vendría a traernos comida y café, o a llevarnos de vuelta con nuestras familias. Y nos sentamos a esperar, encima de las rocas o apoyados contra los árboles. Recuerdo que yo me dormí. Me desperté al oír los gritos.

Como le había pasado a Grace al oír los gritos de Claire.

—Cuando me levanté, el fuego había alcanzado la cima de Merserve Hill y descendía a toda velocidad hacia nosotros. Las lenguas de fuego avanzaban colina abajo, arrasando árboles aleatoriamente, y el feroz viento que se había desatado empujaba las llamas hacia nosotros. Recuerdo que pensé que el fuego era rosa y naranja en realidad, no naranja. En cuestión de minutos empezamos a notar el calor y a ver animales que corrían en busca de refugio. Dos de los hombres echaron a correr tras los animales, los otros se quedaron conmigo. Entonces noté que Jack me tiraba de la manga y me gritaba que me fuera con él, que saliera de allí. Yo le dije que no con la cabeza. Se me había ocurrido otra idea. Veía que detrás de la pared de fuego, la tierra estaba negra, fíjate si avanzaba rápido el fuego. Tim y Jack hicieron un agujero en el suelo, conscientes de que no podían ir más rápido que el fuego. Cuando estaba tan cerca que el calor resultaba insoportable, vi un espacio tan largo como un camión y lo atravesé todo lo rápido que pude. Cometí el error de no taparme la cabeza. Sentí un intenso calor y supe que mi cabeza y mi manga estaban ardiendo. Sentí pánico y empecé a dar tumbos, tratando de apagar las llamas a golpes. Me tumbé sobre el costado izquierdo, pero el suelo estaba tan caliente que no podía soportar el dolor. Y entonces me desmayé.

—Lo lamento muchísimo —dice Grace. No sabe qué otra cosa decir.

Empiezan a brotar crocus, morados y blancos, y pronto se les unen narcisos y forsitias de un brillante color amarillo. Grace se encuentra más animada al salir al jardín y ver el césped cada vez más verde, los brotes en los árboles frutales y los tallos de los tulipanes empezando a emerger del suelo. Después de los meses de inverno, de la tierra brotarán infinidad de sorpresas llenas de flores que florecerán todos los días o todas las semanas, pequeños regalos para Grace. Verá surgir los brotes, pero no podrá saber su color hasta varios días después. Se pregunta si las lilas serán de un intenso color malva, lavanda o blanco. No imagina las formas y tonalidades que presentarán las rosas. Pronto, podrá hacer ramos para quitar el olor a cerrado que hay en la casa, aunque un olor aún peor que el olor a cerrado es el que despide Gene, por mucho que lave sus sábanas y su ropa.

Gene se ha acordado del nombre de la compañía de seguros y hasta del agente que se lo vendió. Grace llama a la empresa y les explica su situación, en la miseria prácticamente. Pero cuando el perito va a la casa y echa un vistazo, se muestra reticente a negociar los beneficios. Grace le dice que esa casa no es suya, que no tienen dinero para comida o ropa, que Gene no puede trabajar y que el enorme tanque para combustible está vacío. Que no sabe qué harían en caso de que llegaran unos días fríos.

Además, dice con voz clara y firme, su marido, que sufre quemaduras graves en todo su cuerpo a causa del incendio, necesita atención médica que no pueden permitirse. Cuando el perito tiene la audacia de sugerir que vendan algunos de esos muebles que obviamente son caros, Grace contesta levantando la voz. Le pregunta si tiene los papeles preparados, a lo que contesta que sí. Le pregunta si Gene Holland ha dejado de pagar alguna vez una mensualidad, a lo que responde que no. Bien, termina Grace, necesitan el dinero para construir una casa a la que tienen derecho, y necesitan dinero para comer y vestirse. Se muestra firme, no piensa ceder. Pero hasta que no lo lleva a la habitación en la que aguarda Gene, que en ese momento no lleva el ojo cubierto con el parche, el perito no le extiende el cheque por valor de setenta y cinco dólares para que se vayan apañando hasta que otro agente de la compañía vaya a verles con un cheque de más cuantía.

Una mañana, después de hacer la cama, Grace se queda mirando el cobertor perfectamente estirado, las sábanas tensas debajo. Se pone de rodillas y se pone a dar puñetazos encima del cobertor. Golpea y golpea hasta que le duelen las manos. Entonces se para y se mira los dedos. Intenta con todas sus fuerzas recordar lo que sentía cuando Gene y ella se hicieron novios: las decorosas tardes de estudio, los paseos por las colinas, donde de vez en cuando se tumbaban el uno junto al otro. No es capaz de recordar una sola palabra de amor. Uno de los dos debió haber dicho algo. ¿Ni el día de su boda?

Gene se muestra cada vez más desagradable, como si él también estuviera lleno de una rabia que a duras penas conseguía esconder. Cualquiera podría imaginar que su rabia se debía a la terrible sorpresa que le deparaba el destino, pero Grace sospecha que tiene que ver con ella. Gene es tan prisionero en aquella casa como los demás, más aún debido a su discapacidad. Su única válvula de escape es su mujer, que no puede con la carga que suponen sus dolores constantes, su indefensión. Un día, cuando esta comienza con la terapia física, y le pide que levante la cabeza, se niega a hacerlo.

—No.

—¿Qué quieres decir con no?

—No voy a hacerlo.

—¿Hoy o nunca más?

—Nunca más.

—Si lo dejas ahora, no te servirá de nada todo lo que has avanzado. Dentro de un año no serás capaz de hacer ni las cosas más insignificantes.

—Tal vez, pero tú sí podrás hacerlas por mí, ¿o no?

—¿Quieres que me pase la vida limpiándote el culo?

Grace se aparta bruscamente de él, tan horrorizada como él al oírse decir algo tan horrible, su cinismo, su rabia. Pero no piensa pedirle perdón. Sale de la habitación al darse cuenta de que sus respuestas serán cada vez más desagradables, y el resultado podría ser desastroso. ¿Y quién saldría lastimado? Los niños. Dentro de poco alcanzarán a oír lo que pasa en la biblioteca, en el salón, en la cocina. Apoya la frente en la pared. No es lo que quiere para sus hijos, no quiere que agachen los hombros al oír gritos, que tengan que fingir que no oyen las groserías, que quieran evitar a sus padres, hasta que llegue el momento en que no quieran estar en la misma casa. Ha hecho un buen trabajo con la educación de sus hijos hasta el momento, sobre todo con la ayuda de su madre, pero no sabe si tendrá la autodisciplina para seguir.

Grace piensa en contratar a una enfermera de día, que le deje libre al menos ocho horas para estar con los niños. Si pudiera, contrataría a una enfermera a jornada completa para que ella solo tuviera que ver a su marido como lo hacen los niños, en forma de visitas breves. Y aunque puede permitirse contratarlas, Gene querrá saber de dónde sacó el dinero. Como el seguro solo les ha dado setenta y cinco dólares hasta ahora, no tardará en adivinar que Grace está vendiendo cosas de la casa para pagar a las enfermeras. Duda que sepa lo de las joyas, a menos que Merle soliera ponérselas delante de él. Aun así, la presionaría y la vida se convertiría en un infierno. Puede que un día acabara golpeándolo, un pensamiento que se le antoja horroroso. O lo dejaría caer al suelo. No le costaría hacerlo. Ha tenido que sujetarlo para no caer al menos una docena de veces desde que llegó.

Inspira profundamente. No puede pensar en situaciones tan tremendas.

—Hola, soy Grace Holland. ¿Puedo hablar con el doctor Lighthart?

—Grace, soy Amy.

—Hola, Amy. La verdad es que tal vez sea mejor hablar de esto contigo.

—Dime.

—Necesito ayuda.

La declaración le parece tan cierta a Grace en tantos sentidos que por un momento le dan ganas de reírse.

—Continúa.

—Tengo que contratar a una enfermera que venga todos los días a ayudar a Gene. Estoy teniendo dificultades.

—Me lo imaginaba. Conozco una organización que se dedica a eso precisamente. Espera, tengo el número por aquí. ¿Pero cómo estás?

La verdad, piensa Grace.

—Desesperada.

—Es mucho trabajo. Sabía que te resultaría complicado.

—No es solo eso. Las cosas son... difíciles. Cuidar de él se ha vuelto casi imposible.

—¿Cómo estás de salud?

—¿Yo? Ni lo sé.

—Vamos a hacer una cosa. Llamaré a primera hora a ver si pueden enviar a alguien de inmediato. ¿Estarás bien?

—Sí. Y otra cosa, Amy. Que sea alguien con carácter. Y corpulento.

Grace observa a la mujer corpulenta con cofia blanca y capa azul que sale de un coche con tantos golpes y tanto óxido que parece que ha salido directamente de una refriega militar. No hay intercambio de los cumplidos de rigor, apenas le da tiempo a explicarle a Judith, así es como se llama, en qué consisten las dificultades que tiene con Gene. Grace trata de acomodarse a las largas zancadas de la enfermera y consigue llegar a la habitación de Gene un segundo antes que ella.

—Espere un momento aquí —le dice, tratando de detenerla.

—No hace falta. Ya se lo imaginará.

Grace se aparta y se queda en la puerta lo justo para oír a Judith presentarse a Gene y decirle que ha ido a ver cómo se encuentra. Se aleja porque no quiere oír la respuesta de Gene, pero no se atreve a ir más allá del salón, por si la enfermera la necesitase. De vez en cuando oye fuertes ruidos procedentes de la biblioteca-dormitorio, pero se obliga a no ir a averiguar qué está ocurriendo. No quiere saberlo.

Al cabo de un rato, sube al vestidor de Merle y saca la carta de Aidan de la sombrerera. Cuando la sostiene en la mano empieza a recordar su música, pero se para en seco al comprobar que no se acuerda de algunas frases. Se lleva la carta al pecho. ¿Conseguirá borrar el tiempo las notas, más preciosas para ella que las joyas?

Ve claramente en su cabeza el día que lo conoció y es capaz de recrear la sensación física al oírlo tocar el piano. Se recuerda feliz y lo ingenua que fue al pensar que viviría en ese estado toda la vida. Comprará un tocadiscos y llenará la casa de música clásica. Los niños la apreciarán y se acordarán de cuando Aidan vivía con ellos, y de un tiempo en que su madre sonreía a menudo.

De vuelta en el salón, se sorprende al oír el portazo. Levanta la vista y ve a Judith, de pie ante ella, secándose las manos con una toalla.

—No voy a volver.

Grace se levanta.

—Lo siento. ¿Qué ha pasado?

—Lo he obligado a esforzarse, lo admito. Probablemente habrá oído los gritos. Y su recompensa a mis esfuerzos es escupirme en el delantero del uniforme.

Grace quiere disculparse en nombre de su marido, dar alguna explicación.

—Parece usted una buena persona. Pero su marido... Le pasa algo. Y no me refiero a las quemaduras.

—Lamento lo que le ha ocurrido.

—No me andaré con rodeos; no me gusta dejarla aquí sola con él.

—No me ocurrirá nada —dice ella, recobrando la calma—. Solo estaba furioso conmigo por contratar a una enfermera sin pedir su opinión.

La enfermera la somete a un severo escrutinio.

—¿Es usted consciente de lo loco que está? La mayoría de los hombres en su situación quieren ponerse bien.

—Los hombres son orgullosos.

—He visto orgullo y testarudez, se lo aseguro. Y esto es diferente.

Cuando Grace entra a verlo, se encuentra a un marido sumiso.

—No necesito nada —dice en voz baja.

Al día siguiente por la tarde, Grace llega a casa con un tocadiscos de segunda mano que el vendedor de la tienda de música puso en marcha para ella, para que pudiera escuchar un disco de Mozart. No tuvo que exagerar la calidad; Grace sabía reconocerla. La ayudó a hacer una pequeña selección de discos: de Chopin a Brahms, de Beethoven a Bach. Mareada casi con sus compras, le pide a su madre que baje con los niños. Conecta el aparato a la corriente, pone un disco en el plato y deja que la música de Chopin inunde la casa, una espléndida forma de darles la bienvenida cuando los tres bajan por la escalera. Grace los mira con una sonrisa radiante.

He comprado un tocadiscos para que podamos escuchar música.

—Es maravilloso —dice su madre, llevándose las manos a las mejillas.

Claire toma la música como una invitación a bailar. Sujetándose a la mesa de centro, Tom empieza a mover las caderas y a flexionar las rodillas al mismo tiempo, tratando de imitar a su hermana, que hace reír a Grace y a su abuela. Marjorie saca a su hija a bailar. Las dos se toman de la mano y Grace recuerda la absurda felicidad de bailar para Aidan. Como ni su madre ni ella conocen realmente los pasos de bailes adecuados para esa clase de música, se los inventan; a veces siguen el ritmo, pero la mayoría del tiempo, se mueven demasiado rápido para la majestuosa composición. Se encuentran en el centro, sonrientes las dos, y Grace hace girar a su madre, alejándola de sí para traerla a continuación girando nuevamente.

—¿QUÉ ESTÁ PASANDO AQUÍ?

Grace, su madre y los niños se detienen en seco. El pianista del disco continúa tocando, ajeno a la interrupción.

—¿Qué es esto? —pregunta Gene, señalando el aparato.

Grace se guarda el sarcasmo porque los niños están delante.

—He comprado un tocadiscos.

—¿Has comprado un tocadiscos sabiendo que detesto los ruidos fuertes, sabiendo que me duele la cabeza todo el tiempo, sabiendo que necesito silencio en todo momento?

—¿La oías? —pregunta Grace con fingida inocencia.

—¿Que si la oía? —Intenta hacer girar la cabeza sin llegar a conseguirlo del todo como indicando lo absurda que le parece la pregunta. Claire y Tom se acercan a su abuela, que los conduce hacia la cocina con suavidad.

—Los niños necesitan música —dice Grace con toda la calma que puede.

—¿Tú escuchabas música cuando eras pequeña?

—Existe algo llamado progreso —contesta ella—. Y algo llamado belleza. Y una tercera cosa llamada diversión. Y lo creas o no, en la vida existe también algo llamado elección.

—No será en mi casa —dice—. Deshazte de eso.

Grace se mete las manos en los bolsillos del vestido.

—Hazlo tú.

—Sabes muy bien que no puedo conducir para ir a devolverlo a dondequiera que lo hayas comprado.

—Pues por mí puedes romperlo.

Marjorie le dice a Grace que no se encuentra bien.

—¿Es el estómago? —pregunta, tocándole la frente con el dorso de la mano.

—Aún no estoy segura. Me duele todo. Y estoy cansada.

—Claro que estás cansada.

—No quiero pegárselo a los niños.

—No les va a pasar nada. Sube a descansar.

Se queda mirándola mientras sube las escaleras, y se da cuenta de que Claire y Tom le están tocando la ropa, como pensando que ahora es ella la directora de actividades. Cierra los ojos pero no se le ocurre ni un solo juego al que estuvieran acostumbrados a jugar. ¿Habrá perdido la parte del cerebro capaz de funcionar en piloto automático?

—¿Subimos a ver qué encontramos en la habitación de arriba? —pregunta con un tono exageradamente alegre.

Claire niega con la cabeza. Grace se arrodilla para mirarla a los ojos.

—Dilo con palabras.

—No —dice Claire.

—¿Por qué?

—Aburrido.

—Podríamos colorear —sugiere Grace.

—Aburrido.

—Podríamos cocinar.

—Aburrido.

—¡Ya lo tengo! ¿Qué te parece si subimos y damos saltos en mi cama?

—¡Sí! —grita Claire, dirigiéndose a las escaleras. Grace la sigue más despacio, detrás de Tom, que insiste en hacerlo todo él «solito». Cuando Tom y ella llegan a la habitación, Claire ya lleva un rato dando saltos en la cama, el pelo suelto despegándosele de la cabeza en cada salto. Se deja caer de culo intencionadamente para incorporarse de nuevo con un salto.

Mi pequeña gimnasta, piensa Grace. Se quita los zapatos y se sube a la cama. Se pone a dar saltos al ritmo de Claire con cuidado de no chocar con la lámpara y tratando de no pisar a Tom que no sabe guardar el equilibrio en una superficie en constante movimiento. Grace se alegra al pensar en la subversiva actividad que se le ha ocurrido para entretener a los niños. Exhausta, lo deja antes que Claire, pero incluso a ella le fallan las fuerzas.

—¡Hurra! —exclama Claire, sin aliento.

Que jueguen en la cama enfada a Gene. Lo pone furioso.

—Es la cama de mi madre.

—Estábamos pasando el rato.

—¿Qué madre deja que sus hijos salten encima de la cama?

—Yo. Acabo de hacerlo.

—Como rompas los muelles te quedarás sin cama. Maldita sea, Grace. ¿Qué bicho te ha picado?

Grace guarda silencio un momento, observando detenidamente el rostro de su marido.

—Uno que me ha hecho ver las cosas.

———

En los momentos de tranquilidad, Grace entiende que Gene acudiera a cumplir con su deber cívico cuando se produjo el incendio. Las llamas estuvieron a punto de matarlo. Ha sufrido lo que cien hombres en toda su vida. Está tan desfigurado que no quiere salir de casa. Si sigue empeñándose en no hacer terapia física, se convertirá en un inválido, postrado en una cama.

¿Quién querría una vida así?

Cuando amas a un hombre, piensa Grace, estás dispuesta a hacer cualquier cosa por él. Si ella amara a Gene, podría acariciarle su lado sano, decirle palabras tranquilizadores o hacerle bromas. Pasaría con él cada minuto libre que tuviera, podría dormir en una cama plegable para estar más cerca de él. Trataría de convencerlo con dulzura para que hiciera más terapia y elogiaría cada pequeño avance. Le besaría el lado bueno de la cara y, si quisiera, buscaría un cirujano plástico que tal vez consiguiera mejorar su aspecto. Vendería todas las joyas para empezar una nueva vida, como compañeros y, algún día, volverían a ser amantes. Saldrían a pasear en primavera. Se sentarían debajo del cerezo que sabe que está a punto de florecer y reirían cogidos de las manos.

Está pensando en Aidan.

El tiempo pasa tan despacio que Grace detesta el momento de despertarse. Cada minuto que está durmiendo, es un minuto que no tiene que llenar. Hay tantos en un día. Cuando estaba con Aidan, no era consciente del tiempo. Cuando trabajaba para el doctor Lighthart, estaba tan ocupada que a menudo se sorprendía al comprobar que eran casi las cinco y media de la tarde. Ahora parece que se tarda una eternidad en llegar a las cinco y media de la tarde, por no hablar de las ocho y media, hora a la que puede irse a la cama.

Grace ya no puede leer, no es capaz ni de terminar un artículo de la revista que está en la mesa de la cocina. No puede concentrarse. Ya no le lee a Gene, que tampoco parece echarlo de menos.

Se pregunta qué cosas se le pasarán por la cabeza.

Cuando considera que es el momento de que los niños vuelvan a relacionarse con su padre, habla con ellos durante un buen rato y después entran en la habitación los tres juntos. Antes de que su hija se acerque a la cama, Gene le espeta:

—¿Qué demonios has hecho con tu pelo?

—Ha sido mamá —contesta la niña con voz trémula.

—Me encantaban tus largos rizos —se queja Gene—. Eran preciosos.

Claire se pone a llorar.

Una hora después, Grace irrumpe en la habitación de Gene.

—¿Puedes responderme a una pregunta?

Él ladea la cabeza con gesto dubitativo.

—¿Por qué te casaste conmigo?

—Te quedaste embarazada, ¿recuerdas? —responde él a la defensiva.

—Sí. Pero antes. Fuiste romántico, me cortejaste.

—¿Eso hice? No creo que sea momento de hablar del pasado.

—Pues quiero saberlo.

—Estabas allí.

—Pero no en tu cabeza.

—Podría mentirte.

—Pero no lo vas a hacer.

Él se apoya en el codo derecho y dice:

—Me recordabas a mi amor.

Grace no entiende al principio.

—¿Te recordaba a... tu amor?

Ahí está, la respuesta que cree que quiere oír, la respuesta a la pregunta que deseará no haber hecho.

—Me recordabas a la mujer de quien me enamoré cuando estaba en la guerra.

Gene aguarda para ver cómo se lo toma Grace, pero esta se ha quedado de piedra.

—Era francesa —continúa Gene—. Se parecía mucho a ti. No fui capaz de convencerla para que viniera conmigo a Estados Unidos. Solía escribir a mi madre y hasta le envié una foto de los dos. Le dije que quería casarme con ella. —Se detiene un segundo—. Por eso tú no le gustabas.

A Grace le sienta como una bofetada aquella explicación, como si se hubiera chocado contra una puerta de cristal. Sale de la biblioteca, sube a su habitación y se tumba en la cama boca abajo.

Amy va a hacerles una visita y les lleva más suministros. Después de ver a Gene, se dirige a Grace, que está esperando fuera.

—He oído que lo de la enfermera de día fue un fiasco.

—¿Qué dijo específicamente?

—Solo que tu marido se negó a cooperar. ¿Qué pasa con la terapia? Está fláccido como un pescado.

—No quiere hacerla.

—Tu trabajo consiste en obligarlo a que la haga.

—No puedo hacer nada —responde ella.

—Tienes un aspecto horrible. ¿Qué ha pasado?

Grace se encoge de hombros.

—Voy a entrar a echarle una buena bronca —dice Amy.

—Buena suerte.

Cuando Amy se va, Grace baja por el sendero de entrada hasta el buzón a ver si hay correo. Entre la factura de la luz y el último cheque del doctor Lighthart, hay un sobre de color crema. El remite es de un hotel de Nueva York.

> *Querida Grace:*
>
> *Creías que estaba dormido, pero no lo estaba. Te oí levantarte de la cama y me costó un triunfo no agarrarte para que volvieras. Quédate, te pedí mentalmente. Pero no eras tú la que se iba, sino yo, y probablemente sea lo más difícil que he hecho en mi vida.*
>
> *Te llevo conmigo todo el tiempo.*
>
> *A.*

Grace se apoya en el buzón y cierra los ojos. Una carta. Una carta tangible. Sigue pensando en ella. La lleva con él todo el tiempo.

Dos cartas para leer y releer, guardar como un tesoro y recordar palabra por palabra. Dos cartas para tocar, con palabras que acariciar con los dedos. Dos señales de que lo que vivió con Aidan Berne fue real. Quiere saborear el momento.

Pero antes incluso de subir a la casa, comprende que tiene que hacer una cosa que se le antoja una verdadera angustia.

Sube a su habitación y se sienta al escritorio de Merle con papel y pluma. Escribe a la dirección del hotel indicando que la carta va dirigida a Aidan Berne.

> *Querido Aidan:*
>
> *Ojalá me hubieras tomado la mano. Habría valido arriesgarse por una hora más contigo. Pienso en ti todos los días.*

Mi marido, Gene, ha vuelto a casa. Sufrió quemaduras muy graves en el incendio y estuvo en coma casi tres meses. La recuperación acaba de empezar. Somos una familia herida en muchos aspectos, pero somos una familia. Debo velar por mis hijos y atender a mi marido.

Te deseo la mejor de las suertes allá donde vayas.

Grace

El sentido de punto final que hay en la carta le provoca un fuerte dolor. Se abraza tratando de imaginar la reacción de Aidan al leer la carta. ¿Arrugará el papel y lo tirará a la papelera? ¿Quién querría guardar algo así?

Sabe que tiene que enviar la carta de inmediato, si no, la romperá en mil pedazos. Tras sentar a dos revoltosos niños en el asiento del Buick, sale marcha atrás y hace el corto camino a la oficina de correos. Se dirige con determinación al buzón como un soldado que cumple órdenes. Tarda un rato en echar la carta al correo, hasta que, finalmente, la introduce en la ranura.

—Mami, parpadeas muy deprisa —dice Claire, cuando Grace se sienta en el asiento del conductor.

—Se me ha metido algo en un ojo —responde ella, aclarándose la garganta antes de mirar por el espejo retrovisor.

Es posible que Aidan no reciba la carta. Nadie está obligado a entregársela.

—¿Quién quiere ir a jugar al parque?

Grace no es capaz de levantarse de la cama a la mañana siguiente. Si se queda un poco más, tal vez vuelva a quedarse dormida, piensa. Eso sería un lujo. Se olvida de los niños. Se olvida de su marido. Se queda mirando la moldura circular del techo, confiando en que la hipnotice.

Cuando se levanta, se pone la bata y va a la cocina a preparar el café. Claire, con una cara entre compungida y orgullosa, está sentada delante de un tazón lleno a rebosar de Krispies de arroz inflado con leche, después de derramar una taza sobre la mesa y el linóleo. Tom, sentado en el suelo rodeado de Krispies secos, se está comiendo los que se le caen en el pañal mojado porque le resulta más fácil cogerlos y llevárselos a la boca.

Claire podría haber tirado el biberón al suelo y se habría hecho añicos.

Grace pondrá el despertador y estará en la cocina a las seis y media.

Gene grita por las noches. Grace se incorpora y escucha atentamente. No emite palabras, solo un gemido lastimero en el vacío de sus pesadillas. Le dijo que era posible que lo hiciera. Se tumba boca arriba y se tapa la cabeza con una almohada.

Grita tres noches consecutivas.

Grace se sube al tercer piso con los niños y duermen en la habitación infantil. Grace se lleva una cama plegable.

A esa casa que una vez Aidan dijo que era elegante, la casa que Grace había llegado a apreciar, le pasa como a la leche. La casa que una vez albergó música se vuelve silenciosa y amenazadora. Por mucho que abra las cortinas, tiene la sensación de que no entra suficiente luz. Se dice a sí misma que el olor y la falta de luz están solo en su cabeza, pero una casa es una casa, y a excepción de un leve deterioro, no cambia. Pero el deterioro se ha extendido deprisa por esta casa y resulta aterrador. Abre las ventanas abiertas, deja que la brise agite las cortinas para poder respirar.

Marjorie se presenta a la hora del desayuno mejor vestida que de costumbre.

—Grace, tengo que hablar contigo en privado —le susurra por encima de las cabezas de los niños.

Cuando estos terminan de desayunar y salen fuera a jugar, Grace ya sabe lo que le va a decir.

—Estás pensando en marcharte.

—No puedo pasarme la vida arriba cuidando de los niños, aunque los adore —contesta ella—. Estaba dispuesta y feliz de hacerlo al principio, pero ahora...

—Te sientes prisionera.

—Tengo que salir, ver a mis amigas.

—Lo entiendo, de verdad. ¿Pero adónde vas a ir? —le pregunta, apoyándose en la encimera.

—Me quedaré con Gladys y Evelyn por ahora, hasta que encuentre un sitio. Quiero estar sola otra vez. Vendré a veros cuando pueda, por supuesto, pero necesito respirar. Siento que estoy siendo egoísta y me siento muy mal por dejarte en la estacada de esta forma.

—No digas eso. Me has ayudado mucho. Puedo cuidar de los niños y hacer la comida. Antes lo hacía. Gene cada vez es más independiente y parece más fuerte cada día. Y ahora los niños pueden salir al jardín a jugar. —Baja la mirada. Se ha envuelto el paño de cocina alrededor de la mano y la muñeca como haría Amy para vendar una herida.

—Me lo estás poniendo fácil.

—Y no me parece suficiente.

Marjorie abraza a su hija. Grace capta el olor de la ropa de su madre, ese perfume natural que siempre la reconforta.

—¿Cuándo te vas? —le pregunta apartándose un poco de ella.

—Esta tarde.

Grace se queda sorprendida y pasmada, pero no deja que su madre lo vea.

—Es una situación terrible, madre, pero es algo que nos incumbe a Gene y a mí. Nadie quiere vivir entre tanta tristeza.

—Yo hacía que los niños estuvieran alegres.

—Y yo lo haré ahora —promete Grace.

Mientras los niños echan la siesta, Grace entra en la habitación de su madre. Lleva semanas durmiendo en ella. Se fija en la cesta de la costura, el montón de libros encima de la mesilla, el cenicero de cristal lleno de pastillas de regaliz.

Grace se sienta sobre la colcha de retazos.

—Quiero abandonarlo —le dice a su madre ausente.

—¿Cómo vas a hacer eso?

—No lo puedo soportar. No es por su discapacidad, es por su odio. Hacia mí, hacia la situación. Se ha vuelto intolerable.

—Tienes que quedarte —le dice su madre con calma.

—¿Por qué?

—Porque están casados.

Grace recuerda a una mujer con rulos y gafas de frente al mar embravecido aconsejándole que se aferrase a su marido.

—Tú te has buscado esta situación.

—Yo no me he buscado esta situación.

Parece que han pasado años desde que Grace sintiera el calor del sol de junio, el milagro de las flores en los arriates, la maravilla de ver los nidos de los pájaros en el seto armando escándalo con sus trinos. Corta peonías y lilas, y hace un ramo para poner en un jarrón en la mesa de la cocina. Siguiendo un impulso, las lleva a la habitación de Gene y las pone en el escritorio.

—¿Qué es eso?

—Flores primaverales. Pensé que alegrarían la habitación.

—Llévatelas.

Grace se queda aturdida. ¿A quién no le gustan las flores?

—Tengo alergia, ¿recuerdas?

No, no lo recuerda. Se lleva el jarrón a la cocina.

Las flores son preciosas.

———

Una tarde cualquiera, en la cocina, mientras Claire y Tom se pelean por un bombero de juguete y Gene grita desde su habitación que dejen de armar escándalo, Grace entierra la cabeza en las manos. Es la primera vez que Grace recuerde que Tom parece asustado, le tiembla el labio. Quiere coger a sus niños y tranquilizarlos, pero no puede. Sube al tercer piso, sola, y se tumba en la cama. Se pone de lado en posición fetal y llora. Se acuerda de que el único otro momento en que se puso así fue cuando perdió al bebé. Le sorprende que pueda llorar, que no se le haya secado el pozo. La mayor parte del tiempo se siente como entumecida, se niega a pensar en el futuro. Pero ahora ve la realidad que ha estado manteniendo a raya: los niños y ella estarán prisioneros en esa casa durante años.

Se sienta. Ha dejado a los niños solos abajo. Cuando llega a la cocina, Claire y Tom están tumbados boca abajo en el suelo de linóleo, cogidos de la mano, despiertos pero sin hablar. Grace les pregunta, pero ninguno responde. Están enfadados, pues claro, ¿qué madre abandona a sus hijos? Tom vuelve la cabeza como si fuera a sonreírle, pero Claire, que es una adorable dictadorcilla, le susurra que se calle, y Tom aprieta la frente contra el suelo. Grace intenta recordar cuándo fue la última vez que lo fregó.

Aquella noche, en la habitación de los niños, ahora la suya, Grace abre todas las ventanas y pone las pantallas mosquiteras que encontró en el armario. Tendida en la cama plegable con el camisón de verano, opta por no taparse con la sábana y deja que la suave brisa la cubra. Nota cómo le acaricia el rostro, los brazos y las piernas, y siente como si se elevara sobre la tierra y flotara en el aire de la noche, mecida suavemente por la brisa veraniega. Sus hijos duermen cerca con sus pijamas. Se niega a pensar en nada, se limita a saborear la sensación. Qué paz. Puedo sentirlo. Puedo disfrutar de ello. Se dejar llevar, más y más lejos. Es maravilloso, piensa y empieza a soñar.

Un hombre la observa. Se despierta sobrecogida, pero el instinto le impide gritar porque los niños están en la habitación. Se cubre con la sábana y busca con la mirada a sus hijos. Duermen tranquilamente. El hombre le susurra:

—Ven conmigo al pasillo. Tengo que hablar contigo.

—¿Gene?

—Tú hazlo.

Grace coge la sábana y se cubre con ella. Salen al pasillo con su marido. ¿Por qué no hay ninguna luz encendida?

—¿Cómo has subido? —pregunta con voz entrecortada.

—No ha sido fácil.

—¿Qué pasa?

—Quería hablar contigo.

—¿Ahora? ¿En plena noche?

Le planta un beso húmedo, su aliento apesta. Ella vuelve la cabeza, pero no a tiempo. Gene le mete la lengua en la boca. Se sujeta con el brazo derecho para subir la mano y tocarle la oreja. Ella vuelve la cabeza otra vez.

—Vamos, Grace, dale un beso a tu maridito.

Con otro torpe movimiento, eleva el brazo precipitadamente y esta vez le toca el ojo. No tiene más que una mano para ejercer su dominación sobre ella. ¿De verdad cree que ella va a cooperar con él para tener un rato de sexo?

—Solo un besito —continúa él, agarrándola por el pelo para sujetarle la cabeza contra la pared—. Podemos empezar de nuevo —susurra con ternura—, borrar el pasado.

—Gene, para. Te vas a caer.

—Pero tú me cogerás, ¿verdad, palomita?

El apodo cariñoso que solía usar con ella, el que lleva más de un año sin oír, no la conmueve. Grace escapa de él.

—Gene, tienes que bajar. Los niños están detrás de la puerta.

—Deberías portarte bien conmigo. Soy tu marido.

—Deja que te lleve a la planta de abajo. Podemos acostarnos en tu cama. Los niños no nos oirán. No querrás que nos oigan, ¿verdad?

—¿Me vas a ayudar?

—Claro que te voy a ayudar.

—Tú me quieres, ¿verdad? —le pregunta con un tono que suena extrañamente infantil.

Grace enciende la luz.

—Concéntrate en bajar las escaleras. No deberías haber llegado tan lejos.

—Tenía que descansar en la cama de mi madre —contesta él, parpadeando para protegerse de la luz.

Grace no sabe qué hora es. ¿Cuánto habrá tardado en subir a la tercera planta? Giran en el descansillo y bajan. Lo conduce a su habitación tratando de no hacerle daño.

—Ya estamos, ven, ponte cómodo. Yo me tumbaré a tu lado.

—¿Y dejarás que te bese? —le pregunta, tomándola de la mano.

—Sí —responde ella, entrelazando los dedos con los de él.

Un hombre tiene necesidades sexuales. Ella es su mujer. Levanta la sábana y se tumba a su lado. Gene se ha bajado el pantalón del pijama para mostrarle su pene rígido.

—Tócalo —le dice.

Sin discusión ni palabras bonitas. Ella lo toma en la mano y empieza a subir y bajar. Él gime. En menos de un minuto eyacula manchándole de esperma la palma y la muñeca, y hasta la sábana. Gene hace los mismos movimientos involuntarios que ella siente a veces en su interior cuando él termina. Se limpia la palma y el brazo contra el lateral de la cama y se queda mirando a su marido.

Está agotado, inconsciente casi. Le habría servido la mano de cualquier mujer. Detesta haber tenido que tocarlo, que la necesidad sexual haya llevado a ese hombre horrible y desagradable a mendigarle en actitud mimosa. Detesta que pueda pedirle que haga algo así.

No, se equivoca. No le habría servido la mano de cualquier mujer, tenía que ser la suya. Las exigencias de él y la mano de ella.

Él no la toca. No la llama palomita. No da señales siquiera de saber que está con él en la misma habitación.

Grace sale de la cama y va hacia las escaleras. Sube los escalones de dos en dos hasta la tercera planta. Una vez en su habitación, sube la mano en busca del pestillo. Lo echa y se apoya en la pared. Se lleva la mano al pecho y nota lo rápido que le late el corazón. Se deja caer al suelo y se queda sentada con la espalda pegada a la pared hasta que se hace de día.

———

Grace se asegura de llevarle el desayuno a su marido antes de que este se levante y entre en la cocina. Se despierta medio aturdido. Grace no le da oportunidad de hablar de lo ocurrido la noche anterior.

De nuevo en la cocina, Grace se deja caer en una silla, paralizada por la indecisión. Los pensamientos dan vueltas y más vueltas en su cabeza como volutas. Intentar analizar alguno se le antoja demasiado complicado. Ojalá pudiera pensar con claridad.

Claire aparece en el umbral con el pijama.

—¿Qué pasa aquí? —pregunta en voz alta, con las manos en las caderas.

Está imitando a su padre.

—¿Dónde está el desayuno? —continúa, riñendo a su madre. Cierra los puños y los apoya en las caderas. Detrás de ella, Tom se mira los dedos e intenta apretar los puñitos también. Pero como no le sale, se golpea con las manos los lados del pañal.

A Claire no se le escapa nada.

A la hora de la comida, Grace encuentra a Gene recostado en el sofá del salón. Le deja la comida compuesta por pechuga de pollo, patatas fritas y un pepinillo, todo en trozos, encima de una mesa auxiliar para que llegue con facilidad.

—Podría arrastrarte por el tribunal en un proceso de divorcio —dice Gene, como si hubiera podido leerle los pensamientos en sueños—. Te destrozaría. —Casi ríe—. ¿Imaginas lo que pensarían tu madre y sus amigas? —añade con expresión de superioridad.

—Por favor —le suplica.

Dos palabras que podrían completase con «por favor, no lo hagas» o «por favor, divórciate de mí». Decide dejar que lo adivine él solo.

Es temprano, un día de verano que se presenta caluroso. Grace percibe, a las ocho de la mañana, pasando de un árbol a otro en busca de sombra, la sorpresa del calor que emana de la hierba. Hincha la piscina de niños que compró unos días antes y comienza a llenarla con la manguera. Allí cerca, Tom y Claire saltan de ganas de bañarse con sus bañadores nuevos. Grace ha decidido no separarse de los niños en ningún momento. No le extrañaría que Gene tomara a uno de ellos como rehén. La mera idea le revuelve el estómago.

¿Cómo consiguió llegar a la tercera planta? Puede levantarse y andar, pero no es capaz de sentarse completamente erguido. Debía haberlo hecho subiendo uno a uno los escalones, manteniendo rectos la pierna y el costado izquierdos. ¿Es así como bajó? Recuerda que tardaron una eternidad.

Cuando el agua llega al borde de la piscina, Claire se mete, toma aire y se sienta. Agita los brazos dejando ver que no quiere que Tom entre.

—Claire, ¿recuerdas lo que hemos hablado antes? —dice Grace—. Tienes que portarte bien y compartir la piscina con Tom. La piscina es para los dos. Si no sabes compartir, te saco ahora mismo.

Claire hace un puchero, pero deja que Tom se meta. El pequeño se cae al entrar y salpica a su hermana.

—¡Mamá, Tom me ha salpicado! —lloriquea Claire.

—Ha sido sin querer. Alégrate de que eres más mayor y tienes más control.

Los niños se pasan la mañana entrando y saliendo del agua. A la hora de la comida, la piscina estará llena de hierba y tierra, cubos y juguetes, y habrá desaparecido la mitad del agua. Sin embargo, durante un momento, Grace es feliz sentada en la silla de jardín, vigilando a sus hijos. No lleva puesto el bañador. Sabe que Gene mirará lo que hacen por la ventana de la cocina.

Una día al volver a casa tarde después de pasar la mañana jugando en el parque con los niños, Gene la espera en la puerta con su pijama negro de seda, impidiéndole el paso.

—¿Dónde estabas? Te necesitaba.

—Claire, ve con tu hermano al jardín. Les avisaré cuando esté la comida.

Claire no necesita que le den instrucciones.

—Déjame pasar —exige sin alzar la voz. Gene se aparta—. Hemos ido al parque —contesta, enfrentándose a su marido.

—¿Con medias, zapatos de salón y un elegante vestido?

—No es un vestido elegante —contesta ella, mirándose el vestido azul marino sin mangas que lleva puesto—. Pensé que lo mismo tendría que parar en la tienda a comprar de camino.

—Pero no lo has hecho.

—No, tenía hambre. Quería hacer la comida primero. No es buena idea ir a la compra cuando tienes hambre.

Gene apoya la mano en la pared. Está descalzo, pero lleva puesto el parche del ojo. Una pequeña concesión a sus hijos.

—¿Qué necesitabas?

—Que me ayudases a vestirme.

—Ya has aprendido a vestirte solo.

—Me cuesta. Solo quería un poco de ayuda, ¿es pedir demasiado?

—Ahora no puedo ayudarte —dice ella, dándose media vuelta.

Él la agarra del vestido por la parte del hombro. Por el peso, Grace sabe que Gene la está utilizando para no perder el equilibrio. Obligándola a ayudarlo.

—Gene, suéltame el vestido —dice sin levantar la voz.

—¿Por qué?

—No seas bobo. No puedo irme a cocinar sin el vestido. Suéltame, por favor.

De espaldas a él, Grace relaja los hombros. Recuerda que el vestido tiene cinco botones blancos grandes. Los desabrocha hábilmente. Y sin perder comba, sale del vestido y se dirige a la cocina en combinación interior. Cierra la puerta tras de sí.

Se deja caer pesadamente en una silla de la cocina.

Ya irá a buscar el vestido después de comer. Estará en el suelo o tal vez en la basura. O puede que Gene se lo haya llevado a su habitación y lo haya extendido sobre la cama en una macabra exhibición de armonía marital.

¿Y si saliera al muro de piedra que rodea la propiedad y gritara pidiendo ayuda? ¿Acudiría alguien?

Gene no le dirige la palabra cuando ella le lleva la comida. Mantiene un rostro inexpresivo, como si Grace fuera una enfermera que no le gusta mucho. Le pregunta si necesita algo.

Él finge no haberla oído.

—¿Que si necesito algo? ¿De ti? Déjame pensar. No.

Grace está en bata delante del fregadero comiéndose una tostada cuando ve por la ventana a su marido tumbado en el muro de piedra, que le llega a la cintura, y que hoy hace las veces de telón de fondo para una exposición de colombinas moradas, lirios azules y flox rosas. Se cubre el lado malo de la cara con una funda de almohada.

Entiende que tiene todo el derecho a querer tomar el sol. Lleva meses sin salir y si no fuera Gene, iría y le preguntaría si le apetecía un vaso de agua. Podría comprarle una tumbona robusta para que pudiera tumbarse. Podría salpicarle con el agua de la piscina de los niños entre risas. Pero como es de Gene de quien se trata, Grace entiende que está tumbado en el muro de piedra para que los niños y ella no salgan al jardín. Sabe que Grace no entrará por voluntad propia en un lugar donde esté él.

La temperatura roza los noventa grados Farenheit y el viento es del suroeste, un viento cálido. La casa se llena de humedad, que para los niños significa aburrimiento. Para calmarlos, Grace les promete que irán a comer helado, consiguiendo de esta forma que se activen lo suficiente como para entrar en el coche. Pero cuando se dispone a salir, comprueba que el coche no arranca. Vuelve a intentarlo. No es el estárter, porque oye el zumbido. Es el motor el que no va. Vuelve a intentarlo, suponiendo que la humedad pueda ser la causa. Lo vuelve a intentar. El motor arranca pero se para rápidamente. ¿Se habrá quedado sin gasolina? Sale y rodea el coche para quitar el tapón de la gasolina y echar un vistazo. Ve el reflejo del líquido bajo la fuerte luz del sol. No, hay gasolina de sobra. ¿Entonces qué pasa? Vuelve a probar, pero sabe que si sigue con el estárter, la batería terminará consumiéndose.

—Niños, ¿qué les parece si entramos en casa y hacemos polos de hielo?

Sabe que se van a quejar y, efectivamente, lo hacen.

—Queremos helado —lloriquea Claire, empezando a corear que quieren helado.

—Vamos a ver —dice Grace, girándose para mirar a Claire—. El coche no arranca. Punto. Tengo que llamar a alguien que venga a arreglarlo. Puedes quedarte aquí, con este calor, lloriqueando por no tener helado o puedes entrar en casa con Tom y conmigo, y ayudarme a hacer polos de hielo. Les pondré el ventilador.

Con un puchero digno de cualquier película, Claire abre la puerta y se baja del coche.

Mientras los niños hacen los polos, Grace observa al hombre que está enganchando el Buick a una grúa y se queda mirándolo mientras se aleja.

No tener coche significa no poder ir a comprar con los niños. Significa no poder ir al parque o a visitar a su madre. Significa que ahora sí que es una prisionera de verdad, no solo en el aspecto psicológico. ¿Y acaso no ha sido siempre una prisionera en cierto modo?, se pregunta. En Hunts Beach tenían coche, pero Grace no sabía conducir. Gene tenía que llevarla a hacer la compra cada jueves por la noche. Claro que en Hunts Beach tenía vecinos, como Rosie. Tenía la tienda de Gardiner, a la que podía ir a comprar comida para la cena. Y podía ir andando a ver su madre vivía.

Anímate, se dice, una semana no es nada.

Al quinto día sin coche, en la despensa no queda más que una lata de ravioli, una caja de macarrones, una docena de latas de sopa Campbell, un bote de mermelada y media caja de copos de trigo. Grace llama a su madre y le pide que lleve algo de leche.

Gladys lleva en coche a Marjorie a la casa, que llega con una caja llena de verduras y frutas frescas, carne de hamburguesa, leche, pan y galletas hechas por ella. Grace pone la tetera a hervir mientras las dos mujeres se sientan a la mesa con sus vestidos sin mangas, mostrando la piel blanca y la carne fofa de sus brazos. Claire se sube al regazo de su abuela y Tom se acerca a Gladys con expresión curiosa. Gladys saca del bolso unas llaves y las agita delante del niño, que las coge y se sienta a sus pies a jugar con ellas.

—Qué mala suerte no tener coche —le dice Gladys.

—Sobre todo ahora que está abierta la piscina del pueblo —añade su madre.

Grace se imagina la deliciosa sensación de tirarse al agua, de pie, y dejar que te cubra la cabeza.

—Pero ir a la piscina con dos niños que no saben nadar podría resultar más agotador que quedarse en casa —señala Gladys.

—Merece la pena salir —dice Grace, sirviendo el té helado en los vasos. Destapa la fuente de galletas que le ha llevado su madre.

Aquí está la ayuda, piensa Grace. Esta es la clase de ayuda que podría haber recibido de haber gritado en el muro de piedra. Y la tiene ahí mismo, en su cocina. Con los niños cerca, podría incluso confiar a las dos mujeres que teme por su seguridad y la de sus hijos. Gladys pensaría que estaba demasiado nerviosa; su madre la tranquilizaría diciéndole que en cuanto tuviera coche otra vez, volvería a ser la misma de antes. Las dos se despedirían de ella diciendo que solo era cuestión de tiempo.

¿Tiempo hasta que ocurriera qué?, le gustaría saber.

El séptimo día, Grace llama al taller.

—Hola, soy la señora Holland. Quería saber si han arreglado ya mi coche.

—Sí, ya está arreglado.

—¿Qué le pasaba? —pregunta por curiosidad.

—El depósito de la gasolina estaba lleno de agua.

—¿De agua?

Grace se deja caer en la silla que hay junto a la mesita del teléfono muy despacio y baja la cabeza para no desmayarse. Empiezan a sudarle las palmas de las manos y la cara. Tiene ganas de vomitar.

En ese momento lo ve todo con absoluta claridad. Un hombre. Una manguera. Un Buick.

—¿Sigue usted ahí? —pregunta el mecánico.

—Sí. Sigo aquí. ¿Podría traérmelo a mi casa? Le pagaré aquí.

—Pero... bueno... ¿su marido no se lo ha dicho? Lo hemos vendido.

Grace se levanta y se pone a dar vueltas sin poder dar crédito.

—¿Cómo que lo ha vendido? —pregunta incrédula—. ¡Pero si era mío! ¡Era mi coche!

—Están ustedes casados, ¿no? —pregunta el mecánico.

—Sí.

—Pues que lo suyo es de él, supongo. Llamé para decir que el coche estaba reparado y me dijo que nos deshiciéramos de él. Y eso hemos hecho. Ya no lo tenemos.

Grace traga saliva. Su incredulidad no tiene límite.

Grace sale al sendero de entrada, cruza la calle, atraviesa el césped y las piedras de la playa, y grita a las ruidosas olas.

Aquella noche, cuando los niños ya se han lavado los dientes, toma verdadera conciencia de la realidad. Aunque no está prisionera en una cárcel con barrotes, lo está en una casa que no puede soportar. Tendrá que dormir cada noche en la habitación de los niños con sus hijos y el pestillo echado. La fealdad que ha visto en Gene se intensificará. Lo que quede de bueno en ella —como madre, como persona— empezará a marchitarse en ese confinamiento.

Grace lee un cuento a sus hijos, los mira mientras duermen y luego se tumba en su cama plegable. Supone que es seguro dejar las mosquiteras abiertas como hacía antes, pero sabe que no debe bajar la guardia, no puede abandonarse al placer de sentir la suave brisa que la sedujera aquella noche, cuando Gene la despertó. Intenta mantenerse alerta, escuchar cualquier sonido que se produce en la casa, pero lo único que oye es el choque de las olas contra las rocas al otro lado de la calle.

En su sueño, vuelve a ser una niña y su madre está llamando a la puerta. No, es su cumpleaños, y su madre llama a la puerta que no se pierda su fiesta. Grace se incorpora en la cama y sabe que quien está al otro lado de la puerta es Gene. Aporrea la puerta con tanta fuerza que los niños se despiertan. Sigue dando puñetazos en la puerta. Claire se baja de la cama y se acerca corriendo a su madre. Tom, de pie, intenta salir de la cuna. Gene empieza a gritar.

—¡Grace! ¡Grace! ¡Te necesito!

Otro puñetazo, y otro, y otro. Grace coge a sus hijos en brazos y se queda con ellos a un lado de la estrecha cama plegable, abrazándolos para que no se caigan. Tom se sube encima de ella.

—¿Es papá? —pregunta Claire en un susurro—. ¿Por qué hace esto?

—No lo sé.

—¡Dile que pare, mami!

—Shhhh.

Gene empieza a gemir lastimeramente, suavemente al principio hasta alcanzar un volumen aterrador. El grito es tan penetrante que estrecha aún más fuerte a sus hijos, a Tom contra su pecho y a Claire contra el costado, al tiempo que le cubre con la mano el oído que la pequeña tiene libre.

Sí, puede que Gene merezca un llanto lastimero, pero no es el lugar ni el momento. Tal vez quiera que su vida vuelva a ser como antes, pero no lo será nunca. Grace sabe que es un truco para que le abra la puerta.

Ha visto la ira, la amargura, el engaño de que es capaz ese hombre. Cree que es capaz de cualquier cosa. Podría hacer daño a los niños si con ello consiguiera aplastarla. Y desde luego la pegaría a ella, ahora lo sabe. Si abre la puerta, ese hombre no volverá a creer en su tono calmado, sugiriéndole que bajen a la habitación de abajo para tener sexo esta vez.

Los gritos continúan. Grace quiere taparse los oídos. Claire no deja de moverse como si quisiera pegarse más a su madre.

—¡Dile que pare!

—Parará —le promete Grace, tratando de calmarla—. Los protegeré, sea como sea. Intenta dormir.

—No puedo dormir. ¡Dile que pare!

—Shhhh —susurra Grace, temblando por dentro.

No ha terminado de salir cuando Gene la agarra por el brazo. Con fuerza. Apoya todo su peso en el poste de la barandilla al tiempo que tira de ella. Grace sabe que como pierda el equilibrio, ella caerá con él.

—Quiero respuestas —exige Gene.

—Baja la voz. Los niños están muertos de miedo.

—Era la única forma de que salieras.

—¿No te importan nada?

Tiene la cara roja y el pelo sucio. El pijama amarillo está lleno de manchas. No tiene el aspecto de un hombre enfermo que lleva horas tumbado tranquilamente en la cama.

—Te pregunté por la cuchilla de afeitar y no me respondiste.

Grace tampoco contesta en ese momento.

—Te pregunté por el piano y cambiaste de tema. Un piano no baja las escaleras él solo.

—¡Y un depósito de gasolina no se llena de agua él solo! —exclama ella, furiosa, pero enseguida se da cuenta de que ha sido un error mencionar el coche.

—¿Cómo lo compraste? —le pregunta, zarandeándole el brazo.

—Trabajando —responde ella, separando las piernas para tener más equilibrio.

Él parece sorprendido, pero no la suelta.

—¿Trabajando? No te creo. ¿Dónde?

—En la consulta del médico.

—¿Ese indio? —pregunta, entrecerrando los ojos.

—Sí, ese hombre.

—Entiendo. La cuchilla es suya entonces.

—No, no es suya. No sé de quién es. ¿De verdad crees que buscaría trabajo y traería a mi jefe a vivir a mi casa? Estoy preocupada por ti, Gene.

—Me has estado mintiendo todo el tiempo —insiste él—. ¿Cómo pudiste ocultar a tu propio marido que trabajabas?

—¿Cómo pudiste ocultar a tu futura mujer que te casabas con ella porque se parecía a tu verdadero amor? —le espeta ella.

—Eso es historia.

—No para mí. Para mí es una herida abierta.

—¿Quieres que hablemos de eso ahora?

Grace ve la puerta abierta detrás de Gene y a Claire asomada. Grace asiente exageradamente con la cabeza al tiempo que grita:

—¡No! —El mensaje no para Gene, sino para su hija.

—Tengo derechos como marido —afirma Gene, pero Grace no es capaz de responder. Quiere que Claire se meta en la habitación y cierre la puerta.

—No puedes hacer como si nada —continúa él.

Grace observa cada vez más asustada que Claire ha salido de la habitación y se dirige hacia ellos.

—¡Suelta a mamá! —grita la niña, estirando los brazos hacia delante.

La caída es corta, tan leve que ni siquiera le da tiempo a asustarse. La ingravidez es sorprendente, no se oye nada en la casa. ¿Ha gritado Claire? Posiblemente. Grace no oye a Gene. ¿Se habrá caído él también?

Roza con el pie un escalón en la mitad de la escalera, otro con la cadera y el muslo, y aterriza en el extremo más alejado del descansillo. Se queda inmóvil. Su cerebro envía mensajes de dolor. Se agarra a la barandilla e intenta levantarse. No puede ponerse de pie, pero sí puede girar el cuerpo lo suficiente como para comprobar que Claire no está por ninguna parte. Oye el ritmo característico de alguien que baja los escalones de uno en uno, parando cada vez. Es Gene.

Cuando Grace consigue subir a gatas la escalera hasta su habitación, encuentra a Claire en su cama boca arriba y tapada con una manta. Tom está acurrucado a su lado, profundamente dormido con el pulgar en la boca. Le duele. La muñeca izquierda, el tobillo derecho, y el dolor es más agudo a lo largo de la cadera y el muslo derechos. Se acerca gateando a la cama plegable y se tumba en el suelo. No tiene que moverse precisamente en ese momento. Tampoco hace falta molestar a los niños.

Claire está callada, no toca el tema de lo ocurrido la noche anterior, ni siquiera cuando ve a su madre poniéndose hielo en el tobillo en la cocina. Cuando Grace se miró al espejo del cuarto de baño, vio que se le había formado un moretón desde la cadera hasta el muslo. La muñeca izquierda está hinchada y tendrá que ponerse hielo en cuanto termine con el pie.

¿Cómo explicar a un niño que cuando se empuja a una persona, la que está justo detrás se puede caer? Lo que para Claire es algo ocurrido por arte de magia requiere una explicación. Supone que la niña se siente responsable por la caída de su madre. Grace no puede permitir que la pequeña siga confundida.

—Claire, tengo que hablar contigo —le dice con una sonrisa.

La niña se acerca tímidamente. Grace le acaricia el pelo y le levanta la barbilla para poder mirarla a los ojos.

—No voy a fingir que anoche no pasamos miedo —comienza—. Fue aterrador. Pero papá no iba a hacerme daño.

—¡Sí iba a hacerlo! Lo vi.

—Me sujetó del brazo porque quería que prestara atención a lo que me estaba diciendo. Entiendo por qué saliste de la habitación, tenías curiosidad y estabas asustada por mí. Son reacciones positivas. Y lo que hiciste no estuvo mal, en absoluto. Empujaste a papá para que me soltara. Y eso fue exactamente lo que pasó. Me soltó. Entonces perdí el equilibrio y por eso me caí por las escaleras. Papá no me empujó. Fue un accidente. ¿Lo entiendes?

Claire responde acercándose más a su madre para poder esconder la cabeza en su regazo y abrazarle los muslos.

Grace está junto a la encimera de la cocina con un cuaderno y un lápiz, el pie vendado, los niños están en el jardín. Sabe por experiencia que a veces hacer una lista es la única manera de aclararse.

Espera dos días a que le baje un poco la inflamación del pie para poder apoyarse. Viste a los niños con sendos trajecitos de verano a juego y les dice que van de excursión en autobús a la ciudad. Claire, a quien aparentemente ya se le ha olvidado el incidente de unas noches atrás, sigue a su madre de la cómoda al vestidor y de vuelta a la cómoda mientras se prepara, haciéndole todo tipo de preguntas sobre el autobús: si sube muy alto, si tendrán que sentarse con otras personas, si se pueden comprar caramelos en el autobús.

Como los dos quieren sentarse al lado de la ventana, Grace les pide que se pongan de rodillas en el asiento para poder mirar por la ventana los dos. El dolor de cabeza que empezó tras la caída parece haber ido alojándose en algún lugar del cerebro más profundo a medida que pasan los días. Lo único que quiere es tumbarse y dormir una semana seguida, pero tiene una misión urgente que cumplir, además velar por que sus hijos no se caigan del asiento. Dejan atrás terrenos vacíos en los que aún no se han construido casas, cubiertos por plantas y flores silvestres que proporcionan una especie de paisaje exuberante. El hollín dejado por el incendio ha sido un fertilizante de lo más eficaz. Los dos niños guardan silencio cuando llegan a la ciudad: tanto que ver en tan poco tiempo. Tom deja las marcas de las palmas sudorosas en la ventana.

Al bajar en su parada, Grace coge a cada niño de la mano y cruza varias calles hasta la joyería de Jensen. El hombre la saluda con expresión de perplejidad. Claire parece hipnotizada con los relojes, los anillos, las pulseras y los collares expuestos en sus estuches. El bolso de Grace guarda en su interior un pesado botín extraído del vestidor de Merle, y cuando lo vierte todo sobre el mostrador de cristal, siente más que nunca que es una ladrona. Jensen se muestra escéptico al principio y la mira como si pudiera ser una perista. Grace intenta que Jensen no vea que se siente culpable.

—Mi familia y yo nos mudamos a Boston en busca de trabajo —le dice—. No tenemos casa que vender, solo estas joyas que me marido inválido heredó de su madre. Se acordará de la otra vez que estuve aquí.

—Sí, por supuesto —contesta él.

Se queda mirando las piezas tanto tiempo que Grace teme que vaya a pedirle que le enseñe el testamento. Cuando levanta la vista, tiene el rostro iluminado.

—Hagamos primero un inventario de todo —añade.

Grace mira a los niños. Claire está levantando en brazos a Tom para que pueda ver los anillos de diamantes.

Grace comprueba que el inventario coincide con los objetos expuestos en el mostrador. Jensen se acerca a la puerta del establecimiento y gira el rótulo para avisar de que la joyería está cerrada. Al volver, asigna un número a cada pieza, que a continuación procede a explicar a Grace. Hay cincuenta y siete piezas. El joyero suma las cantidades en la calculadora. Arranca trozo de papel y lo deja sobre el mostrador para que Grace vea la cantidad.

45,655 dólares.

No le importa que Jensen la engañe.

—Tendré que vender estas para poder pagarle —explica.

—Necesito parte del dinero hoy mismo.

—Lo más que puedo ofrecerle hoy sería un cheque por cinco mil dólares. Le iré enviando el resto cuando venda las piezas.

Grace estudia al hombre y toma una decisión arriesgada.

—Confío en usted. Acepto un cheque por siete mil dólares y dentro de una o dos semanas le haré llegar mi dirección. De todos modos, si no le importa me gustaría que me diera un recibo por todo.

Jensen y Grace sellan el pacto con un apretón de manos por encima del mostrador reluciente de piedras preciosas.

—Claire, ¿qué te parece si nos damos el capricho de un helado para comer?

—Sí, sí, sí —canta la niña, que sabe que tiene que decirlo con palabras.

Tom, que percibe que algo bueno está pasando, da palmas y se lleva la manita a la boca.

En el banco, los niños, saciados, se quedan sentaditos en las sillas que ofrecen a los clientes. Grace pregunta por el director y cuando este aparece, procedente de un despacho al fondo de la oficina, le explica exactamente lo que necesita.

El bolso ya no pesa tanto al haber cambiado las joyas por dinero en forma de papel, y con él se dirige Grace al concesionario de coches usados. Ralph Eastman, ataviado con una chaqueta de tela ligera de algodón rayado con manchas, sale a recibirla.

—Yo la conozco —dice, señalándola—. La hermanita. ¿Quiere comprar otro coche? ¿Qué le ha pasado al que se llevó?

—El Buick está bien. Vengo a pagarle lo que le debo.

—Acaba de alegrarme el día, guapa. No tengo muchos clientes como usted. ¿Estos son sus pequeños?

Claire se comporta con timidez de repente y no quiere mirar al hombre. Buen gusto, piensa Grace.

—Me gustaría comprarle un coche a mi madre —anuncia Grace—. El que me vendió me ha hecho muy feliz, y ahora quiere uno ella también. Algo pequeño. No tan caro como el mío. Un sedán.

Ralph finge repasar lo que tiene.

—Tengo un Ford del cuarenta y seis que podría ser lo que está buscando.

—¿Cuánto?

—Por ser usted, setecientos.

Probablemente pueda bajar a seiscientos.

—Tráigalo para que le eche un vistazo.

El vendedor se baja de un Ford negro y la llama preciosa. Tras probarlo, aguantando que Ralph la llame tesoro, buena chica y guapa mamá, Grace lo compra por seiscientos dólares. El coche huele a cerveza y cenicero sucio, algo de lo que se quejan Claire y Tom. Buena señal, piensa. Si Claire se está quejando, quiere decir que es la misma de siempre.

El pie derecho le duele cuando ya están volviendo a casa, pero decide aparcar en la manzana de casas anterior a la de la casa victoria propiedad de Gene Holland. Cuando Claire le pregunta, Grace responde que los barrenderos pasarán a limpiar el sendero de la entrada por la mañana y le han pedido que deje el espacio libre. Ruega que Gene no haya decidido salir a dar una vuelta. Con ánimo de distraer a su padre, Claire podría decirle sin querer: «¡Mami ha comprado un coche!».

Pero Grace no cree que Claire vaya a decirle nada a su padre. Lo más probable es que su hija desaparezca de la habitación.

Ese mismo día por la tarde, mientras los niños duermen en la cama de Merle, Grace llama desde el teléfono del tocador. Habla en voz baja para no despertar a los pequeños. Llama a la clínica y pregunta por el doctor.

—Grace —la saluda, sorprendido.

—Hola. Tengo que hablar contigo.

—Dispara.

—¿Podrías venir a mi casa?

—Estaré ahí en veinte minutos.

—No subas hasta la casa. Quedamos al pie del sendero de entrada.

El elegante Packard se aparca junto a la acera y Grace sube.

—¿Qué ha ocurrido? —pregunta John Lighthart mirándola, un brazo apoyado en el volante. Lleva puesta la bata blanca, y Grace se fija en que tiene una mancha de sangre en la manga.

—Quiero contratar a una enfermera para que se ocupe de Gene, y no puedo volver a la agencia. Esperaba que conocieras a alguien.

—¿Días? ¿Tiempo completo?

—Interna.

—Me alegro. Ahora estás siendo sensata.

—No, no es verdad —dice, mirándolo a los ojos. Confía en él—. Voy a abandonarlo.

—¿Y él lo sabe?

—No. —Pausa—. ¿Vas a ayudarme?

—Sabes que sí —dice él, acomodándose—. ¿Pero estás segura de que sabes lo que haces?

—No, pero tengo que intentarlo.

—¿Te llevas a los niños?

—Sí.

El médico mira hacia la calle, pensando.

—Había una mujer joven que vino a pedirnos trabajo. No pude contratarla, pero no por falta de ganas. Sé que ha trabajado como enfermera interna.

Grace se fija en la dulzura mezclada con la fuerza que expresan sus ojos, su boca. En dos minutos los niños se despertarán, si no lo han hecho ya.

—La llamaré en cuanto llegue a la clínica.

—La necesito para mañana por la mañana.

John enarca una ceja.

—Eso es muy poco tiempo.

—Tengo que irme antes de que me falle el valor.

—¿Entonces sería enfermera interna, con habitación y comida incluidas?

—Y ochenta dólares a la semana —añade Grace.

—Es mucho.

—Es para los suministros y la comida. También voy a contratar a alguien que limpie.

—No creo que vaya a rechazar la oferta. Se llama Sarah Brody.

—¿Puedes decirle que esté en la entrada de la cocina a las siete de la mañana? Él la mira. Le acaricia la mano.

—Cuando trabajabas en la clínica, hubo un tiempo en que decidí olvidar que estabas casada. Pensaba en ti como si fueras una mujer soltera.

—Yo también lo hacía a veces.

—Recuerda solo lo fuerte que eres —le dice él.

Tras acostar a los niños, Grace entra en la habitación que ocupaba su madre. Los libros y las pastillas de regaliz siguen allí. A lo mejor Sarah decide explorar un poco y las encuentra y se las come.

—Madre, estoy a punto de hacer algo horrible —dice, dirigiéndose otra vez a su madre ausente.

Grace tiene que escribir dos cartas.

Querido Gene:

Te escribo para decirte que he emprendido un largo viaje con los niños, y no sé cuándo volveré. Cuando leas esta carta ya habrás conocido a Sarah, y confío en que te pastorrás más deprisa bajo sus cuidados. Es una mujer muy capaz y tiene buenas recomendaciones. He contratado también a una mujer para que se ocupe de la casa, se llama Peggy.

Si te paras a pensar en los últimos días, estarás de acuerdo conmigo en que el ambiente que había entre nosotros no era sano y estaba empezando a afectar a los niños. Te los traeré de visita y nunca te negaré tu derecho a verlos, siempre que sea posible.

He acordado los salarios de Sarah y Peggy, y mi banco se encargará de pagarles, así que no tienes que preocuparte.

Creo que de si no se hubiera producido el incendio, habríamos seguido con la misma vida que llevábamos. Con el tiempo, creo que habríamos llegado a sentir un afecto el uno por el otro que nos habría resultado agradable. Pero se produjo. Y todo cambió.

Espero que seas más feliz y que tus heridas sanen.

Grace

Querida madre:

Para cuando recibas esta carta, estaré de viaje con los niños. Podría decir que son unas pequeñas vacaciones, pero no lo haré. Lo cierto es que he abandonado a Gene y me llevo a los niños conmigo. Se ha vuelto una persona intolerable, y todos le tenemos miedo. Tengo razones para creer que todos podríamos estar en peligro. Sé que pensarás que estoy siendo melodramática, pero tendrás que confiar en mí. He contratado a una enfermera interna para que se ocupe de él. Confío en que sin mi presencia en la casa y la venenosa relación que hemos terminado teniendo, progresará más y será más feliz. He contratado a una mujer que se ocupe de la casa también.

En cuanto lleguemos a nuestro destino —aún no sé exactamente adónde vamos— te llamaré o escribiré para darte un número de teléfono y una dirección de contacto. Jamás podré agradecerte lo suficiente lo bien que cuidaste de mis hijos mientras yo trataba de encontrar mi sitio. Y lo bien que cuidaste de mí, debería añadir.

No te preocupes por mí, madre. Desde el incendio, o puede algo más recientemente, he descubierto que soy una mujer de recursos.

El cheque que adjunto es para que pagues la entrada para tu nueva casa. Puedo pagarla entera. Ya te lo explicaré todo en mi próxima carta.

Con todo mi amor,

Grace

Al tercer intento consigue meter la carta en el sobre.

Grace se tumba en la cama plegable en la habitación de los niños. Dejará cambiadas las sábanas. Ya ha guardado sus efectos personales y sus fotografías de la habitación de Merle.

¿Debería dirigirse hacia el sur a buscar a Aidan? Si no tuviera hijos, lo haría. Buscaría en todas partes hasta dar con él, se presentaría por sorpresa, confiando que él sintiera lo mismo por ella. Aunque podría llevarle semanas dar con un solista de piano que toca en una orquesta. Y cuando lo encontrara, los niños y ella solo serían una carga para él, por mucho cariño que sintiera por ellos. Pero el deseo de tomar una ruta en dirección sur es muy poderoso.

Dirigirse al oeste es, en pocas palabras, dirigirse al encuentro con el doctor Lighthart y la clínica. Le gustaría trabajar para él y que siguieran siendo amigos, pero no puede trabajar y cuidar de sus hijos al mismo tiempo, y no quiere dejarlos todo el tiempo con una niñera. Debe ser ella quien los críe y los proteja. No tan importante pero tampoco banal es el hecho de que la clínica no está lo suficientemente lejos de la casa de Merle, y su paradero podría llegar a oídos de Gene. ¿La arrestarían entonces por secuestro? Se le antoja algo absurdo, pero cree que Gene es capaz de cualquier cosa.

Dirigirse al este es dirigirse al océano.

Tendrá que partir sin destino en mente. No se concentrará en el lugar, sino en el mecanismo de liberación que está llevando a cabo.

Sarah llega a las siete de la mañana vestida de uniforme. La mujer es rubia, con los ojos oscuros y aire de seguridad en sí misma. Grace ha preparado un copioso desayuno para los niños y para ella. Cuando estos no escuchan, le pide a Sarah que le entregue a Gene el sobre con la carta después de comer. Grace le dice a Claire que se van de vacaciones, y que Sarah, que es enfermera, cuidará de papá. Claire, entusiasmada con la idea de las vacaciones, pregunta:

—¿Tendremos juguetes nuevos?

—Sí —le contesta ella.

Mientras los niños hablan con Sarah en la cocina, Grace va a la biblioteca y se queda mirando la puerta de madera de nogal. En esa habitación habían hecho el amor Aidan y ella. No había llegado a adaptarse a la realidad de que hubiera pasado a ser la habitación de su marido, un lugar que guardaba ecos no de pasión, sino de tristeza y confusión emocional. Pone la mano en el pomo metálico y vacila antes de girarlo. Lo toca únicamente con las yemas de los dedos. Gene está tumbado. Está dormido y no le duele, o esté esperando a que comience su propio día. ¿Sentirá remordimientos de alguna clase? Grace había pensado, en un momento de empatía y generosidad, que entraría en la habitación, se sentaría y trataría de hablar con él del miedo que les causaba a los niños por las noches. No pensaba hablar de ella, porque de eso se trataba, ¿o no? Lo hacía para castigarla, para tener poder sobre ella.

Aparta los dedos del pomo por miedo a abrir sin querer.

Como si solo por tocarla hubiera ordenado a la puerta que se abriera, Gene aparece en el umbral, y qué sorpresa no se lleva Grace que tiene que apoyarse en el respaldo de una silla. Gene la mira con la mandíbula apretada. Lleva un pijama azul marino limpio y se ha puesto el parche en el ojo.

—¿Adónde vas?

Grace mueve la cabeza, aturdida, por la mala suerte que tiene.

—Ibas a entrar, ¿no?

Grace se pone la mano en el pecho y recuerda que lleva puesta un vestido bueno. No uno muy especial, pero sí uno bueno. Se ha puesto perlas falsas en las orejas.

Se ha quedado sin habla.

—¿Vas a alguna parte?

Una pregunta muy diferente a la primera.

Gene entrecierra los ojos, pero vuelve a la carga.

—¿Qué pasa aquí? —pregunta, empezando a sospechar.

—Venía a despertarte —contesta ella con un hilo de voz—. Quiero que conozcas a alguien. Espera un momento.

Va a la cocina tratando de respirar. Sarah está sentada con los niños.

—Sarah, me gustaría hablar contigo un momento. Claire, quédate aquí con tu hermano. Ahora eres una chica grande.

Cuando Sarah se levanta, Grace se fija en su espalda recta y sus fuertes piernas. Parece una mujer capaz de manejar situaciones difíciles aunque sea amable y educada. No queda tiempo para entrar en detalles, tan solo un momento para una presentación con muy pocas posibilidades de éxito.

—Gene, me gustaría que conocieras a Sarah Brody. Es una enfermera extremadamente bien cualificada que ha venido a ayudarte. Sarah, este es mi marido, Gene.

Se produce un momento de silencio. Sarah sonríe. Gene ladea la cabeza, considerando la posibilidad.

¿Lo habrá entendido? ¿Sabrá que está a punto de cambiar una vida por otra, que la otra puede ser mejor?

Su escrutinio continúa. Entonces mira a Grace como si supiera lo que planea. Pero antes de que pueda decir nada, Sarah se pone delante de Grace y moviendo las manos con destreza convence a Gene para que vuelva a su habitación.

Sarah es mejor recibida que un jarrón con flores. Mejor que una esposa.

Grace toma en brazos a Tom y le dice a Claire que la acompañe. Con una de las maletas en las manos, insta a los niños a que se den prisa a bajar por el sendero de la entrada hasta el coche.

—Espera aquí y no te muevas —le dice a Claire.

Después sube de nuevo la cuesta medio agachándose y cojeando aún un poco a recoger la segunda maleta.

Con piernas temblorosas y un vacío en el estómago, conduce despacio por la carretera de la costa como esperando que de un momento a otro, una fuerza agarrara el coche y lo llevara de vuelta a casa de Merle Holland. Se acuerda del viejo cochecito de bebé que perdió durante el incendio, el que tenía la estructura esmaltada de color azul marino y los adornos de cuero de color blanco, y por un momento se ve sacando a Claire y a Tom de la ciudad con férrea determinación. Al llegar ante una señal de Pare, baja la ventanilla, saca un brazo y dobla el codo. Rumbo al norte.

Epílogo
1950

Grace

—¿Qué haces en el suelo? —pregunta Rosie.

—Tratando de hacer una foto a las estrellas. —Grace mira a través de la lente de la cámara que Rosie y Tim le han regalado por Navidad—. Hace una noche muy clara.

Rosie extiende una toalla en la silla plegable de madera de teca y se sienta.

—Las veo a simple vista, pero no soy capaz de hacerlo a través de la lente —continúa Grace.

—La cámara no es perfecta.

—Sí que lo es. Ya has visto las fotos de los niños.

—Sí, pero ¿no crees que las estrellas están tremendamente lejos? —dice Rosie.

—No lo entiendo. La cámara es una lente. Mi ojo es una lente. El sol está a la misma distancia de cada uno, y, sin embargo, puedo hacer una foto del sol. Bueno, más o menos. Las estrellas también están a la misma distancia de cada uno, pero no soy capaz de ver ni un solo puntito brillante en la cámara.

—No hay suficiente luz —dice Rosie, poniéndose un cigarrillo en los labios—. Levántate. Vas a pillar un resfriado.

Grace se apoya en un brazo y a continuación se levanta.

—Mi madre solía decirme lo mismo cuando era pequeña.

Rosie extiende otra toalla sobre otra silla plegable para Grace.

—Gracias —responde ella, guardando la cámara en su estuche—. ¿Te has fijado en lo curiosa que es Claire? Ayer dejé que mirase a través de la lente y que presionase el obturador. Me muero de ganas de revelar las fotos para verlas. Me emociona la idea de enseñarle los rudimentos de la fotografía.

—No dejes la cámara cerca de Ian. Lo primero que haría sería desarmarla.

—Y volver a armarla a continuación. Algún día será ingeniero.

—¿Están dormidos los dos?

—Sí. ¿Y los tuyos? —pregunta Grace.

—He dejado a Tim a cargo de acostarlos —dice Rosie, riéndose—. Será bueno para él. Hace mucho que no lo hace. Y como tenga que leer el mismo cuento otra vez me voy a volver loca.

Cuando Grace se presentó en casa de Tim y Rosie en Nueva Escocia en el verano de 1948, tenía la cabeza apoyada sobre el volante mientras sus amigos, pasmados y encantados al mismo tiempo de tenerla allí, sacaban a Tom y a Claire del coche. Grace había hecho todo el camino de un tirón y estaba exhausta. No se había atrevido a parar por temor a que su determinación flaqueara.

Estaba malnutrida y deshidratada, y se pasó las siguientes dos semanas en la cama de la habitación de invitados, acosada por los remordimientos y la culpa, y también por algo así como una angustia moral. Un día, bajo los cuidados y atenciones de Rosie, Tim y ella fueron a la habitación. Tim se sentó en una silla y dijo que ya estaba bien de remordimientos. Le dijo que una nueva vida se abría ante ella y sus felices hijos. Y después, Rosie y ella salieron de casa. Se sentaron sobre las rocas, junto al mar, a charlar. Durante aquella hora, Grace ya pudo notar que su cuerpo se estaba pastorndo. Rosie le aseguró que era el aire del mar que le había aclarado las ideas.

El primer acto de independencia de Grace fue diseñar su propia casa para sus hijos y ella. La construyó en el terreno que estaba al lado del de Tim y Rosie. Es una casa sencilla con tres dormitorios en la planta de arriba, pintada de blanco y con pocos adornos: con los marcos de las puertas blancos y sin postigos. Tiene lavadora, secadora, bañera, ducha y un tocadiscos, lujos sin los que ha decidido que no puede vivir. Las dos casas están construidas en un terreno que pertenece a la madre de Rosie.

La madre de Grace va a verlos dos veces al año, en Navidad y en verano. Como es un viaje de tres días, en tren y autobús, Marjorie se lo toma de vacaciones, y hace noche por el camino en hoteles que le gustan. Al parecer hay un plan en marcha para establecer un servicio de ferri desde Bar Harbor hasta Yarmouth, Nueva Escocia, que reducirá a la mitad la duración del viaje.

Las sillas plegables están colgadas en una cuerda invisible que divide las dos casas, para que puedan oír a los niños. Se dejan envolver por la primera noche cálida de la temporada tras un invierno que Grace solo acierta a describir como gris. Cree que «gris» debería ser una temporada en sí misma, la que va desde primeros de enero hasta finales de abril. «Feliz Gris», le desearía a alguien en una tarjeta.

—Té helado —anuncia Tim desde el porche.

—Qué rápido —dice Rosie, cuando Tim llega hasta ellas.

—Yo solo les digo que se metan en la cama de un salto.

—¿Y lo hacen?

Tim sonríe.

—Confieso que me aproveché de la novedad. Me salté el baño y les conté un cuento corto. Después los lancé al aire y después los metí todo seguido en la cama.

—¡Ese no era el trato! —se queja Rosie—. Ahora tendré que bañarlos por la mañana. Estaban hechos un asco.

—No se van a morir. De todos modos, he venido porque se me ha ocurrido una idea.

Grace levanta el vaso para brindar.

—Primer té helado de la temporada.

—Bebe despacio —le advierte Tim—. En realidad es un cóctel Dark and Stormy aguado.

—¿Qué celebramos? —pregunta Rosie, olisqueando el vaso.

—Estaba pensando que ustedes merecen un descanso.

—¿Un descanso? —pregunta Rosie como si desconociera el significado de la palabra.

—Un descanso, un viaje. Grace y tú podrían ir a pasar el fin de semana a Halifax.

—¿Las dos? —pregunta Grace—. ¿Y quién vigilará a los niños?

—Dejaremos que se peleen las madres por ellos.

Rosie bebe un buen sorbo.

—Tengo que decir... que ese descanso me vendría bien. Ha sido un invierno terriblemente largo. ¿Qué dices tú, Grace?

Rosie y Tim van a Halifax una vez al año, pero Grace aún no ha estado. Aparte de los viajes dos veces al año a casa de Gene, no ha ido más allá del pueblo vecino, que solo tiene una pequeña calle principal con un mercado y varias tiendas.

Halifax. Una ciudad. Rosie y ella.

—Sí —contesta.

La primera vez que Grace fue a la casa de Gene con los niños, parando a comer y a dormir esta vez, subió los escalones de la entrada principal sin poder respirar siquiera. Temía lo que pudiera encontrarse tras la puerta. Sarah, la enfermera, que ya no llevaba uniforme, los invitó a entrar en una habitación que olía a flores pese a la ausencia de estas. Gene estaba sentado erguido en una silla y le habían puesto un ojo de cristal. La piel del lado izquierdo del cuerpo ya no parecía estar en carne viva, sino que se le había cicatrizado, que ya era una mejoría. Llevaba gorra y se había cortado el pelo para disimular el aspecto asimétrico de la cabeza. Pero el cambio más impresionante fue verlo doblarse hacia delante y levantarse de la silla. Con unos pantalones y una camisa recién planchados, tomó a Tom de la mano y lo llevó a él y a Claire a la cocina, donde Grace supuso que habían preparado algo para comer.

—¡Ha mejorado mucho! —exclamó Grace sin poder contenerse.

—Se esfuerza mucho —respondió la enfermera.

—¿De veras?

Grace sospechaba que todo se debía a Sarah.

—¿Qué tal va de dinero? —le preguntó—. ¿Necesita alguna cosa?

La enfermera se sonrojó.

—No necesitamos nada. Gene cuenta con su herencia.

Necesitamos.

Herencia.

Grace no reveló que no sabía nada de una herencia. Pensó, mirándola, que los dos habían iniciado una relación satisfactoria para ambos: Gene tenía una «esposa» y Sarah se había asegurado su futuro económico. ¿O estaba subestimando a la enfermera y de verdad se había enamorado de él? Del hombre que no le había dirigido la palabra cuando entraron y que no reconocía su existencia siquiera.

Grace comprendió entonces que para Gene ella estaba muerta y sintió que acababa de quitarse un enorme peso de encima.

Grace se siente satisfecha. Feliz a veces. No se preocupa ni se estresa, excepto cuando se ponen malos los niños. Sabe que el dinero de las joyas de Merle se terminará algún día, pero confía en poder llevar a Claire a la guardería en otoño, lo que le permitiría buscar trabajo para completar sus ingresos. Seguirá teniendo que ocuparse de Tom mientras Claire va al colegio, pero podría buscar una niñera para que ella pueda trabajar. Al principio pensó que podría buscar trabajo como recepcionista en la consulta de algún médico, pero después de la Navidad y la cámara, ha empezado a soñar con trabajar como fotógrafa en el periódico local. Se ha dado cuenta de que suelen utilizar fotografías de agencia en los artículos y algunas son antiguas. No sabe lo que le pagarían por hacer ese tipo de trabajo, pero tampoco necesita mucho. Comida y ropa, una niñera, gasolina para el coche, calefacción, electricidad y, por supuesto, película para la cámara. Tanto la casa como el coche están pagados. Podría arreglárselas con treinta dólares a la semana. Y podría llevarse a los niños a algunas sesiones.

Grace intenta decidir que guardar en la maleta para el viaje. No pasaría nada porque se llevase sus mejores vestidos porque sabe que Halifax será una ciudad más sofisticada que el pueblo en el que viven. Como las temperaturas cambian bastante, decide ponerse el chubasquero forrado, uno de un aburrido color caqui. Le da un toque de color con un bolso rojo de piel y unos zapatos de salón también rojos. Se niega a ir a la ciudad con zapatillas de suela de goma. Mete los zapatos bicolor de tacón y un bolso azul marino por si se le estropean los rojos. Qué raro se le hace preparar la maleta para ella sola.

Deja la maleta preparada junto a la puerta. Saldrán a la mañana siguiente pronto, para aprovechar el «descanso» de tres días.

La tetera que había puesto al fuego empieza a silbar. Se lleva el té a su lugar favorito de la casa, una silla de madera junto a la mesa de la cocina dispuesta de manera que pueda ver el césped del jardín. Los narcisos ya han salido, marcando así el comienzo de la primavera, y también puede ver que los tulipanes, los próximos en salir, están comenzando a brotar del suelo. La hierba sigue teniendo un color entre gris y marrón, con esporádicos parches de color verde, y en un rincón del jardín se ven los tallos rojo oscuro de los ruibarbos. Los tallos rojos le dan una idea. Hará una foto del jardín cada día, una solo por día, y las fechará. Nacimiento, vida, descomposición y muerte: un catálogo completo. Aunque costosas, las series al menos le alegrarán la existencia durante el invierno.

Cuando llega el autobús amarillo y blanco, Tim le da un rápido beso a Rosie mientras Grace entrega su maleta al conductor. Ha preparado la comida para las dos porque son cinco horas de viaje.

Rosie lleva un moderno abrigo primaveral de color azul con zapatos de salón a juego.

—Tu abrigo es precioso —elogia Grace—. ¿Dónde lo has comprado?

—¿Te puedes creer que me lo ha hecho mi madre?

—Sí, me lo creo.

—Vi una foto en una revista. No solo me hizo el abrigo, sino que sacó el patrón con solo ver la foto.

Rosie lleva unos pendientes con esmeraldas falsas que llaman la atención sobre su pelo rojo. Grace se siente anticuada con su chubasquero.

Rosie se aplica un poco más de lápiz de labios después del beso de Tim.

—A lo mejor me compro un abrigo más moderno en Halifax —comenta Grace, consciente de que no lo hará porque prefiere ahorrar el dinero—. Será divertido ir de tiendas.

—Llevo una lista de todos los grandes almacenes. Todos menos dos. Pero hay tiendas más pequeñas en la calle Barrington que podemos mirar.

—Se me hace extraño no traer a los niños —musita Grace.

—A mí me sienta bien.

—¿Crees que estarán bien?

—Mientras sigan vivos cuando volvamos, todo me parece bien.

—Te has hospedado antes en el Lord Nelson —dice Grace.

—Sí. Y te va a encantar. Preparan un té delicioso. Pero he reservado mesa para cenar esta noche en el Prince George.

Lord Nelson. Prince George. Té delicioso. Qué lejos parece todo aquello de Hunts Beach, sobre el que John Lighthart tenía razón. Los terrenos que dan al mar se están vendiendo a precios muy altos, según su madre. Todavía quedan en pie algunas de las casetas de acero prefabricadas y las casas que construyó el gobierno son pequeñas construcciones que no tienen siquiera chimenea. ¿Cuánto van a durar?

—Primero iremos a hacernos las uñas—anuncia Rosie.

—¿Hacernos las uñas? ¿Con todo lo que tengo que hacer en el jardín?

—Escucha, Grace. Durante tres días no seremos madres ni jardineras ni amas de casa. Seremos señoras.

Nada más llegar al hotel, Grace se adorna las orejas con unos pendientes de brillantes de imitación y se pinta los labios de rojo, a juego con los zapatos y el bolso.

—Muy guapa —dice Rosie cuando sale del baño.

Tras la cita en la manipastor, se van de compras durante lo que le parecen horas. Solo hacen una parada para tomar el té. Rosie se quita los zapatos y los esconde entre el montón de bolsas que han dejado debajo de la mesa.

—La mayoría de las cosas que he comprado son para los niños —dice con un suspiro.

—Es una pena que ese vestido de raso de color verde menta con esa preciosa cinturilla estuviera reservado. El cuello esmoquin te quedaba perfecto.

—¿Y cuándo me lo habría puesto? —pregunta Rosie, sacando un cigarrillo—. ¿Quieres?

—Rosie, no estás al juego. Se supone que tienes que comprarlo porque es bonito y puede que algún día tengas oportunidad de ponértelo —dice Grace, dando una profunda calada al cigarrillo encendido—. Son tus normas, por cierto. Yo no he comprado nada para los niños y me siento culpable.

—Todavía queda mañana.

—Los *scones* de los salones de té siempre están mejor que los que una hace en casa —murmura Grace, dando un buen mordisco a uno. Los sándwiches de jamón que habían comido en el autobús no se podían considerar una comida de verdad.

—Pon crema y jamón encima —aconseja Rosie—. Estarán aún mejor.

—¿Tú no comes?

—Comeré, créeme. Estoy cogiendo fuerzas.

A Grace también le duelen los pies, pero no quitarse los zapatos en un lugar público es una cuestión de orgullo.

—¿Te has fijado en ese hombre sentado en la baqueta? —comenta Rosie en voz baja—. No mires ahora. Me parece que es muy guapo.

—No deberías mirar —la regaña Grace suavemente—. Estás casada.

—No lo miro para mí.

—¿Lo estás mirando para mí? —pregunta Grace, sorprendida.

—Necesitas un hombre —dice su amiga.

—Creía que habíamos acordado que no haríamos eso.

—El estatuto de las limitaciones ya no es aplicable.

—No quiero un hombre —explica Grace—, es la verdad. Y de verdad que no quiero estar casada.

—Mira, has tenido una mala experiencia —dice Rosie, dando un mordisco a su *scone*—. Supéralo.

—Lo he superado. Es que no quiero complicaciones.

—Tienes miedo porque crees que te vas a encontrar con otro igual.

—No tengo miedo. Me gusta ser madre soltera. No anhelo tener un hombre o un marido. Me gusta mi cama para mí sola. Estoy orgullosa de la vida que me he construido.

Atraviesan un parque tan verde que Grace no se cree que sea de verdad. Sus tacones repiquetean sobre la acera y se encajan entre la gravilla. A su alrededor, tulipanes de provocativos colores compiten con los vestidos de las mujeres que pasean por el parque. Se encuentran con un chico con una gorra y una pajarita rojas, un hombre de tez ospastor con un traje de lino de color azul empolvado. Grace y Rosie llevan vestidos de vuelo que las obliga a caminar dejando un poco más de espacio entre ellas de lo que es habitual. Grace observa el parque con admiración —¿cómo no hacerlo?—, pero ha desarrollado cierta aversión a la naturaleza confinada. Todos esos bancos de tulipanes perfectamente espaciados entre sí, setos milimétricamente podados, laberintos cónicos de rosales que aún no han florecido no consiguen deleitarla como antes. Prefiere su jardín, el que cultiva ella misma tan cerca del mar que el viento zarandea a su antojo arbustos y flores. Prefiere sus forsitias altas y salvajes a las formas circulares perfectamente podadas entre las que pasean en ese momento.

El sol se pone y les entra frío. Grace desearía haberse puesto algo más abrigado que el jersey que lleva. Está helada y hambrienta cuando entran en el restaurante, donde está la chimenea encendida. Halifax es una lopastor de ciudad en esta época del año. Una vez sentadas, piden bebidas de invierno —Manhattans— porque aún no se sienten preparadas para bebidas más veraniegas, como el Gin Fizz.

Grace pasea la mirada por el salón. La ropa que llevan los otros comensales no es tan elegante ni está hecha de tejidos tan buenos como los que había en el vestidor de Merle Holland (¿seguirán allí?), pero están un paso por encima de la ropa de los domingos. Capta destellos de chiffon amarillo, un reloj de oro, unos pendientes que brillan tanto que podrían ser diamantes de verdad. Se fija en las manos cruzadas con las uñas largas y pintadas. Las de Grace hacen juego con sus zapatos y, a veces, cuando se interponen en su línea de visión, el color la sorprende. Las uñas hacen un sonido muy satisfactorio al chocar contra la superficie de la mesa.

—Noche de citas —afirma Rosie, dando un sorbo.

—¿No crees que puedan ser turistas como nosotras?

Un poco pronto para los turistas. El tiempo es demasiado impredecible. La gente no llega hasta mediados de junio. Tim y yo fingimos tener una cita cuando venimos, pero en realidad no puedes hacerlo. La mayoría del tiempo terminamos hablando de los niños o bebiendo demasiado para tener una mayor sensación de estar de fiesta.

—Pero Tim y tú están muy bien juntos.

—Sí, pero ya sabes, un matrimonio no deja de ser un matrimonio.

—Me sorprende que no hayamos hablado de los niños —dice Grace.

—Hasta mañana no. Y puede que ni siquiera entonces.

Rosie le ofrece un cigarrillo a su amiga, que lo rechaza con la cabeza.

—Me quita el apetito y tengo intención de darme un festín.

Pide cóctel de camarones, *vichyssoise* y filete poco hecho, que viene con una guarnición de patatas, zanahorias y guisantes gratinados. Rosie y ella comparten una tarta Alaska de postre.

—Vamos a tener que caminar una milla por lo menos —se queja Rosie—. Estoy a punto de reventar el vestido.

—Pues vamos rápido —añade Grace, viendo la temperatura nocturna.

—Podríamos pedir al camarero que nos pida un taxi.

—Vamos, somos más fuertes que eso —dice Grace, levantándose.

Caminan con la cabeza gacha haciendo frente al viento procedente del mar.

—¿Quieres ir a bailar? —pregunta Rosie.

—Tal vez mañana. Ha sido un día largo. Me levanté a las cuatro. No podía dormir.

—¿Por los nervios?

El viento arrecia. La conversación viene y va, hasta que las rachas de viento terminan arrastrándola.

Grace pasa junto a un edificio de granito y se detiene. Apoya la mano en una columna. Se dobla hacia delante, incapaz de mantenerse erguida.

Rosie, cincuenta pies por delante, se da cuenta de la ausencia de su amiga y vuelve a por ella.

—¿Qué pasa? —grita, echando a correr al final.

Grace no puede hablar, no quiere hablar, niega con la cabeza. Sabe el momento exacto en que Rosie se da cuenta de lo que ocurre porque exclama:

—¡Dios mío!

Grace se yergue tratando de recuperar la compostura.

—Quiero ver. Quiero oír.

Rosie mira la hora y el cartel.

—Está a medias. Preguntaré si nos dejan pasar.

Grace entra en el recargado vestíbulo detrás de Rosie. Aunque la cabeza le da vueltas, es consciente de las enormes puertas, los suelos de parqué y la taquilla en la que Rosie está preguntando y gesticulando.

—Podemos entrar en el descanso —dice Rosie cuando vuelve a Grace—. ¿Estás segura de que quieres hacerlo? —pregunta con tonto vacilante, cauteloso incluso.

—Sí.

Las puertas se abren, los cigarrillos se encienden, una multitud sale en dirección al bar. Rosie conduce a Grace hacia la entrada y busca unos sitios que estén juntos. La sala es espléndida, ricamente decorada con hojas talladas pintadas de oro, palcos de terciopelo rojo y una enorme araña de cristal. Grace se fija en el inmenso piano de cola que están situando en medio del escenario.

—Respira —dice Rosie cuando están sentadas.

—Estoy bien.

Rosie enarca una ceja, saca una polvera del bolso y se aplica lápiz de labios. Grace entrelaza las manos para no temblar.

Las luces se apagan. El director cruza entre los miembros de la orquesta entre los aplausos del público. Entonces el solista, vestido con un esmoquin negro, y el abundante pelo más largo de lo que recordaba, se sienta delante del elegante piano y espera.

Se extiende un silencio expectante.

—Respira —susurra Rosie.

Grace oye las inolvidables y penetrantes notas de una trompa y la hermosa respuesta del piano. Ha escuchado ese disco miles de veces. No ve el cuerpo ni las manos de Aidan, solo su rostro y sus hombros.

Cuando empieza a tocar, se le eriza el vello de los brazos. Siente la caricia de las notas en la nuca, igual que el primer día al llegar a la casa de su suegra. Conoce las melodías de memoria. Rosie alarga la mano y toma la de su amiga.

Aidan pasa a una sección complicada que Grace recuerda bien. Es capaz de distinguir las repeticiones del primer tema, las introducciones de otros. Lo que la sorprende en ese momento es lo tumultuosa que es la pieza, y cómo ese tumulto va seguido de momentos de paz. Es la combinación lo que da lugar a la belleza.

—Tu expresión —susurra Rosie.

Sí, su expresión debe ser de puro éxtasis, pero el solista, se recuerda Grace, no es suyo. Pertenece a la orquesta, al público y a salones elegantes como aquel. Este es ahora su mirador, su salón, su biblioteca.

Esta es su vida, viajando de un país a otro, entrando en salones como aquel ante un público enmudecido.

Hay múltiples secciones en el concierto. Escucha y a veces contiene el aliento. Escucha y cierra los ojos. Escucha y sabe que el final se acerca y que no puede hacer nada para impedirlo.

El público está de pie, aplaudiendo. Rosie y Grace se unen a los demás. Aidan Berne recibe tres, cuatro llamadas a escena, y él saluda haciendo un gesto expansivo con el brazo en el que incluye a toda la orquesta. Cuando abandona el escenario finalmente, las luces se encienden.

—Estás llorando —dice Rosie.

—Ha sido maravilloso.

—Asombroso.

Rosie tarda unos minutos en sacar a Grace de la sala. Apartadas del alboroto creado en el vestíbulo, Rosie se vuelve hacia Grace.

—Es él, ¿verdad?

Grace abraza a Rosie.

—Es magnífico —le susurra al oído—. En todos los aspectos. Eres una chica con suerte. Una chica con mucha suerte. —Se aparta un poco de ella—. Venga.

Rosie lleva a Grace hacia el fondo de la sala, donde se ha reunido una multitud. Hombres y mujeres con los programas y los bolígrafos preparados. Grace vislumbrará una vez más al hombre que fue su amante.

Mientras esperan, el frío se cuela por los zapatos y agita el jersey de Grace. Se estremece, en parte por la temperatura y en parte por los nervios. No es capaz de fumar, así que opta por arrebujarse en su jersey.

Los murmullos aumentan y Grace mira hacia la puerta que da al escenario. Se abre. Sale primero un hombre, no es Aidan, pero le hace señas a alguien que está dentro. Aidan sale y se sube a una pequeña plataforma, que consiste en un riel de hierro alrededor, y sigue por un pequeño tramo de escalones de cemento. Los murmullos se convierten en peticiones individuales para que les firme los programas. Grace reconoce el momento justo en que Aidan la ve porque su rostro se queda pálido y, a continuación, recupera de nuevo el color. Baja los escalones en dirección a ella, abriéndose paso amablemente entre la gente, y Grace sabe, en el ratito que tarda en llegar a ella, que su vida está a punto de cambiar.

Lo ve. La mirada atónita pero feliz. El beso, la noche que pasaron juntos. Las promesas y los planes que harán. Él dirá que aprenderá a volar para poder verla con más frecuencia. Ella viajará para asistir a algunos de sus conciertos, le dirá, y llevará un abrigo de paño. Aidan vendrá a su casa y sus hijos tal vez se acordarán del hombre que tocaba el piano y jugaba con ellos. Aidan comprará un piano y lo instalará en casa de Grace para poder ensayar cuando venga a casa y duerma con ella. Grace tendrá una vida que jamás podría haber imaginado, una vida distinta de la de cualquier otra persona. Se amarán donde puedan y cuando puedan. No se separarán nunca, no importa lo grande que sea la distancia entre los dos.

Por fin llega hasta ella y la toma por la muñeca.

—Hola.

Grace lo mira a los ojos.

—Aidan, esta es mi amiga, Rosie.

—Hola, Rosie —dice él con una sonrisa.

Rosie sonríe de oreja a oreja.

—El concierto ha sido maravilloso.

Aidan, sin soltar a Grace, las invita a cenar, pero antes de que Grace pueda decirle que ya han cenado, Rosie se excusa.

—Me duele la cabeza desde esta tarde. Menos mal que se me pasó durante el concierto, pero aquí lo tengo otra vez. Creo que será mejor que vaya a acostarme.

Grace se vuelve hacia su amiga.

—Puede que llegue tarde —le susurra.

—Eso espero.

Entonces se le ocurre a Grace, mientras Rosie se aleja, que también podría estar equivocada, que lo que acaba de imaginar no llegue a pasar nunca. Aidan y ella no irán a cenar ni hablarán. Él la acompañará al hotel y se despedirá con la promesa de que la llamará la próxima vez que lo inviten a tocar en Halifax, algo que no volverá a suceder.

Pero Aidan no le suelta la muñeca, se aferra a ella con fuerza.

Agradecimientos

Me gustaría darle las gracias a mi editora, Jordan Pavlin, y a mi agente, Jennifer Rudolph Walsh, por su brillantez, su inteligencia y sus ánimos durante el proceso de escritura del libro.

Acerca de la autora

Anita Shreve ha escrito dieciocho novelas. Vive en New Hampshire y Maine con su marido.

En este libro se ha utilizado la tipografía Granjon, que debe su nombre a Robert Granjon, impresor en activo entre 1523 y 1590 en las ciudades de Amberes, Lyon, Roma y París.